CB017758

O despertar da senhorita Prim

Conheça nossos clubes

Conheça nosso site

@ @editoraquadrante
♪ @editoraquadrante
▶ @quadranteeditora
f Quadrante

Natalia Sanmartin

O DESPERTAR DA SENHORITA PRIM

Tradução
Flávia Freitas

QUADRANTE

São Paulo
2020

Copyright © 2020 Quadrante Editora

Título original
El despertar de la señorita Prim

Capa
Estúdio Maquinário

Preparação
Carlos Nougué

Revisão
Grace Mosquera Clemente

Dados Internacionais de Catalogação na Publicação (CIP)

Sanmartin, Natalia
   O despertar da senhorita Prim / Natalia Sanmartin – São Paulo : Quadrante, 2016.

   ISBN: 978-85-7465-250-4

   1. Ficção espanhola I. Título

CDD-863

Índice para catálogo sistemático:
1. Ficção espanhola

1ª reimpressão

Todos os direitos reservados a
QUADRANTE EDITORA
Rua Bernardo da Veiga, 47 - Tel.: 3873-2270
CEP 01252-020 - São Paulo - SP
www.quadrante.com.br / atendimento@quadrante.com.br

Sumário

A meus pais, Miguel e Cuca,
com amor, gratidão e admiração.

Creem que têm nostalgia do passado,
mas na verdade sua nostalgia
tem que ver com o futuro.

A chegada

Em Santo Ireneu de Arnois todos comentaram a chegada da senhorita Prim. À tarde, quando foi vista atravessando a vila, era apenas uma candidata a caminho de uma entrevista, mas os moradores sabiam bem que um emprego ali era coisa passageira. Muitos ainda se lembravam do ocorrido anos antes com a professora da escola infantil. Um total de oito candidatas participou na ocasião, mas apenas três delas foram autorizadas a expor seus talentos. Essa atitude não revelava desinteresse pela educação – em Santo Ireneu de Arnois a escolaridade tinha altíssimo nível –, mas as pessoas estavam convictas de que, se não considerassem muitas opções, haveria maior probabilidade de acerto. A proprietária da papelaria, uma mulher capaz de passar a tarde inteira para decorar uma simples folha de papel, não titubeou em qualificar de extravagância a possibilidade de dedicar mais de uma manhã à seleção de uma professora. Todos concordaram. Naquela comunidade eram as famílias, cada uma de acordo com seu perfil, com sua ambição e com suas possibilidades, as responsáveis pela formação intelectual dos seus filhos. A escola era vista como um elemento de apoio – indesejável, mas necessário –, que servia de suporte para boa parte dos pais de família. Boa parte, mas não todos. Assim, por que perder tanto tempo com isso?

Aos olhos dos visitantes, Santo Ireneu de Arnois parecia um lugar ancorado no passado. Rodeadas de jardins repletos de rosas, as antigas casas de pedra se erguiam com orgulho ao redor de umas quantas ruas que desembocavam em uma animada e agitada praça. No lugar imperavam pequenas lojas e comércios que compravam e vendiam ao ritmo normal de um forte coração. A vizinhança da vila era salpicada de pequenas fazendas e de pequenas oficinas que abasteciam de mercadorias as lojas locais. Era uma sociedade minúscula. Na vila morava um laborioso grupo de agricultores, artesãos, comerciantes e profissionais, um afastado e seleto círculo de acadêmicos e a sóbria comunidade monástica da Abadia de Santo Ireneu. Essas vidas entrelaçadas formavam todo um universo. Eram as engrenagens de uma comunidade de pequenos proprietários que se orgulhavam de sua autossuficiência por meio do comércio, da produção artesanal de bens e serviços e da cortesia da vizinhança. Provavelmente estavam certos aqueles que diziam que parecia um lugar ancorado no passado. No entanto, apenas alguns anos antes, ninguém poderia vislumbrar no lugar o menor indício do vibrante e alegre mercado que agora recebia seus visitantes.

O que havia acontecido naquele intervalo? Se a senhorita Prim a caminho do seu novo emprego o tivesse perguntado à proprietária da papelaria, ela teria explicado que esse mistério de prosperidade era resultado da tenacidade de um jovem homem e da sabedoria de um velho monge. Mas, como a senhorita Prim com seu passo ligeiro em direção à casa não reparou na sofisticada loja, a proprietária não pôde revelar-lhe com orgulho que Santo Ireneu de Arnois era, na verdade, uma próspera colônia de exilados do mundo moderno à procura de uma vida simples e rural.

I

O homem da poltrona

1

No exato instante em que o pequeno Septimus se espreguiçava depois da sesta, punha os pés de onze anos em sapatos de quatorze e se aproximava da janela de seu quarto, a senhorita Prim atravessava o enferrujado portão do jardim. O menino a olhou com curiosidade. À primeira vista não demonstrava nenhum nervosismo, nem sequer um pouco de susto. Ela não tinha nem aquele ar ameaçador que apresentava o encarregado anterior, o de quem parece saber perfeitamente que tipo de livro pediria qualquer pessoa que ousasse fazê-lo.

– Talvez gostemos dela – disse a si mesmo esfregando os olhos com as duas mãos. Depois, afastou-se da janela, abotoou apressadamente o casaco e desceu as escadas preparado para abrir a porta.

A senhorita Prim, que naquele momento se movia tranquilamente entre fileiras de hortênsias azuis, tinha começado o dia convencida de que aquele era o que ela esperara a vida toda. Ao longo dos anos havia fantasiado uma oportunidade como aquela. Tinha desenhado, imaginado, meditado cada um dos detalhes. E, no entanto, naquela manhã, enquanto atravessava aquele jardim, Prudência Prim teve de admitir que seu coração não se acelerara nem um pouco, nem demonstrara a menor agitação que indicasse que o grande dia havia chegado.

Seria observada com curiosidade, isso sabia. As pessoas costumavam olhar para ela daquele jeito, e estava muito ciente disso. Assim como estava ciente de que não se parecia em nada com os que a examinavam com ar hostil. Nem todo mundo é capaz de admitir ter sido vítima de um erro histórico fatal, disse a si mesma com orgulho. Nem todo mundo vivia como ela vivia, com a constante sensação de ter nascido em um tempo e em um ambiente errados. Nem todos podiam saber como ela que tudo que vale a pena ser admirado, tudo que é bonito, tudo que é sublime parecia estar desaparecendo quase sem deixar vestígios. O mundo, queixava-se Prudência Prim, havia perdido o gosto pela harmonia, pelo equilíbrio e pela beleza. E nem todos eram capazes de ver essa verdade; assim como ninguém poderia sentir no íntimo a firme vontade de resistir.

Foi justamente essa férrea determinação o que fez com que a senhorita Prim, três dias antes de atravessar o corredor de hortênsias, respondesse a um breve anúncio publicado no jornal:

Procura-se espírito feminino em nada subjugado pelo mundo. Capaz de trabalhar como bibliotecária para um cavalheiro e seus livros. Facilidade para lidar com cães e crianças. Melhor sem experiência de trabalho. Abstenham-se formadas com nível superior e pós-graduadas.

A senhorita Prim se enquadrava apenas parcialmente naquele perfil. Não era de forma alguma subjugada pelo mundo, isso era evidente. Assim como possuía inquestionável capacidade para trabalhar como bibliotecária para um cavalheiro e seus livros. Mas não tinha experiência em lidar com crianças e cães, nem, muito menos, em conviver com eles. No entanto, para ser honesta, o que mais a preocupava era a dificuldade de fazer encaixar-se em seu perfil aquele «Abstenham-se formadas com nível superior e pós-graduadas.»

A senhorita Prim considerava-se uma mulher intensamente graduada. Era formada em Relações Internacionais, Ciências Políticas e Antropologia, doutorada em Sociologia, especializada em Biblioteconomia e em arte russa medieval. As pessoas que a conheciam observavam com curiosidade aquele currículo extraordinário, e ainda mais porque seu portador era uma simples administradora sem ambições conhecidas. Não entendiam, dizia a si mesma com indiferença; não entendiam a ideia de excelência. Como poderiam entender em um mundo onde já nada mais significava o que deveria significar?

– É você a *sua* nova bibliotecária?

A aspirante inclinou a cabeça surpresa. Ali, no alpendre que parecia ser a entrada principal da casa, ela observou um menino de cabelos loiros e cara de bravo.

– É você ou não é? – insistiu o pequeno.

– Acho que ainda é muito cedo para dizer – disse ela. – Estou aqui pelo anúncio que seu pai colocou.

– Ele não é nenhum pai – disse apenas o menino antes de virar-se e sair correndo para o interior da casa.

A senhorita Prim contemplou desconcertada o umbral da porta. Tinha absoluta certeza de haver lido no anúncio uma menção explícita a um cavalheiro com crianças. Naturalmente, não era necessário que esse cavalheiro tivesse filhos, ela já havia conhecido ao longo da vida alguns que não os haviam tido; mas, quando uma frase ligava a palavra *cavalheiro* à palavra *crianças*, o que mais poderia pensar?

Foi nesse momento que levantou o olhar e observou pela primeira vez a casa. Ela atravessara o jardim tão absorta em seus pensamentos, que nem sequer havia reparado nela. Era uma construção antiga, de fachada vermelha desbotada, cheia de janelas e portas francesas que se comunicavam com o jardim. Uma construção fortificada e descascada, com muros cobertos de rosas trepadeiras que pareciam nunca ter conhecido um jardineiro, cheia de rachaduras e fendas. O alpendre da frente, formado por quatro colunas antigas sobre as quais pendia uma enorme glicínia, apresentava um aspecto imponente e desolador.

– Deve ser gelada no inverno – murmurou.

Foi então que olhou para o relógio; já era quase o meio da tarde. Todas as janelas estavam completamente abertas e o vento fresco setembrino movia caprichosamente as cortinas, brancas e leves como velas. «Parece um navio», pensou ela, «um velho navio encalhado.» E, observando ao redor, aproximou-se da primeira janela, pronta para encontrar algum anfitrião que tivesse atingido, pelo menos, a maioridade.

❧

Assim que se aproximou da janela, a senhorita Prim descobriu uma grande sala muito desordenada, repleta de livros e de crianças. Havia mais livros que crianças, muito mais, mas por alguma razão de distribuição de forças dava a impressão de que tudo estava equilibrado. A aspirante contou trinta braços, trinta pernas e quinze cabeças. Os proprietários estavam espalhados sobre o tapete, deitados em velhos sofás ou amontoados em desconjuntados assentos de couro. Também observou dois enormes cães deitados a cada lado de uma poltrona colocada em frente à lareira, de costas para a janela. O menino que a tinha recebido no alpendre estava ali, em cima do tapete, concentradamente inclinado sobre um caderno. Os outros levantavam a cabeça de vez em quando para responder a um interlocutor cuja voz parecia fluir diretamente da poltrona colocada em frente à lareira.

– Vamos começar – disse o homem da poltrona.

– Você nos deixa pedir pistas? – perguntou uma das crianças.

A cada resposta, a voz masculina limitou-se a recitar:

Ultima Cumaei venit iam carminis aetas;
magnus ab integro saeclorum nascitur ordo:
iam redit et Virgo, redeunt Saturnia regna;
iam nova progenies caelo demittitur alto.

– E então? – perguntou ao finalizar.

As crianças ficaram em silêncio.

– Pode ser Horácio? – perguntou uma delas timidamente.

– Poderia ser Horácio – respondeu o homem –, mas não é. Vamos, tentem novamente. Quem se atreve a traduzi-lo?

A aspirante, que observava a cena abaixada atrás das grossas cortinas que emolduravam a cortina transparente, pensou que a pergunta era excessiva. Aquelas crianças eram jovens demais para reconhecer uma obra por uma única citação, e ainda mais se essa citação era em latim. Apesar de ter lido Virgílio com prazer, a senhorita Prim não aprovava aquele jogo, aquilo era totalmente reprovável.

– Vou ajudá-los um pouco – continuou a voz da poltrona. – Estes versos foram dedicados a um político romano do início do Império. Um político que se tornou amigo de grandes poetas que já estudamos, como Horácio. Um desses amigos lhe dedicou estas linhas por haver sido mediador na Paz de Brundísio, que, como sabem – ou deveriam saber –, pôs fim a um confronto entre Antônio e Otávio.

O homem calou-se e olhou para as crianças, ou algo assim imaginou a senhorita Prim lá de seu esconderijo, em um gesto de interrogatório calado que não obteve resposta. Apenas um dos cães, como se quisesse dar testemunho de seu interesse por aquele acontecimento histórico, levantou-se lenta e preguiçosamente, aproximou-se do fogo e deitou-se novamente sobre o tapete.

– Nós estudamos tudo isso, absolutamente tudo, na última primavera – lamentou-se o homem por fim.

As crianças, sem olhar para cima, mordiscavam pensativamente as canetas, balançavam despreocupadamente os pés, apoiavam a face nas mãos.

– Bando de animais ignorantes – insistiu a voz irritada. – Que diabos há de errado hoje com vocês?

A senhorita Prim sentiu uma onda de calor subir pelo rosto. Ela não tinha experiência alguma com crianças, isso era verdade, mas era uma especialista na arte da chamada delicadeza. A senhorita Prim acreditava firmemente que a delicadeza era a força motriz do universo. Onde esta faltava, sabia-o por experiência, o mundo se tornava escuro e sombrio. Indignada com a cena e com o corpo um tanto dormido, tentou movimentar-se com cuidado em seu esconderijo, mas o inesperado grunhido de um dos cães a fez desistir da tentativa.

– Tudo bem – o tom do homem se suavizou. – Vamos tentar outra, muito mais fácil.

– Do mesmo autor? – perguntou uma menina.

– Exatamente o mesmo. Estão prontos? Só vou recitar meio verso:

... facilis descensus Averno...

Uma inesperada onda de braços erguidos e de barulhentas exclamações de triunfo evidenciou que desta vez os pupilos sabiam a resposta.

– Virgílio! – gritaram em coro estridentemente. – É a *Eneida*!

– É isso, é isso – riu o homem, satisfeito. – E o que antes recitei a vocês eram as Éclogas, a *IV Écloga*. Portanto, o estadista romano que foi amigo de Virgílio e de Horácio é...

Antes que alguma das crianças pudesse responder, a voz clara e musical da senhorita Prim emergiu das cortinas e encheu a sala.

– Asínio Pólio, naturalmente.

Quinze cabeças infantis giraram ao mesmo tempo para a janela. Surpreendida por sua própria audácia, a aspirante deu um passo atrás instintivamente. Só a consciência de sua própria dignidade e a importância do motivo de sua presença a impediram de sair correndo.

– Lamento infinitamente ter entrado desta forma – disse enquanto dava uns passos lentos em direção ao centro da sala. – Sei que deveria ter-me anunciado, mas o pequeno que me abriu a porta me deixou sozinha na entrada. Então pensei em me aproximar da janela e foi então que os ouvi falar de Virgílio e de Pólio. Sinto muito, muitíssimo mesmo, senhor.

– É você a aspirante à vaga de bibliotecária?

O homem levantou-se e fez a pergunta com suavidade, como se não tivesse percebido que uma estranha acabava de invadir sua sala através de uma janela. «É um cavalheiro», pensou admirada a senhorita Prim, «um verdadeiro cavalheiro.» Talvez o tivesse julgado apressadamente; provavelmente havia sido muita ousadia da parte dela.

– Sim, senhor. Telefonei hoje de manhã. Vim pelo anúncio.

O homem da poltrona observou-a por alguns segundos, o suficiente para perceber que a mulher diante de seus olhos era extremamente jovem para a vaga.

– Trouxe seu currículo, senhorita...?

– Prim, senhorita Prudência Prim – respondeu ela. E imediatamente acrescentou em tom de desculpa:

– Eu sei que não é um nome convencional.

– Eu diria que é um nome com personalidade. Mas, se não se importa, vejamos, em primeiro lugar, seu currículo. Trouxe-o consigo?

– No anúncio dizia que a aspirante não deveria ter diplomas, e por isso pensei que não seria necessário.

– Então, posso entender que não tem diplomas superiores. Quer dizer, não possui nenhuma qualificação além de certas noções de biblioteconomia, certo?

A senhorita Prim ficou em silêncio. Por alguma razão, uma razão que desconhecia, a conversa não transcorria como ela havia imaginado.

– Na verdade, tenho algumas qualificações – disse depois de uma pausa. – Umas quantas... muitas, talvez.

– Muitas? – O homem da poltrona endureceu ligeiramente o tom de voz. – Senhorita Prim, creio que o anúncio era muito claro.

– Sem dúvida era – argumentou ela rapidamente –, é claro que era. Mas permita-me explicar que não sou uma pessoa convencional do ponto de vista acadêmico. Nunca tive pretensão de tirar proveito profissional de minhas qualificações, não as uso, nunca falo delas, e – fez uma pausa para respirar – o senhor pode ter certeza de que não interferirão em meu trabalho.

Quando terminou de falar, a bibliotecária percebeu que as crianças e os cães estavam havia um bom tempo admirando-a em silêncio. Então se lembrou do que o menino na entrada havia dito sobre o homem com quem estava falando. Seria possível que entre aquele exército de crianças não houvesse sequer um filho dele?

– Diga-me – insistiu ele –, de que qualificações estamos falando? Mais: de quantas?

A aspirante engoliu em seco enquanto pensava em qual poderia ser a melhor maneira de enfrentar esta espinhosa questão.

– Se me entregar um papel, senhor, posso fazer-lhe um breve esquema.

– Fazer-me um breve esquema? – exclamou ele com estupor. – Você perdeu o juízo? Por que uma pessoa cujas qualificações devem ser expostas em um breve esquema se apresenta a uma vaga que exclui qualificações?

A senhorita Prim ficou em dúvida antes de responder. Naturalmente, queria dizer a verdade, tinha de dizer a verdade, desejava desesperadamente fazê-lo; mas sabia que se dissesse a verdade não conseguiria o emprego. Não podia dizer que tinha sentido uma palpitação ao ler o anúncio. Não podia explicar que seu pulso se havia acelerado, que sua visão se havia ofuscado, porque naquelas poucas linhas tinha vislumbrado um repentino nascer do sol. Mentir também estava descartado. Mesmo querendo, e ela definitivamente não queria, havia aquele vergonhoso fato de seu nariz comprometedor. A senhorita Prim tinha um nariz de grande sensibilidade moral. Seu nariz não ficava vermelho quando a cumprimentavam, nem quando era tratada aos gritos. Jamais tinha retrocedido diante de insultos ou de rejeições. Mas diante da mentira não havia nada que fazer. Uma involuntária inexatidão, um pequeno exagero, um inocente engano, e seu nariz ficava extremamente vermelho, como uma chama.

– E então? – perguntou o homem da poltrona.

– Eu estava procurando um abrigo – disse ela bruscamente.

– Um abrigo? Quer dizer um lugar para viver? – O homem olhou para os sapatos com um gesto inquieto. – Senhorita Prim, peço-lhe de antemão que me perdoe o que vou dizer. A pergunta que farei é delicada e acho que é muito difícil formulá-la, mas tenho o dever de fazê-la. Será que você está em apuros? Algum mal-entendido? Um incidente infeliz? Talvez uma pequena irregularidade com a justiça?

A bibliotecária, que vinha de uma família severamente educada na grandeza da virtude cívica, reagiu vivaz e calorosamente a essa acusação.

– É claro que não, senhor, absolutamente não! Sou uma pessoa honrada, pago os impostos, pago as multas de trânsito, faço pequenas doações a instituições de caridade. Nunca cometi qualquer ato criminoso, e qualquer falta. Não há nenhuma mancha em meu histórico ou no de minha família. Se quiser conferir...

– Não há necessidade, senhorita Prim – disse ele intrigado. – Deixe-me desculpar-me: é claro que interpretei mal suas palavras.

A aspirante, perfeitamente controlada alguns minutos antes, parecia agora profundamente alterada. As crianças a observavam sem dizer absolutamente nada.

– Não entendo como o senhor pode pensar uma coisa dessas – lamentou.

– Perdoe-me, peço-lhe – insistiu o homem. – Como posso compensá-la deste ato grosseiro?

– *Podemos* contratá-la. – A voz do menino de cabelo desgrenhado do alpendre brotou inesperadamente das profundezas do tapete. – Você *sempre* diz que é preciso fazer o que em justiça é preciso fazer. Você *sempre* diz.

O homem da poltrona pareceu confuso por um momento. Então sorriu para o pequeno, concordou gentilmente com um gesto e se aproximou da candidata com ar constrangido.

– Senhorita Prim, acho que uma mulher que suporta uma grosseria como a que fiz sem dar meia-volta merece toda a minha confiança, seja qual for a tarefa que lhe seja delegada. Faria a gentileza de aceitar o trabalho?

A candidata abriu a boca para dizer não, mas imediatamente teve uma visão fugaz. Contemplou os dias longos e obscuros de trabalho em seu escritório, ouviu tediosas conversas sobre esportes, recordou sorrisos hipócritas e olhares maledicentes, rememorou descortesias ditas quase em voz baixa. Depois voltou a si e tomou uma decisão. E, afinal, ele era um cavalheiro. E quem não gostaria de trabalhar para um cavalheiro?

– Quando começamos, senhor? – E, sem esperar resposta, deu meia-volta e saiu pela janela disposta a pegar suas malas.

Ao entrar naquele que seria seu quarto nos próximos meses, a bibliotecária sentou-se na cama e contemplou as janelas abertas que davam para a varanda. Não havia muitos móveis, mas os que havia eram exatamente o que deveriam haver. Uma otomana estofada num velho azul damasco, um espelho veneziano enorme, uma lareira georgiana de ferro, um armário pintado de água-marinha e dois tapetes antigos de Wilton. «Muito luxo para uma bibliotecária», pensou. Ainda que, na verdade, a palavra exata não fosse *luxo*. Tudo o que havia ali parecia ter sido usado. Tudo havia sido usado, remendado, desgastado. Tudo ressumava experiência. «Há um século tudo isso era considerado conforto», suspirou a senhorita Prim no momento de começar a desfazer as malas.

Um rangido na madeira a fez levantar-se e pousar a vista em uma pequena pintura apoiada sobre a lareira. Era uma peça de madeira que representava três figuras feitas pela mão de uma criança. O desenho não era ruim, maravilhoso para uma criança, refletiu enquanto admirava com prazer as pinceladas do pequeno artista.

– É a *Santíssima Trindade* de Rublev – disse a suas costas uma voz de criança já familiar.

– Eu sei, muito obrigada, cavalheiro. Aliás, não deveria bater antes de entrar? – disse quando viu que o menino não estava sozinho.

– É que a porta estava aberta, não é verdade? – perguntou o menino aos três pequenos que se aglomeravam atrás dele e balançavam a cabeça afirmativamente. – Esta é minha irmã Téseris, que tem dez anos. Este é Deka, que tem nove, enquanto Eksi é a mais nova e tem *apenas* sete anos e meio. Meu nome é Septimus. Mas não são nossos nomes *verdadeiros* – explicou com ar de segredo.

A senhorita Prim observou os quatro irmãos e ficou surpresa com quão diferentes eram entre si. Embora o pequeno Deka tivesse o mesmo cabelo loiro desgrenhado do irmão mais velho, um ar travesso e, ao mesmo tempo, uma inocência perfeita no rosto, não tinha nada que ver com a criança de ar reflexivo que a havia recebido no alpendre. Também não era fácil adivinhar que as meninas fossem irmãs. Uma tinha uma beleza calma e suave, enquanto a outra esbanjava encanto por sua vivacidade.

Téseris de repente murmurou uma coisa ao ouvido do irmão mais velho e, em seguida, perguntou em voz baixa e suave:

– Senhorita Prim, acha que é possível atravessar um espelho?

A bibliotecária a observou desconcertada, mas logo entendeu o que a criança queria dizer.

– Lembro-me de que meu pai costumava ler-me essa história antes de dormir – respondeu com um sorriso.

A menina deu uma olhada de lado para o irmão.

– Eu disse que ela não *entenderia* – disse o menino presunçosamente.

Em vez de responder, a senhorita Prim abriu sua segunda mala e tirou um quimono de seda natural de cor verde-jade que pendurou descuidadamente no armário. Então isso era lidar com crianças, pensou um pouco irritada. Esse e não outro era o significado do anúncio. Não se tratava de travessuras, de doces e de contos de fadas; tratava-se, quem diria?, de mistérios e enigmas.

– Gosta do ícone de Rublev? – perguntou o menino, agora ocupado em olhar um punhado de livros que estavam próximos a uma mala.

– Muito – disse a bibliotecária com seriedade enquanto colocava cada peça em seu lugar. – É uma obra maravilhosa.

A pequena Téseris levantou a cabeça quando ouviu a resposta.

– Os ícones não são obras, senhorita Prim; os ícones são *janelas*.

A bibliotecária parou de pendurar a roupa e observou a menina com apreensão. Definitivamente, o homem que governava aquela casa se tinha excedido com as crianças. Aos dez anos, não era necessário ter tais noções absurdas sobre ícones e janelas. Não que fosse ruim, é claro que não era ruim; mas não era natural. Fadas e princesas, dragões e cavaleiros, rimas de Stevenson, tortas de maçã, isso era o que a seu ver deveria saber uma criança daquela idade.

– Então, foi você quem pintou esta *janela*? – perguntou fingindo desinteresse.

A menina assentiu com a cabeça.

– Ela pintou de memória – acrescentou o irmão. – Viu-a na Galeria Tretyakov há dois anos, sentou-se em frente e se recusou a ver qualquer outra coisa. Quando voltamos para casa, começou a pintá-la em todas as partes. Há dessas janelas em todos os quartos.

– Isso é impossível – disse secamente a senhorita Prim. – Ninguém pode pintar uma obra como essa de memória. E ainda menos uma menina de oito anos, como teria sua irmã na época; não pode ser.

– Mas a senhorita não estava lá! – protestou o pequeno Deka com inesperada bravura. – Como pode saber?

Em vez de responder, a bibliotecária caminhou lentamente até a imagem, abriu sua bolsa e tirou uma régua e um compasso. Havia ali, sem dúvida: a divisão octogonal, o círculo interior e o exterior, a forma do cálice entre as figuras.

– Como fez isso, Téseris? É impossível que você o tenha feito sozinha, mesmo que tivesse um modelo ao lado. Alguém a deve ter ajudado. Diga-me a verdade. Foi seu pai, ou seu tio, ou quem quer que seja a pessoa que cuida de vocês?

– Ninguém me ajudou – disse a menina em voz baixa mas firme. Depois, virou-se para a irmã mais nova e disse: – Não é verdade, Eksi?

– Ninguém a ajudou. Ela *sempre* faz tudo sozinha – confirmou solenemente enquanto fazia esforço para equilibrar-se em um pé.

Perplexa diante daquela resistência fraterna, a senhorita Prim não insistiu. Se aquelas crianças fossem adultas, seus dotes de interrogação teriam resolvido o engano sem esforço. Mas uma criança não era um adulto; havia grande diferença entre uma criança e um adulto. Uma criança podia gritar, podia chorar muito alto, podia reagir de maneira absurda. E o que aconteceria então? Uma funcionária que em seu primeiro dia de trabalho enfurece os membros mais vulneráveis da família não pode ter boas perspectivas. Mais ainda – ela estremeceu – depois de ter sofrido o percalço de entrar na casa de forma irregular.

– E que faziam crianças tão pequenas como vocês na Galeria Tretyakov? Moscou está muito longe.

– Fomos lá para estudar arte – respondeu Septimus.

– Quer dizer com a escola?

As crianças se olharam com regozijo.

– Oh, não! – disse o pequeno. – Nós *nunca* fomos à escola.

A frase, expressa com total naturalidade, caiu como uma pedra sobre a mente já um pouco superexcitada da bibliotecária. Crianças sem ir à escola, isso não podia ser verdade. Um grupo de crianças provavelmente meio selvagens e sem escola, onde fora parar? A senhorita Prim lembrou-se da primeira impressão do homem que a havia contratado. Um indivíduo estranho, sem dúvida alguma. Um extravagante, um eremita, talvez até um louco.

– Senhorita Prim – a voz baixa e educada do homem da poltrona chegou ao quarto vinda das escadas –, depois que se instalar, gostaria de vê-la na biblioteca, por favor.

A bibliotecária vangloriava-se secretamente de uma qualidade pessoal: sua tenacidade para levar a efeito o que considerava certo a cada instante. E neste caso, refletiu ela, o mais correto era pedir desculpas e deixar a casa imediatamente. Encorajada por essa ideia, fechou rapidamente as malas, arrumou o cabelo diante do espelho, deu uma última olhada no ícone de Rublev e preparou-se para cumprir seu dever.

– É claro que sim – respondeu em voz alta. – Já desço.

O homem da poltrona a recebeu de pé com as mãos para trás. Enquanto a bibliotecária desfazia suas malas, ele tinha-se dedicado a ensaiar a melhor maneira de explicar-lhe quais seriam suas atribuições. Não seria tarefa fácil, porque não precisava de uma bibliotecária comum. Após a saída do encarregado anterior, a biblioteca precisava de uma nova catalogação e de uma reorganização completa. Os títulos de romance, de ensaio e de história estavam cheios de poeira, e os de teologia povoavam em maior ou menor medida todos os cômodos da casa. No dia anterior havia encontrado as homilias de São João Crisóstomo na despensa entre potes de geleia e pacotes de lentilhas. Como tinham chegado lá? Era difícil saber. Podiam ter sido as crianças, que tratam os livros como se fossem cadernos ou caixas de lápis; mas também podia ter sido ele. Não era a primeira vez, provavelmente não seria a última. E, no fundo, tinha de admitir que eram resultados de suas próprias regras.

Lembrava-se muito bem de como seu pai sempre proibira remover os livros da biblioteca. Isso forçara todos os seus irmãos a escolher entre o ar livre e a leitura. As tardes da sua infância transcorreram, assim, junto a Júlio Verne, Alexandre Dumas, Stevenson, Homero, Walter Scott. Lá fora, sob o sol, as outras crianças gritavam e se agitavam, mas ele sempre estava lá dentro, lendo, com a mente imersa em mundos que outros mal intuíam. Anos depois, quando voltou para casa depois de um longo período de ausência, ele mesmo mudou aquelas regras. Adorava ver as crianças lendo sob o sol, deitadas na grama do jardim, sentadas nos confortáveis galhos velhos de alguma árvore, comendo maçãs, devorando torradas com manteiga, deixando vestígios pegajosos de seus dedos nos livros que tanto amava.

– Instalou-se bem? – perguntou educadamente para tentar quebrar o gelo.

– Perfeitamente, obrigada – disse a bibliotecária. – Mas receio que eu não vá ficar.

– Ficar?

– Há muitas perguntas no ar. – A senhorita Prim ergueu o queixo ligeiramente.

– Não entendo o que quer dizer – disse ele com amabilidade. – Mas se eu puder satisfazer a sua curiosidade, aqui estou. Pensei que tivéssemos um acordo.

Ao ouvir a palavra curiosidade, o rosto da bibliotecária ficou tenso.

– Não é uma questão de curiosidade; é que não sei que tipo de família é esta. Vi várias crianças que não frequentam escola. Várias crianças em geral é um importante desafio para qualquer pessoa, mas várias crianças em estado selvagem é uma imprudência.

– Entendo, chamou sua atenção o assunto da escola – murmurou ele, franzindo ligeiramente o cenho. – Pois bem, senhorita Prim, está certa; se vai trabalhar aqui, tem o direito de saber que tipo de lar é o nosso, embora eu deva lembrar-lhe que as crianças não estarão sob seu comando. Não fazem parte das suas funções.

– Eu sei, senhor, mas as crianças..., como dizer?, *existem*.

– Existem, é claro, e com o passar dos dias a senhorita terá cada vez mais consciência da existência delas.

– Quer dizer com isso que elas são mal educadas?

– Quero dizer com isso que as crianças são a minha vida.

A bibliotecária ficou surpresa com a resposta. Apesar de sua primeira impressão, naquele homem parecia haver inesperados toques de delicadeza, muito mais delicadeza do que havia imaginado. Uma estranha, sóbria e concentrada delicadeza.

– São... são seus meninos? Quer dizer... alguns são seus?

– Quer saber se são meus filhos? Não, não são. Quatro das crianças que você viu são filhos de minha irmã, mas estão sob meus cuidados desde que ela morreu, há cinco anos. O restante são meninos de Santo Ireneu que vêm aqui para ter aulas duas ou três vezes por semana.

A senhorita Prim baixou os olhos com discrição. Agora entendera tudo. Agora compreendera por que aquelas crianças eram educadas em casa em vez de ir para a escola. Estava diante de um caso claro do que a psicologia moderna chama síndrome de luto prolongado. Uma circunstância certamente terrível, mas que não justificava absolutamente aquele comportamento. Serem educadas em casa não era bom para as crianças, e, embora fosse difícil, e até embaraçoso falar sobre isso, ela sabia que era seu dever dizer o que pensava.

– Sinto muito por sua perda – disse com um tom que poderia ser usado para falar com um animal ferido –, mas não deve trancar-se em sua dor. Deve pensar em seus sobrinhos, tem de pensar neles e em seu futuro. Não pode pretender que sua perda os deixe nesta casa privados de educação decente.

Ele a observou um momento como se ela não entendesse. Então, olhou para baixo, balançou a cabeça e deu um sorriso rápido. A bibliotecária, que não era propensa a romantismo, surpreendeu-se consigo mesma ao pensar quanto um sorriso inesperado pode iluminar um quarto escuro.

– Uma educação decente? O que pensa de mim é que sou um homem triste que mantém seus sobrinhos em casa e não os deixa ir à escola para não sentir-se só, não é?

– Não é? – respondeu ela com cautela.

– Não, não é.

O homem se encaminhou para o móvel-bar que estava ao lado de uma janela, onde uma dúzia de delicadas taças de cristal e seis pesados copos de uísque compartilhavam o espaço com uma grande variedade de vinhos e de licores.

– Aceita um drinque, senhorita Prim? A esta hora costumo tomar um aperitivo. Gostaria de um vinho do Porto?

– Obrigado, senhor, mas nunca bebo.

– Importa-se se eu tomar um?

– De forma alguma, está em sua casa.

O homem virou-se e a observou com curiosidade, enquanto tentava adivinhar se havia sarcasmo por trás daquelas palavras. Depois tomou um gole e colocou o copo diretamente sobre a mesa, causando um involuntário gesto de desaprovação, quase imperceptível, no rosto sereno da bibliotecária.

– A verdade é que minha opinião sobre a educação formal é muito particular. Mas, se decidir ficar e trabalhar aqui, será suficiente que saiba que educo meus sobrinhos pessoalmente porque estou determinado a dar-lhes a melhor formação possível. Não tenho as desculpas românticas que me atribui, senhorita Prim. Não estou ferido, não me sinto deprimido, não posso nem sequer dizer que me encontro sozinho. Minha única intenção é que as crianças possam um dia tornar-se tudo o que a escola moderna é incapaz de produzir.

– Produzir?

– É a palavra exata, em minha opinião – respondeu ele com um brilho divertido nos olhos.

A bibliotecária ficou em silêncio. Será que realmente aquela casa era o lugar certo para uma mulher como ela? Não se podia dizer que aquele homem fosse desagradável. Não era grosseiro, nem insultuoso, nem se observava em seus olhos rastro algum do olhar avaliador que tivera de suportar durante anos de seu antigo chefe, mas não havia nenhuma sutileza na maneira como ele falava com as crianças e tampouco existia delicadeza no tom direto, ainda que gentil, com que se dirigia a ela. A senhorita Prim teve de admitir que seu coração ainda permanecia com alguma apreensão pela inábil insinuação que ele fizera sobre sua pessoa apenas meia hora antes. No entanto, não era apenas isso. Havia uma vibrante energia no fundo daquele rosto, algo indefinível que remetia a troféus de caça, antigas epopeias e batalhas.

– Então, está determinada a ir embora? – perguntou ele abruptamente, tirando-a de seus pensamentos.

– Não, não estou. Eu queria uma explicação e tive uma explicação. Não posso dizer que compartilho da sua escura visão do sistema educacional, mas entendo seu medo de que a brutalidade do mundo moderno aniquile a delicadeza de espírito das crianças. Ainda que, se é que posso falar com franqueza...

– Por favor, faço questão.

– Eu acho que é um pouco extremista em sua abordagem, ainda que creia que o faz guiado por suas convicções, e isso é mais do que suficiente para mim.

– Então, crê que eu exagero.

– Sim, creio que exagera.

O homem aproximou-se da biblioteca, percorreu vários livros com os dedos, parou em um velho e grosso volume encadernado em couro e cuidadosamente o tirou da estante.

– Sabe o que é isto?

– Receio que não.

– *De Trinitate Libri.*

– Santo Agostinho?

– Vejo que faz jus ao seu currículo. Ou quem sabe tem, digamos, certas inquietudes espirituais?

A bibliotecária, incomodada com a pergunta, começou a mexer com o anel de ametista que usava na mão direita.

– É uma questão delicada, e, se não se importa, prefiro não responder. Acho que estou em meu direito.

– Uma questão delicada – repetiu ele em voz baixa enquanto olhava o livro. – Naturalmente, a senhorita tem razão. Desculpe-me novamente.

A senhorita Prim mordeu o lábio antes de acrescentar:

– Espero que não tenha nenhum problema quanto a minhas convicções pessoais, porque, caso contrário e para o bem de ambos, deveria dizer-me agora.

– Absolutamente nenhum. A senhorita não foi contratada para dar aulas de teologia.

– É um alívio sabê-lo.

– Tenho certeza disso – disse ele com um sorriso.

Houve um longo silêncio na sala, quebrado apenas pelas vozes sorridentes e distantes das crianças vindas do jardim.

– Gostaria de comentar que fiquei muito surpresa com esses nomes numéricos das crianças – disse a bibliotecária em uma titânica tentativa final de avançar para águas menos conflitantes.

– Na verdade são apelidos – disse ele rindo –, e têm muito a ver com minha incapacidade de lembrar as datas de aniversário. Septimus nasceu em setembro; seu irmão Deka em outubro; Téseris, em abril, e Eksi, a mais novinha, em junho. Sou um amante das línguas clássicas, e este sistema me ajudou mais de uma vez a sair de uma enrascada.

Enquanto falava, assinalou com um gesto a desordem da sala. Uma enorme quantidade de livros que se amontoavam sobre mesas e prateleiras em fileiras duplas, triplas e até quádruplas, no meio de enormes pilhas de documentos, velhos mapas, fósseis, minerais e conchas marinhas.

– Receio que o estado de minha biblioteca lhe diga tudo o que deveria saber sobre minha capacidade de organização.

– Não se preocupe, não me impressiona a desordem.

– Fico feliz, mas aposto que a incomoda.

A senhorita Prim não soube o que responder e mais uma vez optou por mudar de assunto.

– A pequena Téseris diz que pinta ícones de memória.

– E a senhorita não acredita, é claro.

– Insinua que devo acreditar?

Em vez de responder, o homem caminhou de volta para a biblioteca para guardar o pesado tomo encadernado em couro. Em seguida, foi até a lareira, pegou um caderno que estava na prateleira e o deixou na mão da bibliotecária.

– Esta é a lista de todas as obras que estão na biblioteca. Está classificada por autores; foi terminada pelo encarregado anterior. Eu gostaria que esta noite, se não estiver muito cansada, pudesse dar uma olhada. Dessa forma, amanhã será capaz de entender qual é o trabalho que quero que faça com este velho e empoeirado caos. A senhorita concorda?

A senhorita Prim desejava continuar a falar, mas percebeu que para seu novo chefe a conversa tinha chegado ao fim.

– Eu acho perfeito.

– Ótimo. O jantar é às nove, e o café da manhã às oito.

– Se não houver inconvenientes, preferiria fazer as principais refeições no quarto. Posso cozinhar qualquer coisa e trazer eu mesma de baixo a comida.

– Alguém da cozinha lhe levará as refeições, senhorita Prim. Temos uma boa logística em casa. Espero que possa descansar bem em sua primeira noite aqui – disse ele estendendo-lhe a mão.

A bibliotecária sentiu a tentação de protestar. Não gostara da ideia de que um homem praticamente desconhecido pudesse decidir como, quando ou o que ela deveria comer. Não gostava nada daquela forma dominante de dar as coisas como fato.

– Boa noite, senhor – disse ela docilmente antes de subir.

3

A senhorita Prim não soube com certeza se fora o galo o que a tinha despertado ou se isto fora resultado natural de um sono agitado. Já estava havia quase três semanas naquela casa e ainda se sentia desorientada toda vez que acordava. Sonolenta, espreguiçou-se muito lentamente debaixo das cobertas e em seguida olhou para o relógio. Dispunha de duas horas antes de ter de levantar-se e começar a trabalhar para ele. Enquanto estivesse no quarto, estava salva, suspirou com alívio. Salva de ordens bizarras e sem sentido, de sorrisos inesperados que pressagiavam novas ordens, de enigmáticos olhares, de perguntas cujo significado final não conseguia entender. Estaria zombando dela? Pelo contrário, parecia que a estudava, o que era quase mais irritante.

Ainda sonolenta, lançou outro olhar para o relógio. Não queria deparar com ele e com as crianças em seu caminho para a abadia. A senhorita Prim sempre se considerara uma mulher aberta, mas não aprovava aquele costume de forçar quatro crianças a ir caminhando todo dia para um mosteiro antes do café da manhã. É verdade que ao retornar pareciam notavelmente alegres, apesar da longa caminhada, do frio da manhã e do jejum. Mas, é claro, ela sabia que havia formas e meios de influenciar as crianças.

Quando meia hora depois saiu da casa, o sol já estava começando a esquentar. Atravessou rapidamente o jardim e abriu o portão de ferro, que rangeu longamente e muito alto. Por que aquele homem se recusava a restaurar as coisas? A senhorita Prim amava a perfeição, amava a beleza, e porque as amava irritava-a ver aquele portão envelhecido, entristecia-se de ver aquelas pinturas sem restauração, indignava-se de encontrar livros incunábulos manchados de manteiga nas prateleiras da estufa.

– Este homem é uma desgraça – murmurou de mau humor.

Em vez de seguir a estrada, decidiu virar à direita e tomar um estreito caminho rural que atravessava campos de lavoura, cortava a floresta e chegava até a vila. Naquela manhã, precisava urgentemente comprar cadernos e etiquetas. O dia anterior havia tido um pequeno conflito com seu chefe, o quinto desde sua chegada à casa. Ele entrara na biblioteca e lhe dissera com absoluta clareza que não queria que ela utilizasse arquivos informáticos para classificar seus livros.

– Muito bem, se é o que deseja, vou deixar de usá-los – respondeu a senhorita Prim com forçada docilidade.

Depois, ele havia acrescentado que não era a favor de máquinas de escrever, ainda que fossem antigas e empoeiradas.

– Não serei eu a exigi-las – murmurou a bibliotecária de lábios fechados.

E foi então que não conseguiu resistir e disse:

– Quem sabe deseja que eu catalogue os livros com pena de ave?

Ele celebrou aquela ironia com um agradável sorriso, feito de uma transbordante e deliciosa gentileza, com admirável delicadeza. Mas, depois de três semanas naquela casa, a senhorita Prim já estava plenamente consciente de que aquela hipnótica cortesia masculina não servia senão para obrigá-la a fazer as coisas.

– Se o senhor insiste tanto nesse absurdo arcaísmo, eu o farei à mão, mas devo avisar que preciso de etiquetas. Não retrocederei neste ponto. É uma questão de método, e uma bibliotecária sem método não é uma bibliotecária.

– Minha querida senhorita Prim – dissera –, pode usar todas as etiquetas que desejar, é claro que as pode usar. Tudo o que peço é que não use desse tipo que brilha no escuro. Não tenho nada contra etiquetas coloridas, absolutamente nada, salvo minha total convicção de que não se podem catalogar os sermões de São Boaventura em verde-limão ou as obras de Virgílio em rosa fluorescente.

A bibliotecária se tinha sentido profundamente indignada com aquela resposta. Com um olhar incendiado e com o nobre nariz apontando para o céu, viu-se forçada a explicar que nunca usara etiquetas fluorescentes, não era uma profissional que utilizava esse tipo de material, não precisava de ninguém para dizer-lhe que uma biblioteca como aquela não admitia etiquetas de cores berrantes. E então ele se rira dela e ainda dissera algo mais ofensivo:

– Calma, Prudência, eu só estava brincando, não é preciso que fique com ar tão majestoso. Parece a própria imagem da *Liberdade guiando o povo*.

Alterada pela memória daquela cena, a senhorita Prim interrompeu seus pensamentos para afastar com vigor alguns arbustos que obstruíam o caminho. Quando estava pronta para deixar para trás o último grupo de árvores, chegou até ela o som de várias vozes familiares. No meio de uma grande planície, sentadas na relva, as pequenas da casa viam animadamente seus dois irmãos lutar entre si com alguma coisa parecida com remos ou varas de madeira. A bibliotecária se agachou atrás de alguns arbustos para poder observar sem ser vista. Os meninos usavam velhas máscaras de esgrima, mas aquilo não era nenhuma garantia de proteção no caso de um forte golpe. Mais uma vez ela se perguntou se o homem que a contratara tinha juízo. De pé, no meio da planície, ele estava empenhado em dar instruções precisas sobre estratégia militar para os dois meninos.

– Típico dele – murmurou com desprezo lá de seu esconderijo –: primeiro ensina os meninos a lutar e depois os leva à igreja.

– Não está louco, se é isso o que está pensando. E não deveria preocupar-se, nunca poria os meninos em perigo.

A senhorita Prim virou-se assustada e deu de cara com um homem mais velho e de grande estatura que a olhava sorrindo.

– Quem é você? – perguntou enquanto decidia se era melhor deixar os arbustos ou se era mais seguro ficar onde estava.

– Perdoe-me se a assustei. A senhorita está na casa para organizar a biblioteca, certo? A senhorita Prim, se não me engano.

A bibliotecária assentiu com a cabeça e observou disfarçadamente o visitante.

– Sou um velho amigo da família. Conheço todos praticamente desde que vieram ao mundo. Se ele é para eles como um pai, eu sou como um avô.

– Prazer em conhecê-lo, senhor...

– Horácio Delàs, Horácio para você.

A senhorita Prim agradeceu a cortesia e então apontou para os pequenos.

– Diga-me uma coisa, sr. Horácio: o que ele supostamente está fazendo com os meninos? Formação para uma guerra?

– Minha querida amiga, tinha ouvido dizer que a senhorita era uma pessoa cheia de qualificações – disse o recém-chegado com gentil ironia. – Observe bem, ele está explicando como lutavam os antigos cavaleiros. A maioria das crianças hoje em dia não sabe como manejar uma espada, uma lança ou um pique, desconhecem até o que é um cavaleiro. Olhe, se não me equivoco, agora lhes há de lembrar as seis principais regras de Godofredo de Preuilly.

– Godofredo de Preuilly?

– A senhorita não é daqui e não tem porque saber, mas foi um cavaleiro que morreu em meados do século XI. A ele se lhe credita nada menos que a paternidade dos torneios. Algumas pessoas dizem que redigiu as primeiras normas para regular as competições. Não há fatos históricos muito claros, mas são belos e nobres conselhos.

A voz baixa e clara do homem da poltrona interrompeu a conversa:

– Primeira regra, nunca ferir com ponta o cavaleiro contrário. Segunda, não lutar fora das linhas. Terceira, nunca atacar um oponente sozinho com vários homens. Quarta, não ferir o cavalo do rival. Quinta, golpear unicamente no peito e no rosto... Sexta e última – o caminhante se voltou para a senhorita Prim e com mão triunfante tocou a aba do chapéu –, nunca atacar quando o oponente tiver a viseira da armadura levantada. Não é nenhum absurdo, minha amiga, assim morreu Henrique II da França. A senhorita deve lembrar que a lança de Gabriel de Montgomery atravessou um olho seu durante um torneio.

A bibliotecária assentiu e sorriu, estendeu a mão para pegar uma amora de fim de temporada e, em seguida, deu uma olhada para o relógio.

– Perdoe-me, sr. Horácio, mas tenho de ir agora. Tenho de comprar algo na vila e estar de volta antes do meio-dia. Suponho que depois de jogar a justa os cavaleiros vão para a abadia.

– Mas não irá com eles?

– Presumo que eu não seja muito espiritual.

– Não se preocupe, eu tampouco sou. Volto para casa depois de meu passeio matinal; por isso, se me permite, acompanho-a.

O caminhante lhe ofereceu o braço, e ela aceitou com gratidão. Pela primeira vez desde sua chegada à casa se sentiu confortável e descontraída. Tinha a sensação de ter encontrado um aliado. Um homem sensato, razoável, equilibrado; uma pessoa com quem se podia falar. «É um cavalheiro», disse a si mesma contente enquanto caminhavam juntos sob o agradável sol da manhã. E quem não queria ter um cavalheiro como aliado?

❧

Três horas depois daquele encontro agradável, a senhorita Prim tomara novamente o caminho de casa. Chegara um pouco tarde, mas estava certa de que a elegância das etiquetas brancas e dos cadernos de pele azul-marinho constituiria eficiente pretexto para justificar seu atraso. «Não considera seu chefe um homem encantador?», perguntara-lhe a dona da papelaria ao saber que trabalhava naquela casa. A senhorita Prim não o considerava assim. Era um homem diferente, admitia-o. Tinha sido muito generoso pela maneira com que se encarregara dos filhos de sua irmã e ao tornar-se professor de línguas clássicas das crianças de metade de Santo Ireneu – não tinha nenhuma objeção a admiti-lo. Mas não era encantador, não pelo menos quando se tratava de defender suas ideias. Não era encantador nas discussões, nem quando se tratava de debate. Não cedia uma vírgula no que considerasse que era o certo, e não tinha piedade alguma com seus adversários quando descobria que não estavam à sua altura. A senhorita Prim estava havia pouco tempo na casa, mas já tivera ocasião de vê-lo em ação. Ele poderia ser o homem mais gentil do mundo, mas também era capaz de ser o mais duro.

– Que surpresa ouvi-la falar assim! – exclamou a dona da papelaria. – Nunca ouvi nenhuma outra mulher dizer nada parecido. Duro? Deve estar enganada.

É claro, ele não era assim com as crianças, pensou ao sair do estabelecimento, embora as educasse com disciplina – disciplina afetiva, mas afinal de contas disciplina – e exigisse muito delas como professor dessa peculiar escola doméstica. A senhorita Prim havia trabalhado algumas manhãs na biblioteca enquanto as crianças assistiam às aulas dele. Escudada pelas enormes fileiras de livros que tinha de classificar, contemplara a paixão do homem quando explicava aos meninos questões mais complexas, contemplara a clareza com que se expressava, a forma como as ensinava a pensar. Mas ela também o havia observado quando fazia perguntas. Não se poderia dizer que as crianças tivessem medo, embora fosse claro que ansiavam por seu reconhecimento e procuravam sua aprovação a todo custo. Era comovente vê-los brincar e jogar com ele, entre risadas e gritos, mas não era muito bom ver como se aproximavam tristonhos quando falhavam numa conjugação grega e viam que seu mentor, desanimado, franzia o cenho e baixava a cabeça.

– Não acha que ele é muito rigoroso? – perguntou a bibliotecária a seu novo amigo naquela manhã, depois de que este a convidara a tomar o café da manhã em seu jardim, como final do passeio até a vila.

– Se é rigoroso? Sou um amante do método escolástico, senhorita Prim, não espere que critique a exigência acadêmica. Não tenho muito boa opinião sobre a educação dos últimos cinquenta anos, não vou mentir quanto a isso.

– Mas trata-se de algo mais que exigência, sr. Horácio. Seus métodos são arcaicos e extravagantes, assim como ele mesmo. Devo supor que o senhor sabe que, quando não está dando aulas às crianças ou brincando com os meninos de torneios medievais, permanece muitas horas encerrado. Às vezes, fica a maior parte do dia de portas fechadas, não sendo incomum perder o horário do almoço ou do jantar. Realmente acha que tudo isso faz parte de uma estratégia pedagógica?

Seu anfitrião riu comprazido enquanto se levantava, entrava em casa e retornava com dois livros na mão. Depois de sentar-se novamente à mesa, serviu-se uma segunda xícara de café e abriu um deles.

– Minha querida senhorita Prim, vou explicar-lhe uma coisa. Certamente terá lido a história de Pantagruel, de Rabelais.

– Naturalmente.

– Muito bem, o que quero que entenda é que o nosso homem da poltrona, como o chama, tem muito de Gargântua em sua maneira de educar as crianças.

– O que quer dizer?

– Deixe-me explicar. Há uma passagem no *Pantagruel* em que Gargântua assinala para seu filho tudo aquilo que quer que ele aprenda, certamente a senhorita a conhece. Vamos ver, sim, aqui está. Quer lê-lo para ver se se lembra de alguma coisa? A senhorita Prim pegou o livro e começou a ler em voz alta:

*Disponho e quero que aprendas as línguas perfeitamente:
em primeiro lugar, o grego, como manda Quintiliano. Em segundo, o latim. E depois o hebraico, para a Sagrada Escritura; e
o caldeu e o árabe também.*

– Não me vai dizer que ele está ensinando hebraico, árabe e caldeu para as crianças? – interrompeu-se com um gesto
de espanto.

– Oh, não, embora seja um grande poliglota, especialmente em línguas mortas. Não, não lhes ensina árabe, mas sim
grego, latim e um pouco de aramaico, este último mais por
razões sentimentais que por razões acadêmicas. Mas continue
a ler, continue a ler.

A senhorita Prim retomou a leitura, obediente:

*E em grego hás de formar-te no estilo de Platão; e no de
Cícero em latim. Não há nenhuma história que não devas ter
presente na memória, para o que te servirá de ajuda a cosmo-
grafia dos que disso escreveram. Das artes liberais, da geometria,
da aritmética e da música já fiz com que adquirisses algum gosto
quando tinha cinco ou seis anos. Continua com aquilo de que
precisar e aprende todos os cânones da astronomia.*

– Não quero que fique cansativo, permita-me resumir o
resto. Do direito civil, Gargântua quer que o filho aprenda os
belos textos e possa compará-los com a filosofia. E, quanto à
natureza, ensina que o mundo é uma grande escola. Quer que
não haja mar, rio ou nascente cujos peixes ele desconheça; quer
que reconheça todas as aves do céu, todas as árvores, arbustos
e árvores frutíferas, todas as ervas da terra, todos os metais
escondidos nos abismos, todas as pedras preciosas do Oriente
e do Oriente Médio.

– É impressionante – murmurou a bibliotecária.

– Sim, de fato o é. Ele exige que aprenda sobre a medicina e o homem; quer ver em seu filho um abismo de ciência.

– E é isso o que ele quer ver nas crianças? Mas isso é ridículo, são muito pequenas.

– Eu o considero grandioso, não vou enganá-la. É uma aventura acadêmica que me entusiasma. Mas deixe-me mostrar-lhe outro dos textos que inspirou esta escola doméstica e entenderá um pouco mais de que se trata. Pode ser que não conheça este. É a carta de Jerônimo de Estridão a Leta. Jerônimo, como há de saber, fez a grandiosa tradução...

– A *Vulgata*.

– Isso mesmo. Ele viveu muitos anos como eremita no deserto estudando a Sagrada Escritura, depois retornou a Roma, e finalmente se estabeleceu em Belém. Sem dúvida, foi um gigante intelectual, um homem de mente prodigiosa, com um temperamento e uma vontade de ferro. Extremamente exigente consigo mesmo, muito exigente. Então, em determinado momento de sua estada em Belém, recebe uma carta de uma mulher chamada Leta que lhe pede conselhos sobre a educação da sua pequena filha.

– E ele recomendou que a castigasse pondo-a de joelhos com os braços em cruz? – perguntou com um sorriso a senhorita Prim.

– De modo algum – respondeu muito animado seu anfitrião. – Em minha opinião, deu uma série de conselhos admiráveis. Em sua carta a Leta, explicou-lhe que considerava essencial aprender idiomas estrangeiros, especialmente o latim e o grego, desde a mais tenra infância, porque, como escreve, «se os tenros lábios não se formam desde o início nisso, a língua é danificada por um sotaque estrangeiro.» Não é outra uma das teses de seu jovem empregador, minha querida. São Jerônimo recomenda, é claro, a leitura diária das Escrituras.

– Na verdade, então... Tudo tem um propósito?

– Um dia falaremos de propósitos. Enquanto isso, aprecie o que vê... e participe. Tenho certeza de que pode responder às perguntas da pequena Eksi sobre os defeitos de caráter das heroínas da literatura inglesa muito melhor do que ele.

De volta a casa, a senhorita Prim abriu o portão do jardim e atravessou o velho e outonal corredor de hortênsias aparentemente distraída. Nunca havia considerado a possibilidade de ensinar nada a nenhuma criança. Na verdade, nem sequer tinha pensado em fazê-lo a nenhum adulto. Nem sequer sabia se o poderia fazer, e, além disso, ele não lho havia pedido e provavelmente nem sequer o aprovaria. Ela ainda não esquecera o olhar de decepção que vira em seu rosto na tarde de sua chegada, quando confessou que era uma mulher intensamente qualificada.

– Não quero nem saber dele e de sua maldita arrogância – murmurou indignada.

Não se preocuparia com as crianças. Já tinha bastante com seu próprio trabalho.

4

Havia passado pouco mais de um mês desde aquele encontro, quando a senhorita Prim começou a perceber as primeiras tentativas de atentado contra sua solteirice. No início, não dera muita importância ao fato; afinal era uma lisonja saber-se o centro dos falatórios da vila. Aquela era uma sociedade extremamente tradicional e, como tal, devia estar-se perguntando por que uma mulher jovem e de boa aparência como ela não era casada ou pelo menos não estava comprometida. Assim, quando em uma manhã a sra. Oeillet, proprietária da principal floricultura da vila, lhe perguntou piscando o olho onde ela havia deixado a aliança, a senhorita Prim não ficou surpresa.

– Não sou casada, se é a isso que se refere – respondeu-lhe com um sorriso enquanto examinava um vaso de *Papaver rhoeas*, que era como a bibliotecária conhecia aquelas flores que o restante do mundo chama papoulas.

A sra. Oeillet confirmou que quisera dizer exatamente aquilo, justo aquilo. As mulheres costumavam ter um marido em Santo Ireneu de Arnois. Não era obrigatório, mas era o mais conveniente. As mulheres como ela, ademais, pareciam naturalmente dotadas para o casamento. Um rosto gracioso, uma boa figura, maneiras delicadas, vasta cultura; todos esses atributos pressagiavam que a finalidade para a qual fora formada a senhorita Prim, a razão final de sua existência, não era outra senão o casamento.

– É muito gentil, mas não tenho nenhuma intenção de casar-me – disse ela com firmeza. – Não sou a favor do casamento. Para mim não tem nenhum sentido.

A florista sorriu com uma doçura extraordinária, o que terminou por surpreender a bibliotecária. Ela não esperava um sorriso como resposta. Um gesto irritado, uma exclamação de espanto, uma escandalosa explosão teriam sido as reações mais apropriadas. As mulheres como a sra. Oeillet, que já superavam muito a maturidade e que avançavam para a velhice com a dignidade sólida de um navio a vapor, costumavam ficar chocadas quando eram testemunhas de declarações públicas contra o casamento. Era a resposta natural, a reação decente em tais situações. E a senhorita Prim, que tinha sido educada em uma família severamente modelada pela disciplina, gostava que as pessoas sempre reagissem como devido.

– Estou totalmente de acordo com você! – finalmente disse a proprietária da floricultura após um longo suspiro. – O casamento hoje em dia se tem tornado um simples acordo legal, com toda essa papelada, esses frios escritórios e registros, essas separações de bens e essas leis que desnaturam tudo. Se eu fosse você e tivesse de casar nestes tempos, não assinaria nada *disso*, é claro que não.

A senhorita Prim, que agora concentrava sua atenção em um centro de mesa de *Zinnia elegans*, perguntou-se se sua interlocutora estaria realmente em sã consciência. Não acabara de dizer que ela parecia feita para o casamento? Não se tinha referido à sua evidente vocação para a vida conjugal? Não elogiara seu rosto gracioso, sua vasta cultura e seus bons costumes?

– Espero que não tenha se ofendido – continuou a florista com requintada gentileza –, mas com frequência me pergunto como se pode pensar que um funcionário público tem alguma coisa a fazer no meio de um casamento. Parece quase uma contradição! Um casamento pode ser muitas coisas, algumas boas e outras más, mas a senhorita concordará comigo em que nenhuma delas tem muito a ver com a burocracia.

A senhorita Prim, que não conseguia decidir-se também quanto às zínnias, concordou que certamente a burocracia e o casamento eram realidades excludentes. Enquanto pagava o vaso de *Papaver rhoeas*, refletiu sobre o extraordinário fato de que tanto a sra. Oeillet como ela estivessem em completo acordo naquele assunto, embora tratassem o problema de ângulos diferentes. Não pensavam o mesmo sobre o casamento, isso era óbvio. Mas também era fato que concordavam plenamente quanto ao que o casamento não era e nunca poderia ser.

A bibliotecária tinha acabado de sair da floricultura quando praticamente deu de cara com o homem da poltrona. Surpresa e contrariada, falou da necessidade de resolver algum assunto na agência dos correios, observação que ele aparentemente decidiu ignorar.

– A senhorita Prim no meio de papoulas... mas até parece título de uma pintura. Deixe-me ajudá-la com a planta, posso acompanhá-la?

– O senhor é muito gentil – respondeu friamente.

O homem da poltrona pegou o vaso e iniciou a caminhada a seu lado em silêncio.

– Pelo que vejo, a senhorita esteve falando com Hortênsia Oeillet. E naturalmente ela lhe perguntou por que não é casada, estou certo? – disse ele com um sorriso.

– Essa mulher tem algumas ideias estranhas sobre o casamento – respondeu a bibliotecária.

– O que quer dizer com essa enigmática frase é que são diferentes das suas, suponho.

– É claro que são. Sou totalmente contra o casamento.

– É mesmo?

– Eu o considero uma instituição inútil e retrógrada.

– É interessante que diga isso – refletiu ele –, porque tenho uma impressão contrária. Tenho a sensação de que hoje todo mundo quer se casar. Não sei se notou que há grandes reivindicações em todos os lugares em relação a esse assunto, sem mencionar todas as pessoas que proclamam sua fé no casamento ao acumular ao longo de sua vida o máximo de casamentos possível. É um tanto interessante que a senhorita seja contra. Em minha opinião, isso demonstra uma inocência de espírito comovente.

– O senhor é a favor, claro.

– Totalmente favorável. Sou um grande defensor do casamento, e por isso sou totalmente contrário a que se incluam as autoridades civis em sua celebração. Sigo as convicções de Hortênsia, parece-me surpreendente ver um burocrata em um casamento. A menos, claro, que seja um dos noivos ou que tenha sido convidado.

A senhorita Prim abaixou a cabeça para dissimular um sorriso.

– E todos por aqui pensam como o senhor e a sra. Oeillet?

– Eu diria que todos estão aqui porque pensam como a sra. Oeillet e como eu, e isso é outra coisa.

A bibliotecária não entendeu o significado dessa resposta, mas conteve o desejo de replicar. Não gostaria de começar outro debate. O instinto de preservação lhe dizia que, quando começava uma disputa com seu chefe, sempre estava em desvantagem. Ela sempre se considerara uma grande debatedora, as pessoas até costumavam temê-la por isso, mas agora tinha diante de si alguém que a superava amplamente nesse campo. Alguém irritante, que sabia torcer os argumentos até extremos inverossímeis e levar as discussões para terrenos pantanosos que a faziam sentir-se insegura e ridícula.

– LIGA FEMINISTA DE SANTO IRENEU – leu em voz alta em um pequeno cartaz posto ao lado de uma casa quase oculta por uma maranha de hera. – Fico surpresa com que haja feministas em Santo Ireneu. É algo demasiado moderno para este lugar, não é? – disse ela ironicamente.

Em vez de responder, seu acompanhante parou, abaixou a cabeça para poder olhá-la nos olhos e então soltou uma gargalhada.

– Você realmente acredita nisso? Você realmente acredita que o feminismo é algo moderno? – perguntou risonho.

– Realmente, Prudência, a senhorita é encantadora.

A senhorita Prim abriu a boca disposta a deixar claro que uma resposta como aquela era uma falta de respeito, mas, finalmente, pensou melhor.

– Depende de com que se compare – respondeu irritadamente. – Há movimentos mais modernos, mas o senhor não pode negar que o feminismo em seus primórdios foi um pouco libertador. E quero que fique claro que digo isso sem me unir às suas fileiras, o senhor não me verá nunca sob essa bandeira.

– É um alívio saber.

A bibliotecária corou, mas não disse nada.

– Mesmo assim, quero dizer-lhe que não compartilho em absoluto sua opinião sobre a suposta origem libertadora do movimento – continuou ele. – É evidente que nunca ouviu falar do machado de Carrie Nation.

A senhorita Prim mordeu o lábio. Sabia perfeitamente o que estava por vir. Já conhecia suficientemente aquele homem para sabê-lo. Sabia que a referência a esse machado e à sua proprietária era apenas a isca para que ele pudesse oferecer uma das suas brilhantes aulas magistrais. E não queria dar-lhe essa satisfação, desejava ardentemente não dar-lhe, e estava absolutamente determinada a isso. Mas, no final, a curiosidade pôde mais que ela.

– Carrie Nation e seu machado?

– Não sabe quem é?

– Nem um pouco. Está inventando isso?

– Eu inventá-lo? Como pode pensar isso? – protestou em tom ofendido. – Para sua informação, Carrie Nation foi a fundadora do Movimento da Moderação, um pequeno grupo que se opôs ao consumo de álcool antes da Lei Seca. Provavelmente era uma agradabilíssima idosa, mas tinha o mau hábito de irromper nos bares com um machado na mão junto com um grupo de amigas com o nobre objetivo de destroçar todas as garrafas que encontrasse no caminho. Os cronistas da época dizem que media um metro e oitenta de altura e pesava quase oitenta quilos, com o que se pode imaginar quão libertadora era a cena. Diz-se que quando morreu seus seguidores puseram em seu túmulo este comovente epitáfio: FIEL À CAUSA DA ABSTINÊNCIA, FEZ O QUE PÔDE.

– E o que tudo isso tem a ver com o feminismo? – perguntou abruptamente a senhorita Prim, após advertir no íntimo que estava começando a gostar da conversa.

– Deixe-me prosseguir, a senhorita tem o hábito endiabrado de interromper os mais velhos. O movimento da sra. Nation defendia que o alcoolismo incitava a violência dentro de casa e, portanto, esteve muito ligado às primeiras ligas de defesa dos direitos das mulheres. Muitas daquelas fanáticas destruidoras de bares eram feministas convictas, dessas que você chama libertadoras. E quero que fique claro que considero a sra. Nation uma nobre antepassada do movimento. A estupidez, definitivamente, chegou muito depois.

A senhora Prim, indignada, voltou a morder o lábio.

– E ainda assim permitem que haja feministas nesta encantadora cidadezinha? – perguntou ela com uma gélida ironia ao chegarem à porta da agência dos correios.

O homem da poltrona franziu o cenho para proteger-se do sol e balançou a cabeça pensativamente.

– Gostaria de conhecê-las? Advirto-a de que não são exatamente o tipo de feministas que provavelmente espera que sejam.

– E como sabe o que eu espero? Se não se importa, sim, eu gostaria. Estou convencida de que será uma experiência interessante – respondeu ela enquanto ficava na ponta dos pés firmemente para tirar as papoulas dele.

– A propósito – disse ele antes de tomar a decisão de atravessar para o outro lado da rua –, acho que hoje teve a honra de conhecer sua presidente. É nossa amiga comum, a gentil e sorridente Hortênsia Oeillet.

✤

Hortênsia Oeillet não demorou a enviar um convite formal à senhorita Prim. Nele se dizia que a Liga Feminista de Santo Ireneu se sentia muito satisfeita por incluí-la em sua próxima reunião, por realizar-se na terça-feira seguinte. Na manhã em que chegou o convite, no entanto, a bibliotecária ficou surpresa, estava ocupada em outro assunto. Fazia pouco mais de três décadas, embora ninguém realmente soubesse quanto mais, que seu aniversário se comemorava exatamente naquela data. Era uma celebração solene, porque Prudência Prim era da opinião de que só os vivos comemoram aniversários, e de que esta vantagem sobre os mortos deve ser comemorada corretamente. No dia do seu aniversário, a senhorita Prim se levantou pontualmente às sete horas e começou os preparativos para seu bolo. Pôs um avental na cintura, recolheu seriamente o cabelo e seguiu fielmente a velha receita que sua avó havia deixado para sua mãe e que esta, convencida de ter diante de si um futuro extraordinariamente longevo, havia optado por legar em vida para a filha.

O bolo da senhorita Prim gozava de grande popularidade em seu pequeno círculo de amigos, colegas e conhecidos. No entanto, ninguém havia podido descobrir com que ingredientes conseguia criar aquele delicioso e suave sabor. «É uma questão de amor», dizia ela para diminuir sua importância. E, no entanto, todos suspeitavam que não era tanto uma questão de afeto, mas de misturar sabiamente certo ingrediente silvestre com a massa. «Se não o identificam, não merecem sabê-lo», justificava-se a bibliotecária quando algumas vezes, muito poucas, se sentia assaltada por ondas de remorso por manter seu segredo de maneira tão severa.

– Senhorita Prim, sabia que Emily Brontë estudava alemão enquanto vigiava o forno na cozinha de casa? – perguntou inesperadamente a pequena Eksi naquela manhã, enquanto se empenhava em dar forma a uma pequena porção separada da massa principal do bolo.

– Não, querida, eu nem sequer imaginava, mas parece muito interessante. Imagino que foi seu tio quem lhe disse isso, certo?

– Não, ele não sabe muito disso. Quem me contou foi o tio Horácio. Ele disse que ela andava pela cozinha com o livro de alemão na mão enquanto vigiava o pão no forno. Não é interessante?

A senhorita Prim não acreditava que estudar línguas na frente de um forno de carvão em uma gelada cozinha do século XIX fosse muito interessante, mas se conteve e não disse nada. Naquela manhã, estava extremamente feliz. Em um gesto inesperado, o homem da poltrona dera um dia de folga às crianças para que a ajudassem a preparar o bolo. Os três mais velhos estavam naquele momento no jardim colhendo folhas de plantas aromáticas para enfeitá-lo, enquanto a pequena colaborava de seu próprio jeito desenvolvendo uma versão reduzida do bolo. A cozinheira também havia passado várias horas trabalhando, ocupada em apresentar um cardápio de aniversário que deixasse claro diante daquela intrusa quem mandava na cozinha da casa.

A bibliotecária, com os braços cobertos de farinha até os cotovelos e as faces coradas pelo esforço, observou com satisfação a antiga e bela cozinha, decrépita, como tudo naquela casa. Aquela cozinha lhe sugeria uma infância perfeita. Uma infância que cheirava a pão fresco, bolinhos, bolo de chocolate, biscoitos e rosquinhas. O tipo de infância que ela nunca vivera, mas naquela casa bagunçada, devia admitir, era uma realidade cotidiana.

– Senhorita Prim, a senhorita acredita que no mundo existe de verdade alguém como o sr. Darcy? – perguntou desta vez Eksi, que a seus sete anos e meio escrevia folhetins para os irmãos.

A bibliotecária, que algumas semanas antes teria ficado surpresa ao saber que uma menina tão pequena já lia esse tipo de literatura, deixou o rolo, limpou as mãos no avental e se virou para ela.

– Eu acho, Eksi, que Jane Austen merece toda a nossa admiração por ter criado o homem perfeito. Mas, já que você é uma menina muito inteligente, deve saber que não existe nenhuma pessoa perfeita, quer dizer...

– Não há ninguém no mundo como o sr. Darcy – disse a garota alegremente.

– Mas eu não diria isso com tanta certeza.

A entrada inesperada do homem da poltrona na cozinha surpreendeu fortemente a senhorita Prim, ainda que ela o tenha dissimulado com maestria.

– Então há alguém assim? – perguntou a pequena, que o cumprimentou enquanto lhe sujava o nariz com um pouco de farinha.

– Eu não tenho nem ideia, Eksi, e confesso que estou cansado de ouvir falar dessa história. O que eu realmente quis dizer é que duvido que Darcy seja um homem perfeito. Além disso, duvido que sua autora tenha pensado em algum momento que o personagem fosse alguém nem remotamente perfeito.

A senhorita Prim, que havia começado a espalmar freneticamente a massa, levantou a cabeça e armou-se de coragem para intervir.

– Receio que o senhor esteja ligeiramente confuso. Existe a possibilidade de que possa não entender claramente a personagem, uma vez que é do mesmo sexo e todo mundo sabe que essa circunstância acentua a miopia, mas qualquer mulher percebe sem dificuldade que Darcy é um homem que diz exatamente o que tem de dizer a todo momento.

– O que é perfeitamente natural – respondeu ele –, se levarmos em consideração que é uma personagem literária e que há uma mão que escreve seus diálogos.

– Exatamente. E justamente por isso dizia a Eksi que não existe, que não pode existir no mundo nenhum homem assim – exclamou triunfalmente e com o nariz mais empinado que nunca a senhorita Prim.

– Minha querida Prudência, não faça trapaças – respondeu o homem da poltrona enquanto experimentava um pedaço da massa da menina, que se sentara em seu colo. – Eu já disse que não discuto o fato de que não existe no mundo um homem como Darcy. O que ponho em questão é que a personagem de Darcy represente um homem perfeito. A novela, como certamente se lembrará, chama-se *Orgulho e preconceito* porque o sr. Darcy é orgulhoso e a srta. Elizabeth Bennet é preconceituosa. *Ergo*, senhorita Prim, Darcy não é perfeito, porque o orgulho é o maior dos defeitos de caráter, e um homem orgulhoso é profundamente imperfeito.

– Como o senhor, sem dúvida alguma, deve saber por experiência – respondeu a bibliotecária antes de levar a mão à boca, horrorizada com o que acabava de dizer.

Houve um gélido silêncio na cozinha que nem sequer a pequena Eksi, que assistia fascinada àquele combate cruzado, ousou romper.

– Eu... não queria dizer isso, desculpe-me, por favor. Não sei como pude dizê-lo – desculpou-se a bibliotecária com a voz trêmula.

O homem da poltrona pôs a sobrinha no chão antes de levantar a cabeça e falar para sua funcionária.

– É possível que eu tenha merecido essa resposta, senhorita Prim – disse calmamente. – E, se assim for, peço-lhe desculpas por isso.

– Oh, não, por favor! Não se desculpe, eu imploro – ruborizou-se a bibliotecária. – Eu não quis dizer isso. Nem pretendia dizê-lo, acredite em mim.

Ele a observou fixamente em silêncio.

– Na verdade, acredito em você – disse ele finalmente. – O

que provavelmente quis dizer é que sou dominador, arrogante e teimoso, certo? E é possível que tenha razão, não o nego.

A senhorita Prim pôs a mão na testa e engoliu em seco antes de falar novamente.

– Por favor, eu lhe imploro que não continue. O que posso fazer para desculpar-me?

O homem da poltrona não respondeu. Deu a volta à enorme mesa de madeira da cozinha e aproximou-se lentamente de sua funcionária.

– Vamos lá, Prudência, sei perfeitamente que sua intenção não era ofender; não muito, pelo menos. Basta olhar para a expressão de horror em seu rosto para ter certeza. Vamos fazer uma coisa: que tal esquecermos esse equívoco desagradável e assinarmos uma trégua? – disse ele estendendo-lhe a mão.

A bibliotecária, de cabeça baixa, limpou a mão no avental antes de estender-lhe a mão.

– O senhor é muito generoso. Mas diga-me: realmente acha que poderá esquecer isso? O senhor tem todo o direito do mundo de me demitir depois de um comentário como esse.

– Eu tenho todo o direito do mundo, é claro, mas não vou fazer nada. A senhorita é muito boa com os livros. Além disso, uma coisa me diz que não será a última vez que devo perdoar-lhe – disse ele enquanto aproveitava a confusão do momento para rapidamente colocar uma colher na massa do bolo e trazê-la à boca.

– Parabéns, francamente está muito bom. Sementes de papoula?

A senhorita Prim, ainda envergonhada, arregalou os olhos.

– Como foi capaz de adivinhar?

Em vez de responder, o homem da poltrona resolutamente pegou uma maçã e, depois de piscar o olho para a sobrinha, encaminhou-se até a porta da cozinha.

– Deveria estar satisfeita de eu ter descoberto seu segredo – disse antes de sair. – Assim, poderemos dizer que estamos realmente em paz.

Quando a porta se fechou, a bibliotecária suspirou longa e profundamente. Olhou por um instante pela janela, voltou a pôr as mãos na farinha e continuou a amassar o bolo.

– Senhorita Prim – perguntou a pequena Eksi do outro lado da mesa –, não acha que nosso tio diz sempre o que tem de dizer?

– É possível, querida, é possível – murmurou ela muito acalorada. Depois foi para perto do forno, abriu a porta com cuidado e pôs lá dentro com certa impetuosidade, poderia dizer-se que até com um toque de euforia, seu maravilhoso bolo.

5

Chegava-se à sede da Liga Feminista de Santo Ireneu por um pequeno caminho adornado por um maciço de crisântemos. Às cinco da tarde em ponto de terça-feira, hora e data do convite, a delicada figura da senhorita Prim bateu à porta disposta finalmente a encontrar-se com o coração do poder feminino do lugar. A primeira coisa que a surpreendeu foi ser recebida por uma pequena e delicada criada de tez rosada, avental engomado e imaculada coifa branca. A senhorita Prim não esperava que uma reunião feminista tivesse tais convencionalismos. É verdade que não tivera nenhuma experiência neste campo, mas a ideia de um clube como este servido por criadas como aquela não deixava de parecer estranho. Ainda assim, seu senso da beleza antiga apreciou o sorriso de boas-vindas, a cortesia com que foi levada a subir a escada e a maneira com que, quase por magia, se encontrou no meio da sala.

– Minha querida amiga, é um grande prazer para nós que esteja aqui!

Hortênsia Oeillet aproximou-se dela seguida por um grupo de mulheres – a bibliotecária contou dez –, e todas ficaram em torno dela, a ajudaram a acomodar-se em uma cadeira e puseram com espantosa rapidez em sua mão uma xícara de chocolate e dois bolinhos de nata. A senhorita Prim agradeceu o convite, mas rejeitou habilmente a honra de dizer algumas palavras antes que a presidente da liga abrisse a sessão. Enquanto era apresentada a umas e a outras, conseguiu constatar que muitas das convidadas eram mulheres profissionais, coisa que considerou muito natural em uma reunião feminina que advogava a libertação de seu sexo. Logo, no entanto, percebeu algo peculiar. A bibliotecária estava acostumada com o velho roteiro social em que, quando uma pessoa pergunta à outra o que faz, esta costuma responder com uma alusão a seu grau acadêmico, seja na medicina, no direito, nas finanças ou no ensino universitário. Mas no salão da Liga Feminista as conversas seguiam um curso diferente. Quando a senhorita Prim perguntava a uma das convidadas o que fazia, a resposta obtida não tinha nada que ver com o que ela esperava.

– Então é farmacêutica – comentou num aparte a uma das presentes. – Onde fica a farmácia? Creio ter visto uma na praça.

– Ah, sou farmacêutica, sim, mas não tenho farmácia. Sou diretora de uma pequena escola de pintura. Em Santo Ireneu uma farmácia é o suficiente, mas quando cheguei não havia ninguém capaz de ensinar pintura, entende?

A senhorita Prim, que certamente não entendia, dirigiu-se depois a uma mulher elegante, da qual tinha informação de que dirigira anos atrás uma das clínicas de emagrecimento mais caras e exclusivas do país.

– Diga-me – interessou-se gentilmente –, como é que uma profissional com sua experiência decidiu estabelecer-se em um lugar pequeno como este?

– Na verdade, é muito simples – respondeu sua interlocutora com um sorriso. – Mas acho que não foi informada com suficiente exatidão. Já há muito tempo encerrei essa fase profissional. Certamente já viu minha padaria: fica na praça ao lado da floricultura da Hortênsia. Vejo que fica surpresa. Deixei a clínica há cinco anos, pouco antes de me mudar para cá. Eu havia conseguido quase tudo, não tinha muito que fazer e na época precisava de alguma simplicidade. E o que é mais simples que o pão? Devo dizer que tive a grande sorte de aqui, em Santo Ireneu, me terem permitido ser dona de meu próprio tempo. Veja bem, eu faço única e exclusivamente o pão da tarde, o do lanche. Dedico-me aos bolinhos, às rosquinhas, aos confeitos e a outras coisas deliciosas.

– Acho que é precisa muita coragem para uma mudança de vida tão extraordinária – murmurou sem estar muito convencida a senhorita Prim antes de decidir voltar a sentar-se junto à lareira.

Mal se havia instalado em seu assento, foi abordada por uma mulher loira, alta e corpulenta que apertou suas mãos vigorosamente.

– Permita-me que me apresente. Meu nome é Clarissa Waste, proprietária da *Gazeta de Santo Ireneu*. Talvez já tenha conhecido a minha sócia, Hermínia.

A bibliotecária disse que ainda não tivera o prazer de conhecer nenhuma convidada chamada Hermínia e comentou que esta era a sua primeira oportunidade de falar com uma jornalista.

– Bem, acho que terá de esperar um pouco mais. Eu não sou jornalista, poderíamos dizer que sou uma pequena empresária. Emma Giovanacci, aquela mulher gordinha que agora está com Hortênsia, ela sim é jornalista; ou melhor, era antes de chegar aqui. Agora, está ocupada na aventura de iniciar o nosso Instituto de Pesquisa de Iconografia Medieval e na educação em casa de umas vinte crianças da vila. Não me pergunte como faz isso, é um mistério.

A senhorita Prim concluiu que a capacidade de desdobramento de alguns membros de seu sexo era um mistério que, a seu ver, ainda deveria ser estudado pela ciência. Em seguida, perguntou à convidada o que ela fazia antes de dedicar-se ao negócio editorial.

– Era uma ocupada mãe de família. Agora ainda o sou, não é algo que eu queira deixar, mas posso combiná-lo com o jornal. Antes de vir morar aqui, teria sido impensável fazê-lo. Ah, mas já vejo que não sabe! O nosso é um jornal da tarde. Fazemo-lo pela manhã, enquanto as crianças estão na escola da srta. Mott ou nessas aulas maravilhosas sobre Homero e Ésquilo que seu patrão dá. Veja bem, nossa filosofia aqui é que tudo o que é importante sempre acontece na parte da manhã.

– E se acontecer alguma coisa importante à tarde? – perguntou com surpresa a bibliotecária.

– Teríamos de divulgá-lo na tarde do dia seguinte, que mais poderíamos fazer?

Intrigada por essas respostas, a senhorita Prim continuou a circular pelo salão. Assim descobriu que muitas famílias de Santo Ireneu investiam todo o seu tempo e toda a sua formação, em alguns casos uma requintada e muito especial formação, em dirigir pessoalmente a educação de seus filhos e ensinar aos dos outros, atividade dotada de enorme prestígio social. Muitas daquelas mulheres possuíam seu próprio negócio, algum pequeno estabelecimento quase sempre localizado no andar inferior das casas para não perturbar excessivamente o ritmo da vida familiar. Os horários não pareciam ser problema. Todos compartilhavam a ideia de que as mulheres, mais ainda que os homens, deviam ser capazes de organizar livremente seu tempo. Portanto, ninguém considerava estranho se a livraria ficasse aberta das dez às quatorze horas, o cartório das onze às quinze, ou que a clínica odontológica iniciasse a jornada ao meio-dia e terminasse pontualmente às dezessete horas.

Quando a senhorita Prim terminou de servir-se sua terceira xícara de chocolate, a voz de Hortênsia Oeillet elevou-se acima da vozearia.

– Senhoras, senhoras, sentem-se! Precisamos iniciar a sessão, são quase cinco e meia.

Todas as convidadas, a bibliotecária contou umas trinta, se sentaram e ficaram dispostas para ouvir a presidente, que com um papel na mão iniciou a apresentação da agenda do dia.

– A primeira questão por tratar é a situação insustentável da nossa querida Amélia e do juiz Basett.

Um murmúrio de assentimento percorreu a sala. A mulher sentada do lado da senhorita Prim explicou-lhe em voz baixa que a jovem Amélia estava em estado de semiescravidão na casa de um magistrado aposentado, ajudando-o a terminar suas memórias havia seis anos.

– Imaginem, a menina trabalha mais de oito horas por dia. É anacrônico e intolerável.

Ouvindo estas palavras, a bibliotecária percebeu pela primeira vez que ela mesma, na casa do homem da poltrona, nunca prolongava sua jornada para além de cinco ou seis horas diárias. No início havia atribuído aquele tempo relaxado às extravagâncias de seu patrão, mas agora começava a perceber que se tratava de um valor inegociável em Santo Ireneu.

– Nossa amiga Amélia – dizia naquele momento Hortênsia Oeillet – é forçada a cumprir um horário inaceitável para os princípios que defendemos em Santo Ireneu. O juiz foi repetidamente advertido do fato, mas se faz de surdo. Como sabem, a garota vai celebrar seu casamento em abril do próximo ano – outro murmúrio, desta vez de parabéns, percorreu a sala – e é provável que não demore muito para se tornar mãe. Assim, é urgente fazer todo o possível para resolver esta situação.

Uma salva de palmas acompanhada de várias exaltações coroou as palavras da presidente. A seguir, uma pequena mulher de olhos grandes e rosto extraordinariamente expressivo levantou-se e tomou a palavra.

– É Hermínia Treaumont – cochichou para a senhorita Prim sua vizinha de cadeira. – É a diretora da *Gazeta de Santo Ireneu*. Antes de mudar-se para cá, ocupava a cátedra de poesia isabelina na Universidade da Pensilvânia.

Hermínia Treaumont falou com voz alta, serena e bem modulada.

– Minhas queridas amigas, acredito que nossa presidente explicou claramente a situação trabalhista da Amélia. Algumas de vocês sabem que sou muitas vezes sua confidente e conheço de perto as dificuldades que enfrenta na casa do juiz, embora saiba também que ela sente muita estima por ele. Não só lhe ficou impossível preparar qualquer tipo de evento porque está sujeito a esse horário, mas também está há muito tempo sem poder dedicar horas ao estudo e à leitura, que, como sabem, são dois dos pilares de nossa pequena comunidade.

A oradora fez uma pausa para tomar um gole de água e continuou imediatamente.

– Quando Amélia chegou aqui, com certeza muitas se lembram, era uma jovenzinha com alta opinião de si mesma e de seu amor pela literatura. Tudo isso mudou quando alguns meses depois de chegar a esta vila descobriu que o que o mundo chamava literatura, Santo Ireneu o chamava perda de tempo. Ainda me lembro da manhã em que veio ao meu escritório com os olhos brilhantes de emoção e uma velha antologia de poemas de John Donne nas mãos. Foi aqui que ela descobriu que a inteligência, esse dom maravilhoso, cresce no silêncio, e não no barulho. Foi aqui também que ela aprendeu que a mente humana, verdadeiramente humana, se alimenta de tempo, de trabalho e de disciplina.

Outros aplausos, ruidosos e animados, sacudiram o salão.

– É maravilhoso, não é? – comentou murmurando a mulher sentada ao lado da senhorita Prim. – Eu nunca perco sua coluna de terça-feira. Não deixe de lê-la, vai adorar.

– A proposta que a direção apresenta à Liga Feminista – continuou Hermínia Treaumont – é a seguinte. Como sabem, Amélia tem um gosto extraordinário. Se recebe um velho retalho, uma chaleira, meia dúzia de rosas e um espelho descascado, faz deles uma obra de arte. Por isso pensamos que esta associação poderia fazer uma coleta para ajudá-la a abrir um pequeno negócio de decoração (em Santo Ireneu não há nada semelhante, e acho que, se houvesse, beneficiaria a todos), e assim se libertará das limitações de todo assalariado. Receio que seu futuro marido não tenha muito talento para jardinagem. Eles não poderão viver com um único salário, não por ora.

– Mas quem ajudará o juiz a terminar suas memórias? – objetou uma das presentes com tom de preocupação.

– Suas memórias? Suas memórias? Ao inferno com suas memórias! – respondeu com inesperada energia a oradora, acompanhada imediatamente por um coro de aplausos.

Uma vez feita a votação, que aprovou por unanimidade a proposta para a realização da coleta, a reunião continuou sem problemas. O ponto seguinte da agenda, apresentado por Hortênsia Oeillet, tratou a conveniência de promover a criação de uma companhia de teatro que completasse a educação literária dos pequenos da vila. Todas as presentes concordaram. Não era possível estudar Shakespeare, Racine ou Molière sem sair das páginas de um livro, disse com firmeza a presidente. Não se consegue entender Ésquilo ou Sófocles sem deixar as estreitezas de uma carteira (neste ponto, a senhorita Prim, absolutamente entusiasmada, não conseguiu evitar murmurar apaixonadamente: «Quem sabe se no Hades minha ação é considerada santa?»). Era inimaginável poder chegar a amar a Corneille ou a Schiller – continuou com energia Hortênsia Oeillet – sem ter oportunidade de assistir no palco à violenta beleza e ao heroísmo de suas personagens.

– Bravo, bravo! – exclamou ficando de pé a bibliotecária em meio a um estrondo de aplausos e de frenéticas batidas de colherinhas. Minutos depois, a senhorita Prim provava sua quarta xícara de chocolate quando uma mulher gordinha e sorridente, que sua vizinha de cadeira identificou como Emma Giovanacci, se levantou para apresentar o último ponto da agenda.

– A terceira e última proposta desta reunião trata da conveniência de procurar um marido para nossa nova residente de Santo Ireneu, a jovem senhorita Prim.

A bibliotecária ficou agitada imediatamente. Pálida e trêmula, levantou-se, deixou sua xícara sobre a mesa e procurou com o olhar a presidente da reunião.

– Desculpe-me, Hortênsia – disse friamente enfurecida –, mas não entendo o que significa tudo isso.

Um pesado silêncio se apossou da sala.

– Cara Emma, como pode pensar...? – gaguejou a presidente olhando para a mulher que tinha lido o último ponto do dia. – Não vê que a senhorita Prim está aqui, *aqui*, conosco?

Horrorizada, a relatora olhou para a folha que tinha nas mãos.

– Mas estava na agenda! – gemeu ela, depois de ser informada de que a referida era aquela jovem linda com que havia estado sentada toda a noite junto à lareira e que agora procurava desesperadamente sua bolsa.

Quando encontrou o que procurava, a bibliotecária se encaminhou apressadamente para a porta da sala disposta a deixar aquele lugar sem esperar a escolta da criada de coifa branca, que, como muitas outras mulheres da vila, ocupava uma cadeira na reunião. De nada serviram as desculpas de Emma Giovanacci e as dolorosas súplicas de Hortênsia Oeillet. Também de nada adiantaram as palavras de consolo de Clarissa Waste, que explicou à senhorita Prim que a procura de um marido era uma atividade comum entre as damas feministas de Santo Ireneu.

– E as senhoras acham que são feministas? – exclamou indignada a bibliotecária encarando todas. – Acham que neste momento uma mulher ainda deve depender de um homem?

– Mas, minha querida, olhe para si – a voz clara e suave de Hermínia Treaumont deteve a senhorita Prim. – Mora na casa de um homem, trabalha o dia inteiro sob as ordens de um homem e recebe um salário do mesmo homem, que a cada primeiro dia do mês paga pontualmente todas as suas despesas. Realmente tinha a ilusão de estar liberada da dependência masculina?

– Isso não é o mesmo, e a senhora o sabe – respondeu com voz rouca a bibliotecária.

– É claro que não é o mesmo. A maioria das mulheres casadas desta vila não depende de seu marido nem de longe na mesma medida em que a senhorita depende do seu chefe. Como proprietárias de seu negócio, algumas delas são a principal fonte de renda familiar, e para muitas outras a principal fonte de poupança, porque formam intelectualmente seus filhos e transformam em renda disponível o orçamento que o resto do mundo gasta em escolas medíocres. Nenhuma delas é obrigada a pedir permissão se tiver de fazer qualquer coisa pessoal, como me atrevo a adivinhar que você deve fazer em seu trabalho. Nenhuma tem de calar suas opiniões, como tenho certeza de que deve fazer muitas vezes em conversas com seu patrão.

A senhorita Prim abriu a boca para protestar, mas algo nos olhos da sua oponente a fez voltar a fechá-la.

– A nenhuma – continuou Hermínia Treaumont – ocorreria levar um atestado médico cada vez que estivesse doente nem esperaria suportar olhares condescendentes quando anuncia uma coisa tão natural como um nascimento. Vê esse pequeno quadro com uma frase escrita sobre a lareira?

A contragosto a bibliotecária voltou o olhar para a parede.

– Foi escrito há muitos anos pelo homem a quem mais gratidão tenho em minha vida, depois de meu mentor acadêmico e de meu próprio pai. E, infelizmente, creio que é a maior verdade que já foi dita sobre esta questão. Leia-o, leia-o bem, e ouse dizer-me que não é verdade.

A senhorita Prim leu silenciosamente:

Dez mil mulheres marcharam um dia pelas ruas de Londres gritando: «Não queremos que mandem em nós!» E pouco depois se tornaram datilógrafas[1].

– Acreditem-me, senhoras, se eu realmente desejasse um marido, eu mesma procuraria um marido – disse a bibliotecária

---

1   G.K. Chesterton.

antes de sair da sala batendo a porta e com o nariz mais empinado do que nunca.

⁕

– Vamos lá, Prudência, não fique tão aborrecida com
isso, realmente não vale a pena.

Horácio Delàs serviu à senhorita Prim uma fumegante
xícara de tília, que ela recusou delicadamente.

– Não pode imaginar como foi desagradável para mim –
murmurou –, nem imagina quão envergonhada fiquei.

Depois de sua violenta e precipitada partida da Liga
Feminista, a bibliotecária havia ido à casa do único habitante
masculino, fora seu próprio patrão, que ela conhecia na vila.

– Este lugar é estranho, cheio de gente estranha – disse
com um suspiro.

– Espero que não me considere assim, lembre-se de
que sou um deles – respondeu seu anfitrião ao mesmo tempo
que lhe ofereceu uma taça de conhaque, que ela aceitou com
gratidão.

A senhorita Prim lhe assegurou que não dizia respeito a
ele. Desde que chegara a Santo Ireneu, havia tentado integrar-
-se à vila, mas seus esforços haviam sido inúteis. Havia muitas,
muitas questões pendentes por resolver; a primeira delas, seu
próprio patrão. Quem era? O que fazia? Por que sempre ia à
abadia de madrugada? Por que mergulhava entre livros velhos
durante dias inteiros, mesmo sem se lembrar do horário de
almoço ou de jantar? Era um eremita urbano?

A senhorita Prim ouvira falar de eremitas urbanos.
Loucos dedicados à oração, místicos que viviam nas cidades em
constante adoração ao modo dos primeiros eremitas do deserto

ou dos misteriosos *staretz* russos. Era por acaso o homem da poltrona um eremita urbano?

– E que conste que não tenho nada contra eremitas e muito menos os urbanos. Sempre respeitei todas as formas de espiritualidade – esclareceu.

– Claro que sim, minha amiga. Mas acredite em mim, ele *não* é um eremita.

– Então, o que é? Porque não pode negar que o zelo religioso dele está acima da média.

– Claro que está acima da média. Não posso acreditar que a senhorita seja tão pouco perspicaz. Será que ainda não percebeu que trabalha sob as ordens de um converso?

– Um converso?

– Estava convicto de que sabia.

– Nem um pouco. Converso de quê?

– Do ceticismo, naturalmente. De que mais poderia ser? A senhorita concordará que, se há um dragão, esse será o único de que vale a pena fugir.

Perplexa, a bibliotecária se perguntou se estaria começando a ficar zonza pelo conhaque.

– Pelo menos há de ter notado que não é um homem comum – insistiu seu anfitrião.

A senhorita Prim concordou: não era fácil considerar o homem da poltrona um homem comum.

– O que ele faz? – perguntou antes de levar a taça aos lábios novamente.

– Estuda.

– Ninguém pode viver de estudo.

– Também é professor.

– De quinze crianças de que não cobra nem o lanche.

– Certo, mas é uma das suas ocupações. Se quer perguntar-me qual é a sua principal fonte de renda, eu diria que tem grande reputação como especialista em línguas mortas, colabora em diversas publicações e uma ou duas vezes por ano realiza ciclos de conferências ministradas em várias universidades. Além de tudo isso, que proporciona mais prestígio do que dinheiro, administra grande parte do patrimônio de sua família. Na verdade, ele não precisa de muito para viver. É um homem austero, como certamente há de ter notado.

– Ciclos de conferências? Não sabia que o latim e o grego davam para tanto – comentou a senhorita Prim com um risinho.

Horácio Delàs a observou com uma mistura de surpresa e consternação.

– Latim e grego, diz a senhorita? Minha querida Prudência, a senhorita me deixa sem palavras novamente. Seu homem da poltrona domina cerca de vinte línguas, metade delas morta. E quando digo morta não estou referindo-me apenas ao aramaico ou ao sânscrito. Quero dizer o ugarítico, o sírio-caldeu, o púnico cartaginês ou antigos dialetos coptas, como o saídico e o faiúmico. Já lhe disse que está sob as ordens de um indivíduo pouco comum. A senhorita o vê ir para essa abadia todas as manhãs porque é um fiel apaixonado pela antiga liturgia romana. E vive enraizado neste lugar pequeno, ocupado em deveres comuns de vizinhos, porque foi ele, sob inspiração do velho que raramente sai da abadia, quem promoveu esta espécie de colônia.

– Colônia? O que quer dizer com isso?

Pela segunda vez, Horácio Delàs contemplou sua convidada com estupor.

– Mas, Prudência, a senhorita me dirá agora que ignora que Santo Ireneu é um pequeno paraíso para os exilados da confusão e da agitação modernas? Mas é precisamente isso o que atrai para cá tantas pessoas diversas e de tantos lugares! Começo a pensar que a senhorita aceitou este trabalho absolutamente a cegas. Não me diga que não havia notado nada de anormal até agora em nosso estilo de vida?

Animada pelos efeitos do conhaque, a senhorita Prim confessou que algo havia notado. Estava ali já havia tempo suficiente para ter um quadro do lugar, um juízo, um retrato, mesmo que fosse uma obra impressionista. Mas, se era sincera consigo mesma, deveria admitir que apenas acabara de fazer um esboço. Havia observado, no entanto, uma e outra peculiaridade. Nessa recôndita cidadezinha se estabeleciam famílias de diversas origens. Todos tinham sua própria casa, um pequeno negócio ou uma terra agrícola. As mercadorias básicas eram produzidas na vila, dando origem a um florescente e próspero comércio local. Não notara isso no início, em parte porque não tivera necessidade de comprar muitas coisas. Quando precisava de meias, de sapatos ou de outros artigos de uso pessoal, eram anotados em um pequeno caderno à espera da sua visita quinzenal à cidade, onde satisfazia todas as suas necessidades. Arejava seu andar da casa, regava suas plantas, falava com sua mãe, tomava café com os amigos, fazia compras e voltava ao anoitecer.

Aos poucos, porém, fora percebendo que ali havia algo oculto. Próximo de Santo Ireneu de Arnois não existiam indústrias, grandes empresas ou escritórios. Todos os estabelecimentos vendiam produtos de grande qualidade elaborados artesanalmente em pequenas fazendas ou em oficinas da vila. A roupa levava a assinatura de três ou quatro alfaiates; o calçado, a de outros poucos sapateiros; a pequena papelaria tinha o encanto do produto feito sob encomenda; as mercearias eram aconchegantes estabelecimentos cheios de produtos frescos, compotas caseiras, leite diário e pão fresco da padaria da esquina. Embora a senhorita Prim inicialmente julgasse tudo isso um sinal de fervor ecologista, logo percebeu seu erro. Fosse o que fosse o que alimentava aquele povoado, não era de cor verde. Uma calma e pacífica comunidade de proprietários, isso era tudo. A escala da vida em Santo Ireneu era muito pequena, e a senhorita Prim admitiu para si mesma que também era estranhamente harmoniosa.

– Eles são uma espécie de distribuidores?

– São, além de muitas outras coisas. Realmente fico surpreso, Prudência. Pensei que se houvesse informado antes de vir para cá – insistiu seu anfitrião.

– Mas ainda há gente que defende isso? Acreditava que estas velhas ideias de voltar a uma economia tradicional, simples e familiar haviam desaparecido fazia muito tempo.

– Certamente que existem, a senhorita está no lugar onde vivem quase todos deste país. E não só deste país, ou não notou a sugestiva variedade de sobrenomes que temos aqui?

– O que me deixa intrigada é que o senhor é um deles. Não imaginei que fosse dado a utopias.

Seu anfitrião tomou um longo gole de conhaque e, em seguida, olhou-a com carinho.

– Utopia seria pensar que o mundo pode voltar atrás e reorganizar-se novamente em sua totalidade. Mas não há nada de utopia nesta pequena vila, Prudência, o que há é um enorme privilégio. Hoje em dia, para viver de modo tranquilo e simples, é preciso refugiar-se em uma pequena comunidade, em uma vila, em um povoado aonde não chega o barulho e a hostilidade excessiva dessas urbes enormes. Em um canto como este, onde se sabe que a duzentos quilômetros de distância respira talvez – ele sorriu – uma vigorosa e exuberante urbe desmedida.

A senhorita Prim, pensativa, deixou a taça vazia na mesa.

– O certo é que parece um lugar muito próspero.

– E é mesmo, em todos os sentidos.

– Suponho que se possa dizer que fugiram da cidade. São uma espécie de foragidos românticos, não é isso?

– Nós fugimos da cidade, nisso a senhorita está certa, mas nem todos nós o fizemos pelas mesmas razões. Alguns, como o velho juiz Basett e eu, tomamos essa decisão depois de extrair todo o possível da vida, porque sabemos que encontrar um ambiente pacífico e cultivado como o que se formou aqui é um raro privilégio. Outros, como Hermínia Treaumont, são reformistas, nem mais nem menos. Concluíram que o atual estilo de vida é desgastante para as mulheres, desagrega as famílias e pulveriza a capacidade de reflexão humana, e querem tentar outras fórmulas. E há um terceiro grupo, ao qual pertence seu homem da poltrona, cujo objetivo é fugir, literalmente, do dragão. Os deste grupo querem proteger seus filhos da influência do mundo, voltar à pureza dos costumes, recuperar o esplendor da antiga cultura.

Horácio Delàs fez uma pausa para servir-se outra bebida.

– Veja bem se entende o que estou tentando dizer-lhe, Prudência: não podemos construir um mundo à sua medida, mas podemos, sim, construir uma vila. Aqui todos pertencem, por assim dizer, a um clube de refugiados. O seu patrão é uma das poucas pessoas que têm raízes familiares em Santo Ireneu. Ele voltou para cá há alguns anos e deu início a esta ideia. Não sei se sabe que a família dele por parte de pai vive neste lugar há séculos.

A senhorita Prim, que havia escutado atentamente a explicação de seu amigo, suspirou com resignação.

– Diga-me, Horácio... Há mais alguma coisa que eu deveria saber sobre esta vila?

– Certamente há, querida – respondeu piscando o olho enquanto estava prestes a acabar sua bebida. – Mas não penso em lhe dizer.

6

—**A** propósito, por que decidiu aceitar este trabalho? – perguntou à senhorita Prim o homem da poltrona alguns dias depois, enquanto despreocupadamente devorava um pedaço de abacaxi.

A bibliotecária não respondeu. Dedicada como estava a limpar uma edição de cinco volumes da *História eclesiástica do povo inglês*, de Beda, o Venerável, fingiu que não tinha ouvido a pergunta. Fazia um dia resplandecente, e os raios de sol ressaltavam a espessa camada de poeira que cobria os livros e os suaves matizes de seu cabelo cor de mel.

– Vamos lá, Prudência, a senhorita me ouviu perfeitamente. Diga-me: por que uma mulher com seu preparo decidiu aceitar um sombrio trabalho como este?

A senhorita Prim ergueu a cabeça consciente de que não poderia esquivar o diálogo. Não voltara a falar com seu patrão desde o incidente dos dois na cozinha no dia de seu aniversário, a não ser quando era absolutamente necessário para realizar suas tarefas de bibliotecária. Não queria falar com ele, não desejava fazê-lo, sentia dentro de si a firme convicção de que não deveria fazê-lo. Por alguma razão, sentia-se ridiculamente nervosa e mal conseguia dissimular sua irritação quando os dois se encontravam em alguma sala ou se cruzavam no meio de um corredor. A bibliotecária o observou com olhar furtivo enquanto ele comia frutas tranquilamente sob o sol de novembro. Então ela baixou o olhar e decidiu responder à sua pergunta.

– Acho que foi para fugir do barulho.

O homem da poltrona não conseguiu dissimular um sorriso.

– Senhorita Prim, desde que a conheço jamais fiquei decepcionado com uma resposta sua. É maravilhoso poder interrogá-la, não há na senhorita nenhum traço de conversa de elevador. Quer dizer então que foi o barulho... Refere-se ao barulho da cidade?

A bibliotecária, ainda com a obra de São Beda nas mãos, olhou-o com compaixão.

– Refiro-me ao barulho da mente, ao fragor.

Ele a observou interessado.

– Ao fragor?

– Isso mesmo.

– Teria a gentileza de precisar um pouco mais? – perguntou enquanto lhe oferecia uma fatia de abacaxi.

A senhorita Prim desatou seu avental, pousou o volume e o espanador e aceitou o pedaço de fruta. Nesse ínterim, o homem da poltrona aproximou duas velhas cadeiras a uma das janelas da antiga biblioteca e pediu gentilmente que ela se sentasse.

– Conte-me sobre o fragor, senhorita Prim. Eu nunca

teria imaginado que uma cabeça tão pura e delicada como a sua abrigasse uma tempestade, acredite.

– Nunca sentiu essa espécie de barulho interior?

Antes de responder, ele cortou cuidadosamente outro pedaço de fruta, dividiu em dois e ofereceu-lhe um.

– Eu o escutei quase toda a vida, para ser franco.

A bibliotecária parou de comer, surpresa.

– Verdade? Mas o senhor não parece *esse* tipo de pessoa. Como conseguiu abafá-lo?

Ofuscado pela claridade do sol, o homem da poltrona fechou os olhos e pôs os pés num velho vaso.

– Não consegui.

– Então continua a ouvi-lo?

– Eu não disse isso. Disse apenas que não consegui.

– Mas, se não conseguiu, é porque continua a ouvi-lo – insistiu a senhorita Prim, desconcertada.

– Digamos que deixei de ouvi-lo em grande parte, mas isso não é uma façanha que possa ser atribuída ao meu esforço. Uma mulher tão instruída como a senhorita deveria saber o tipo de distinção de que estou falando.

– O senhor aproveita cada oportunidade que se apresente para criticar minha formação, não é? – respondeu ela asperamente. – Por que faz isso?

Ele girou a cabeça e a contemplou um momento antes de responder.

– Não sabe? A senhorita é um produto perfeito do sistema de ensino moderno, Prudência, e para alguém em permanente guerra com esse sistema, como eu, é uma provocação irresistível. Além disso – acrescentou ironicamente –, lembre-se de que sou bem mais velho que a senhorita.

A senhorita Prim pegou outro pedaço de abacaxi e olhou maliciosamente o rosto do homem que estava a seu lado.

– Calculo que deva ter, pelo menos, a idade do Venerável Beda.

– Suponhamos que eu tenha alguns anos de vantagem com relação à senhorita.

– Digamos que tenha cinco anos e seis meses de vantagem sobre mim, para sermos exatos.

O homem da poltrona abriu os olhos bem a tempo de ver a bibliotecária levantar-se de sua cadeira atropeladamente e voltar para o interior da sala. Seguiu-a até lá, com metade do abacaxi em uma das mãos e uma faca na outra.

– Fale-me do barulho, senhorita Prim.

– Por que deveria? – protestou ela acalorada.

– Porque quero conhecê-la. Já está aqui há quase dois meses, e eu não sei quase nada da senhorita.

A bibliotecária lhe deu as costas, subiu em uma velha escada de madeira e começou a pôr a *História eclesiástica do povo inglês*, de Beda, o Venerável, em uma das prateleiras.

– Não acho que possa dizer-lhe muito.

– Pelo menos pode tentar dizer-me algo.

– Mas, se o fizer, o senhor me deixará continuar a trabalhar em paz?

– Tem a minha palavra.

Depois de exalar um suspiro, a senhorita Prim virou-se e sentou-se cuidadosamente no terceiro degrau da escada.

– Aviso que não sei como explicá-lo totalmente – começou. – Digamos que há dias, ainda que felizmente poucos, tenho a sensação de que o interior de minha cabeça se move como uma centrífuga. Neste momento não sou uma companhia muito agradável, tampouco durmo muito bem. Sinto-me como se tivesse um buraco no centro da cabeça, um buraco onde deveria haver *algo*, mas onde não há *nada*, absolutamente nada além de um barulho ensurdecedor – fez uma pausa, olhou para o rosto preocupado de seu patrão e sorriu com tranquilidade. – Não fique com essa cara, não é nada sério; acontece com muita gente, é só controlar com comprimidos. Mas, se o senhor diz que o sentiu, você deveria saber o que é.

– Por que acha que não desaparece?

– Não sei.

– Não sabe?

A bibliotecária recolheu o cabelo cuidadosamente no pescoço antes de falar novamente.

– Às vezes penso que tem a ver com a perda.

Ao chegar a esse ponto, ela hesitou, mas a expressão seriamente interessada no rosto dele a fez continuar.

– Vejamos como lhe explico. De certa forma sempre me considerei uma mulher moderna; uma mulher livre, independente, cheia de diplomas acadêmicos. O senhor sabe e nós dois sabemos que me despreza por isso – o homem da poltrona esboçou um gesto educado de protesto que foi ignorado com desdém. – Mas tenho de admitir que, ao mesmo tempo, carrego sempre uma pesada sensação de nostalgia nos ombros, o desejo de deter o passar do tempo, de recuperar coisas perdidas. Com a consciência de que tudo, absolutamente tudo, é parte de um caminho que não tem volta.

– O que significa para a senhorita *tudo*?

– O mesmo que para o senhor, suponho. A vida inteira, a beleza, o amor, a amizade, até a infância; sobretudo a infância. Antes, nem faz muito tempo, costumava pensar que eu tinha uma sensibilidade própria de outro século, estava convencida de que tinha nascido no tempo errado e de que por isso me incomodava tanto a banalidade, a feiura, a falta de delicadeza. Acreditava que essa nostalgia tinha a ver com o desejo de uma beleza que já não existe, de uma época que um belo dia nos disse adeus e desapareceu.

– E agora?

– Agora trabalho para alguém que realmente vive imerso em outro século e posso entender que não é *esse* o meu problema.

O homem da poltrona deu uma gargalhada alegre e contagiante que fez a bibliotecária ruborizar-se de satisfação.

– Eu deveria demiti-la por isso. Sabia o que fazia quando lhe disse que teria de perdoar-lhe mais de uma vez.

A senhorita Prim levantou-se sorrindo e começou a limpar cuidadosamente uma deteriorada edição do *Monológio* de Anselmo de Canterbury.

– Agora é sua vez – disse ela. – Por que ouvia o barulho?

Ele demorou um momento para falar.

– Pelo mesmo motivo que todos, suponho. É o som de uma guerra.

– Isso é uma metáfora muito mais que típica do senhor – interrompeu-o ela rindo. – Mas o que desencadeava sua guerra? O senhor há de reconhecer que sempre há alguma razão. Às vezes é uma personalidade indomável ou uma personalidade instável. Pode ser uma doença, uma fraqueza moral, o medo da morte, a passagem do tempo... Qual é sua desculpa?

– A senhorita erra, Prudência, não são muitas coisas, é apenas uma. Na verdade, o que desencadeia a guerra não é tanto algo quanto a ausência de algo, é a falta de uma peça. E, quando uma peça está faltando (em um quebra-cabeça, por exemplo), quando falta a peça principal, nada funciona. A senhorita gosta de quebra-cabeças?

– Sinto em relação a eles o que sente a maioria das pessoas com tudo o que resiste a elas; não aprecio aquilo que não posso dominar.

– As pessoas que amam quebra-cabeças – continuou ele – podem passar noites inteiras tentando encaixar uma única peça. Minha irmã era assim, eu poderia acordar de madrugada e encontrá-la absorta sobre um quebra-cabeça. Naturalmente, não estou me referindo a um pequeno entretenimento para crianças, falo desses quadros grandes que contêm milhares de pequenas peças. Entende o que quero dizer?

– Claro que sim.

– Bem, o que eu estou tentando explicar é que há pessoas, Prudência, que um belo dia se tornam cientes de que lhes falta a principal peça de um quebra-cabeça que não podem completar. Apenas sentem que algo não funciona ou que nada em absoluto funciona, até que descobrem, ou melhor, até que lhes é permitido descobrir a peça que faltava.

– Isso soa a esoterismo ou a gnosticismo – murmurou a bibliotecária.

– De modo algum, não se trata de um conhecimento obscuro, não é uma sabedoria para iniciados. Tem mais a ver com o tipo de descoberta que Edgar Allan Poe descreve em *A carta roubada*. A senhorita o leu? Sim, é claro que leu. Bem, como na história de Poe, a peça que faltava ou a carta roubada *está aí*, na mesma sala em que estamos, está diante de nossos olhos, mas não podemos vê-la, não estamos conscientes da sua presença. Até que um belo dia...

A senhorita Prim mexeu-se, incomodada, no degrau da escada.

– Tenho de continuar com o *Monológio* – disse recuperando seu sereno e distante tom profissional.

O homem da poltrona olhou-a com curiosidade.

– Como sempre, a senhorita Prim foge para a sua carapaça quando se sente ameaçada pelo sobrenatural. Por que a incomoda tanto falar de coisas em que não acredita? Não é muito razoável.

Ocupada com a limpeza de um novo volume, a bibliotecária ficou em silêncio. O que poderia dizer? Não a incomodava em absoluto discutir sobre coisas em que não acreditava; não tinha a menor dúvida de que algo inexistente não poderia ter nenhum efeito sobre ela; não era o sobrenatural o que ela temia. Era a influência que a conversa e a convicção do homem da poltrona pudessem exercer sobre ela. Como explicar-lhe que o que ela temia era acabar acreditando em algo que não existia só porque ele acreditava?

– Acalme-se, Prudência. Nenhum homem pode converter-se a si mesmo ou a outro tendo sua própria vontade como única ferramenta, não se preocupe com isso. Somos causas secundárias, lembra-se? Por mais que nos empenhemos, a iniciativa não é nossa.

– Não sou tomista – disse a bibliotecária secamente, contrariada pela sensação de ter deixado entrever seus medos.

Surpreso, ele a observou como um pai olha para uma menina que se orgulha de não saber ler.

– Esse, senhorita Prim, é o seu grande problema.

7

As desculpas da Liga Feminista chegaram dias depois às mãos da bibliotecária em forma de doze rosas *conde de Chambord*. Uma dúzia de rosas teria bastado como meio formal de apresentação de desculpas, mas uma dúzia de *conde de Chambord* era mais que desculpas: era um requintado tratado de paz. A bibliotecária observou imediatamente a mão especialista de Hortênsia Oeillet na escolha das flores, do mesmo modo que notou a de Hermínia Treaumont – quem além dela – nos versos isabelinos que encabeçavam o cartão.

Vai e colhe uma estrela fugaz.
Fecunda a raiz da mandrágora.
Diz-me aonde se foi o passado
ou quem fendeu o casco do diabo.
Ensine-me a escutar o canto da sereia
para afastar o aguilhão da inveja
e descobre qual é o vento
que impulsiona uma mente honesta.

Sob o poema, leu:

Queridíssima Prudência,
Poderá perdoar-nos um dia? Não a culparemos se não
puder. Desoladas, arrependidas e profundamente envergonha-
das, enviamos-lhe um pouco da antiga beleza envolta em nossas
mais sinceras desculpas.
Hortênsia Oeillet
P.S.: Hermínia considerou que os versos de John Donne
alegrar-lhe-iam o dia. Não são maravilhosos?

– Naturalmente que sim – murmurou satisfeita a bibliotecária enquanto mergulhava o delicado nariz no ramalhete de flores.

Desde o dia daquele infeliz incidente, a senhorita Prim não havia parado de pensar na peculiar idiossincrasia do grupo feminino que a havia acolhido em Santo Ireneu. E quanto mais pensava, menos grave lhe parecia a ofensa a que fora submetida. Isso não significa que aprovava aquele comportamento, mas de alguma forma uma pequena dose de indulgência se infiltrara na imagem que aquelas mulheres ofereciam agora a seus olhos. É verdade que fora uma ação desconsiderada e grosseira, é verdade também que a delicadeza e o tato primaram pela ausência, mas de alguma maneira a bibliotecária começara a suspeitar que sob aquele grosseiro complô subjazia certa forma de *amor*.

Amor? Na primeira vez que teve essa ideia não pôde deixar de estremecer. Não era uma mulher sentimental, mas na verdade era difícil não perceber certo amor – amor barulhento, amor desajeitado e maternal – na maneira com que aquelas mulheres se haviam proposto a equipá-la de um marido. Enquanto punha com as mãos espertas o buquê de rosas em um vaso de cristal, disse a si mesma que, se as senhoras de

Santo Ireneu consideravam um marido como o maior bem a que pode aspirar uma mulher e estavam determinadas a trabalhar para fornecer-lhe um, quem era ela para julgá-las? Se estavam dispostas a desperdiçar seu tempo e consumir seus esforços naquele propósito, quem era ela para receber como insulto o que não o era, o que não poderia ser de forma alguma senão um sincero e caloroso presente?

Além disso, devia reconhecer que não lhe era totalmente repugnante a ideia do casamento. Certamente sempre dissera publicamente o contrário, mas, como muitas mulheres do seu tipo, a senhorita Prim costumava desprezar o que secretamente temia nunca chegar a obter. Mais uma vez ela olhou para trás e lembrou-se do rosto acalorado de Hortênsia Oeillet e de Emma Giovanacci e do sereno discurso de Hermínia Treaumont. Se uma mulher do requinte e da inteligência de Hermínia considerava que o casamento era um tesouro de valor inestimável para o bem-estar de uma mulher, quem era ela para pô-lo em dúvida de maneira tão contundente? Por acaso havia estudado o assunto em profundidade alguma vez? Sentara-se em alguma ocasião munida de caneta e papel para listar os prós e os contras daquele estado de vida? Já o fizera? A senhorita Prim teve de admitir que não.

Ao mesmo tempo, tampouco poderia dizer que sua posição fosse abertamente favorável ao casamento. A união conjugal – disse-se enquanto se envolvia em um cobertor de lã pronta para apreciar o pôr do sol no terraço de seu quarto – era certamente para outro tipo de mulheres. Mulheres com certa flexibilidade de caráter, dadas ao conformismo, mulheres que não pareciam importar-se em ter de assumir conceitos como *contrato* ou *compromisso*. A senhorita Prim definitivamente não era uma delas. Não se imaginava transigindo quanto a nada. Não que não o quisesse – sempre havia valorizado o conceito abstratamente –, mas não se sentia capaz de cumpri-lo *concretamente*. Havia certa resistência em seu ser – comprovara-o em diferentes situações ao longo da vida – a renunciar, ainda que parcialmente, a seus julgamentos sobre as coisas.

Embora considerasse aquela resistência irritante, de certo modo também se sentia secretamente orgulhosa dela. Por que deveria dizer que um compositor era superior a outro – disse a si mesma ao lembrar-se de uma acalorada discussão musical na casa de amigos – quando estava absolutamente convencida de que não era verdade? Por que deveria aceitar, como forma amável de chegar a um meio-termo, que provavelmente eram talentos difíceis de comparar, se os considerava absolutamente comparáveis? Por que deveria fingir, num modo ainda mais servil de conciliação, que a primazia de um ou outro dependia em boa parte do estado de espírito do ouvinte? A senhorita Prim sentia que esses tipos de compromisso constituíam uma espécie de indecência intelectual. E, embora por vezes se animasse a praticá-los em prol de suas relações sociais, a verdade é que detestava fazê-lo.

O céu começava a tingir-se de rosa quando ouviu bater à porta.

– Prudência – ouviu o homem da poltrona dizer –, tenho de sair e fazer alguns negócios na vila e receio que hoje seja o dia livre de serviço. A senhorita faria a gentileza de olhar as crianças? Elas estão brincando no jardim. Sinto muito ter de incomodá-la, mas não tenho escolha.

Consciente de que seu pôr do sol havia acabado de ruir, a bibliotecária assentiu gentilmente a que cuidaria das crianças.

Aquelas não eram crianças naturais, refletia enquanto descia a escada. Não liam coisas naturais, nunca brincavam com coisas naturais, nem sequer diziam coisas naturais. Isso não significava que fossem desagradáveis ou mal-educadas – na verdade, tinha de reconhecer que eram encantadoras –, mas não eram nem um pouco parecidas com os filhos que costumava ver na casa de seus amigos, na rua ou nos restaurantes. Quando falava com elas, na maioria das vezes tinha a estranha sensação de estar sendo interrogada. Eram as crianças as que davam o tom da conversa. Eram elas também as que carregavam as conversas de estranhas informações que a bibliotecária considerava profundamente inadequadas para sua idade.

– Hoje nós aprendemos coisas de arquimandritas e dos *staretz* russos, senhorita Prim. Conhece a história do *staretz* Ambrósio e os perus? – perguntara Téseris uma manhã na cozinha enquanto preparava uma torrada com queijo derretido.

A senhorita Prim, muito séria, confessou que sabia um pouco dos *staretz* mas nunca ouvira falar de tal Ambrósio e muito menos de uns perus. Acabara a bibliotecária de concluir essa sincera declaração de ignorância, e testemunhou uma estranha dissertação infantil sobre temas como o *staretz* Ambrósio e o mosteiro de Optina, as semelhanças entre ele e o *staretz* Zósima e certa história de alguns perus que se recusavam terminantemente a comer.

– Um dia uma camponesa que cuidava dos perus de um fazendeiro foi ver o *staretz* – explicou a menina. – Estava muito triste porque os perus morriam e o fazendeiro queria mandá-la embora. Quando os peregrinos que estavam no mosteiro ouviram suas reclamações, começaram a rir e lhe disseram que não incomodasse o monge com tolices de pouca importância. Mas o *staretz* Ambrósio foi até ela, ouviu-a atentamente e no final perguntou com que alimentava os perus. Em seguida, deu-lhe a bênção e aconselhou-a a mudar a alimentação dos perus. Quando a mulher se foi, todos perguntaram ao monge por que perder tempo com perus. Sabe o que lhes disse?

– Não tenho nem ideia – disse a senhorita Prim, oprimida.

– Disse-lhes que todos estavam cegos, tão cegos que não tinham sido capazes de ver que toda a vida da mulher estava posta nos pobres perus. O *staretz* Ambrósio não classificava os problemas como grandes ou pequenos, como todo o mundo faz. Ele sempre dizia que os anjos estão nas coisas simples, e nunca há anjos onde as coisas são complicadas. Pensava que o pequeno é importante.

❧

Não, não se podia dizer que fossem crianças normais, suspirou a bibliotecária enquanto se encaminhava a passos rápidos para o jardim. Depois de atravessar o desnudo passeio de hortênsias, dobrou à direita para entrar em um caramanchão formado por seis grandes plátanos cujas folhas estavam começando a cair. Ali, sobre dois velhos bancos de ferro, estava o centro do comando infantil da casa. Quando perceberam que a senhorita Prim entrara em seu santuário, as crianças se separaram imediatamente.

– Seu tio me pediu que não me afastasse de vocês, e por isso vim para ver o que estão fazendo – disse-lhes com franqueza.

– Não estamos fazendo nada, apenas líamos um livro de quando éramos pequenos – respondeu Septimus.

– Ah, e o que liam? – disse a bibliotecária enquanto dissimuladamente observava um pequeno livro de cor amarela que o menino segurava na mão.

– A história de um sapo que adorava dirigir – respondeu o menino com o ar de superioridade de quem acredita ter um segredo impossível de adivinhar.

A senhorita Prim sorriu com benevolência.

– Um sapo amigo de uma toupeira, de um rato e de um texugo?

Surpresas, as crianças assentiram com a cabeça.

– A senhorita o conhece? É um livro velho, muito velho. Já existia quando a avó era pequena. É muito antigo – disse Septimus com infinita seriedade.

A bibliotecária conteve um sorriso.

– Eu o li também e o estudei.

– Estudá-lo? Por quê? Se é apenas um livro infantil! – exclamou Téseris de olhos arregalados.

A senhorita Prim cruzou os braços e olhou para o horizonte sobre a cabeça dos pequenos.

– Porque é mais que um livro infantil: é literatura. E a literatura é estudada, analisada, procuram-se suas influências e pesquisa-se o que se quis dizer com ela.

As crianças a olhavam fixamente enquanto a luz suave da tarde, filtrada pelas amarelas folhas das árvores, desenhava tremeluzentes sombras em seus rostos.

– Nosso tio diz que fazer isso com os livros é destruí-los – assinalou Septimus finalmente. – Ele odeia tudo o que é análise de texto, nunca nos obrigou a fazê-lo.

Uma onda de fria indignação percorreu o humor da bibliotecária.

– Ah, sim? – murmurou amargamente. – Então ele diz isso? É difícil acreditar que tenha conseguido que vocês reconheçam Virgílio a partir de um único verso. É possível fazer isso sem estudar ou analisar? Por acaso vocês não sabem partes da *Eneida* de cor? Creio lembrar-me de que foi isso o que testemunhei na tarde em que cheguei aqui.

– Sabemos muitas partes de poemas e histórias de cor; é a primeira coisa que fazemos com todos os livros – disse

Téseris com voz suave. – Mas ele diz que é assim que se aprende a gostar dos livros, o que tem muito a ver com a memória. Ele diz que, quando os homens amam as mulheres, sabem de cor seu rosto para lembrar-se delas depois; fixam a cor de seus olhos, a cor do cabelo, se gostam de música, se preferem chocolate ou biscoito, como se chamam seus irmãos, se escrevem um diário, se têm um gato...

A senhorita Prim suavizou um pouco sua expressão. Ali estava de novo aquela estranha, obscura, concentrada delicadeza, aquele irritante ego masculino misturado com inesperadas nuanças de delicadeza.

– Com os livros é o mesmo – continuou Téseris. – Na aula aprendemos partes de cor e as recitamos em voz alta. E depois lemos os livros, discutimos e então voltamos a ler.

A bibliotecária cuidadosamente tirou o casaco e sentou-se no banco.

– Portanto, seu tio acredita que os livros devem ser apreciados, não analisados.

– Sim, mas não diz isso só dos livros. Também da música e das pinturas. Lembra-se do dia em que chegou? A senhorita viu um ícone de Rublev e o mediu com um compasso, lembra-se? – perguntou Téseris.

A senhorita Prim ruborizou-se ante a suspeita de que aquela criança estivesse prestes a questionar sua forma de tratar a arte.

– Eu me lembro – disse secamente.

– A senhorita me ignorou quando eu disse que nenhum adulto me tinha ajudado a pintar o ícone. Os mais velhos me tinham dito que usasse o compasso. Meu tio me disse que um ícone é uma janela entre este mundo e o outro, que ele aprendera assim dos velhos *staretz*, que assim também ensinam os velhos athonitas e que assim sempre foram pintados.

A senhorita Prim mexeu-se nervosamente em seu banco. Havia algo perturbador naquelas crianças, embora não soubesse explicar muito bem o que era. Algo inquietante, uma brilhante e ensolarada inocência que convivia com a ternura com que veneravam cada uma das palavras pronunciadas pela boca do homem da poltrona.

– Vocês gostam muito dele, não é? Quero dizer, de seu tio.

– Sim – disse o pequeno Deka, ao mesmo tempo que seus irmãos assentiam com a cabeça. E logo acrescentou: – Ele sempre diz a verdade.

– E as outras pessoas mentem? – perguntou a bibliotecária, surpresa com aquela resposta.

– As pessoas mentem para as crianças – disse Septimus com seriedade. – Todo mundo o faz e ninguém acha que seja errado. Quando nossa mãe morreu, todos nos disseram que ela se tornara um anjo.

– E não é assim? – murmurou comovida a senhorita Prim.

Septimus olhou para a irmã, que balançou firmemente a cabeça em sentido negativo.

– Nenhum homem pode tornar-se um anjo, senhorita Prim. Os homens são homens e os anjos são anjos, são coisas diferentes. Olhe para as árvores e para os veados. Acha que uma árvore poderia transformar-se em um veado?

A bibliotecária negou com um gesto.

– Talvez seja uma maneira de explicar ou talvez uma lenda. E o que há de errado com as lendas? O que me dizem dos contos de fadas? Não gostam de contos de fadas? – perguntou fazendo um esforço para mudar de assunto.

– Sim, gostamos – respondeu timidamente Eksi –, gostamos muito.

– E qual é seu favorito?

– A história da Redenção – respondeu de maneira simples sua irmã mais velha.

A senhorita Prim, estupefata com a resposta, não soube que responder. Aquela estranha afirmação revelava que, apesar de seus titânicos esforços, apesar da sua insistência e de sua arrogância, o homem da poltrona não havia conseguido transmitir aos meninos nem sequer os rudimentos mais básicos de uma crença tão importante para ele. Não conseguira explicar o contexto histórico de sua religião. Como era possível? Tantas caminhadas matutinas à abadia, tantas leituras teológicas, tanta velha liturgia em latim, tantos jogos medievais, e o que ele havia conseguido? Quatro pequenos meninos convencidos de que aqueles textos que ele amava eram apenas contos de fadas.

– Mas Tes, isso não é exatamente um conto de fadas. Os contos de fadas são histórias cheias de fantasia e de aventura, são feitos para entreter. Não são datados em uma época determinada nem falam de pessoas e de lugares que existiram.

– Ah, isso já sabemos – disse a menina. – Sabemos que não se trata de um conto de fadas normal. Sabemos que é um conto de fadas *real*.

A bibliotecária acomodou-se, pensativa, no antigo banco de ferro.

– O que quer dizer é que se parece com os contos de fadas? É isso? – perguntou intrigada.

– Não, é claro que não. A Redenção não se parece nem um pouco com os contos de fadas, senhorita Prim. São os contos de fadas e as antigas lendas que *se parecem* com a Redenção. Nunca reparou nisso? É como quando se copia uma árvore do jardim no papel. A árvore do jardim não se parece com o desenho, não é? É o desenho que se parece um pouco, apenas *um pouquinho*, com a árvore real.

A senhorita Prim, que havia começado a sentir calor, um calor febril e escaldante, ficou sentada em silêncio por longo tempo.

O sol quase já se havia posto no horizonte quando finalmente se levantou, deu permissão aos meninos para que fossem brincar no lago das carpas e lentamente iniciou o caminho de volta para seu quarto.

II

É inverno na estepe russa

1

Em meados de novembro, a senhorita Prim teve a oportunidade de conhecer a mãe de seu patrão. Chegou sem prévio aviso, ataviada com um elegante chapéu e seguida por uma criada carregada de bagagens. As crianças a receberam com alegria, o que revelou à bibliotecária que sob aquela figura imponente estava oculta uma atenta e acolhedora avó. Julgamento que ela manteve, embora tenha observado que grande parte da alegria dos pequenos tinha que ver com a chegada do buldogue que a acompanhava e com os abundantes presentes que ela trazia. A primeira coisa que a senhorita Prim observou foi sua extrema beleza. Uma mulher belíssima e elegante é uma obra de arte, ouvira sempre seu pai dizer. Se esse princípio fosse verdadeiro, e a bibliotecária acreditava que o era, a dama que havia acabado de chegar à casa era um Botticelli, um Leonardo, até um Rafael.

– Onde está meu filho? – perguntou bruscamente enquanto sua criada a ajudava a tirar uma imponente estola de raposa siberiana.

– Creio que na abadia – respondeu a bibliotecária.

– Na abadia – repetiu a senhora com um tom ácido ao mesmo tempo que se acomodava em uma velha e confortável poltrona. – Se ocupasse mais seu tempo dentro das paredes desta casa e menos na abadia, tudo andaria muito melhor. E a senhorita... é?

– Desculpe-me, deveria ter-me apresentado. Meu nome é Prudência Prim; estou aqui para pôr ordem na biblioteca.

A dama olhou para ela por um momento sem dizer palavra. Observou com atenção seu rosto, examinou em detalhe sua figura, deteve os olhos em seu impecável cabelo e, em seguida, pediu à sua criada que lhe trouxesse uma xícara de café.

– E nele? Também veio pôr alguma ordem nele?

A bibliotecária ruborizou-se intensamente. Ainda que a recém-chegada fosse uma mulher linda e a senhorita Prim amasse a beleza, não estava disposta a deixar passar certas insinuações. E, de todas as insinuações possíveis, aquela era a que estava menos disposta a tolerar.

– Eu não sei o que a senhora quer dizer – respondeu secamente.

A recém-chegada levantou os olhos para vê-la de novo e sorriu com ironia.

– Antes de tudo, senhorita Prim, devo dizer-lhe que não gosto de ter de esticar o pescoço para manter uma conversa. Faça a gentileza de sentar-se. Na época de meu pai, um bibliotecário não era considerado exatamente um funcionário, era um cargo de confiança, e não era costume que mantivesse essa rigidez quando se falava com ele. Eu sou uma mulher fora de moda, e não gosto de mudar os costumes.

A senhorita Prim, obediente, sentou-se em uma poltrona. Havia interrompido seu trabalho e estava dolorosamente consciente de que *Os nove livros da história*, de Heródoto, a estavam esperando na biblioteca.

– Eu não queria ofendê-la, mas não pode negar que tem um patrão peculiar. Ou será que ainda não o havia notado? Não tenha medo de falar com liberdade, querida, ele é meu filho. Se há uma mulher no mundo que o conhece a fundo, sou eu, senhorita Print.

A bibliotecária abriu a boca para esclarecer a grafia de seu sobrenome, mas pensou melhor e decidiu calar-se. Era evidente que aquela dama não nascera para ser interrompida e muito menos contestada. Provavelmente jamais em sua vida havia passado pela saudável experiência de ser interrompida ou contestada.

– É um patrão agradável e generoso, não tenho nenhuma razão para queixar-me. E, a respeito de sua personalidade, a senhora me entenderá se lhe digo que não considero apropriado nem adequado pronunciar-me a respeito.

Sua companheira ficou em silêncio enquanto tirava as luvas.

– É um alívio ouvir isso, senhorita Prim. Fico contente de ver que a senhorita é exatamente o que dizem que é. Quero fazer-lhe uma confissão: tenho o mau hábito de testar as pessoas antes de depositar nelas um pingo de confiança. Certamente a senhorita deve ter notado que no intervalo de meio minuto fiz uma insinuação maliciosa sobre suas intenções nesta casa, a convidei a contar-me as falhas de personalidade de seu patrão e pronunciei deliberadamente errado seu sobrenome. No entanto, respondeu com dignidade à minha insinuação, educadamente recusou meu convite e ignorou meu erro. A senhorita realmente é tão impecável como diz meu filho, sem dúvida que o é.

Ao ouvir estas palavras, a bibliotecária ficou confusa. A perspectiva de haver sido testada por uma mulher desconhecida não era uma lisonja. E, ainda assim, não se sentia ofendida. Não só por sua evidente vitória na prova, mas porque, apesar de seus desagradáveis preconceitos contra as pessoas intensamente diplomadas, seu patrão a tinha qualificado diante de sua própria mãe de impecável.

– A senhora é muito gentil – gaguejou.

– Só estou sendo sincera.

Enquanto a senhora estava prestes a saborear o primeiro gole de seu café, a criada entrou novamente na sala, acendeu a lareira e fechou as cortinas para esconder o exterior cinza e mortiço.

– A senhorita gosta do outono? – perguntou inesperadamente a dama.

– Acho-o romântico – respondeu a senhorita Prim, que voltou a ruborizar-se com a ideia de que aquela mulher pudesse interpretar mal suas palavras. – Refiro-me ao romantismo como movimento artístico, é claro, não ao sentimento.

Em vez de responder, a mãe do homem da poltrona lhe ofereceu uma fervente xícara de café.

– Eu o detesto. Sempre pensei que o poeta Eliot se enganara completamente com esse verso. Não é abril o mês mais cruel, é novembro, sem dúvida nenhuma. Abril é um mês maravilhoso, cheio de sol, luz e glicínias em flor. A senhorita conhece a Itália?

Desconcertada pelas voltas da conversa, a bibliotecária respondeu que de fato conhecia a Itália.

– Quer dizer que viveu lá?

A senhorita Prim disse que não havia vivido lá.

– Então deveria fazê-lo. E deve fazê-lo já, antes que seja tarde demais.

– Não acho que seja possível por enquanto – respondeu inquieta com a possibilidade de que aquele convite repentino escondesse o desejo de se livrar de seus serviços.

O riso da forasteira, alegre e cristalino, rompeu a calma que reinava na sala.

– Quando a senhorita chegar à minha idade, saberá que tudo é possível. Olhe para meu filho: há alguns anos tinha pela frente uma brilhante carreira acadêmica, era um homem inteligente e encantador, com um futuro brilhante. E o que restou de tudo isso? Aqui está ele, enterrado nesta pequena vila, entrincheirado na antiga casa de sua família paterna, encarregado de quatro crianças e determinado a andar três quilômetros todos os dias até um antigo mosteiro antes do café da manhã. Acredite em mim quando digo que tudo é possível, e como é.

– Mas ele parece estar muito feliz aqui – ousou dizer a senhorita Prim.

– É, claro que está. Essa é a parte mais irritante de todas. E devo admitir que fez um grande trabalho neste lugar. A senhorita não pode imaginar o que era isto há alguns anos.

A bibliotecária, que havia esquecido fazia tempo a dolorosa imagem dos volumes de Heródoto sobre a mesa, acomodou-se na cadeira pronta para satisfazer sua nunca completa curiosidade a respeito da vila e de seu patrão.

– Como ele teve a ideia de criar a colônia? Não é qualquer pessoa que decide iniciar uma empreitada tão extraordinária.

A senhora deixou sua xícara sobre a mesa, jogou a cabeça para trás e semicerrou os olhos como que fazendo profundo esforço para lembrar-se.

– Eu gostaria de saber. Na verdade, não creio que tenha havido um só fator. Obviamente, teve a ver com seu encontro com o velho nonagenário beneditino, de que imagino que já tenha ouvido falar.

A senhorita Prim recostou-se na cadeira e saboreou mais um gole da bebida que lhe havia servido a senhora.

– Lembro-me de que ele havia acabado de dar um ciclo de palestras – continuou ela – e que depois se deu um tempo de descanso antes de participar de um seminário universitário no Kansas. Ele descobriu alguma coisa lá, não me pergunte o quê. Naquele verão viajou ao Egito; depois visitou Simonos Petras, em Athos, e também esteve em Barroux, com os beneditinos. Ao retornar, disse-me que havia decidido viver alguns meses na Abadia de Santo Ireneu. Imagine, um mosteiro de beneditinos tradicionalistas, ele, que não punha os pés em uma igreja fazia vinte anos. Eu achei que não aguentaria; mas um ano depois me pediu permissão para reabrir a casa, e assim começou esta longa história. Mas não estranhe, a vida é surpreendente.

A bibliotecária, pensativa, manteve o silêncio.

– Mas e com as crianças? – perguntou. – Não se preocupa com que tenha demasiada influência sobre as crianças?

– Preocupar-me? – exclamou a senhora, surpresa. – Minha querida senhorita Prim, meus netos são as únicas crianças que conheço que podem recitar Dante, Virgílio ou Racine, que podem ler textos clássicos no idioma original, que reconhecem as maiores peças musicais com apenas alguns acordes. Não só não estou preocupada, mas estou orgulhosa, francamente orgulhosa. É uma das poucas coisas que aprovo neste retiro eremita que meu filho escolheu e que, não vou mentir-lhe, detesto profundamente.

– Eu não me referia à cultura, mas à religião. Não está preocupada com que sejam, por assim dizer, religiosos demais, precocemente religiosos? Sabe o que quero dizer.

A mulher voltou a olhar incrédula a bibliotecária e, antes de responder, deu uma gargalhada.

– Mas, querida, vejo que sabe muito pouco sobre a casa onde vive – disse com os olhos brilhantes pelo riso.

A senhorita Prim olhou-a sem entender.

– O que quer dizer?

A dama a contemplou sorrindo.

– O que quero dizer é que não foi meu filho quem inculcou sua crença nessas crianças. Ele já dera um ou outro passo quando se encarregou delas após a morte da minha filha. Já havia descoberto a profundidade do pensamento e cultura cristãos e apreciava extraordinariamente a beleza do culto. Mas ainda não dera o passo final; estava, por assim dizer, no limiar. Não entende o que estou tentando dizer-lhe? Não foi ele quem fez nada, foram elas. Foram as crianças, *precisamente as crianças*, que o levaram até onde está hoje.

❧

A chegada da mãe do homem da poltrona marcou um antes e um depois na existência da senhorita Prim. Desde o dia de seu primeiro encontro, a vida social da bibliotecária fora enriquecida consideravelmente. A senhora adotou-a de imediato como uma inseparável dama de companhia e logo considerou de todo natural levá-la a todos os eventos sociais que diariamente preenchiam sua agenda.

– Hoje vamos visitar a pobre srta. Mott – disse uma tarde quando se aproximavam da vila. – A senhorita não a conhece, é claro, mas é nossa professora de primeiras letras. Eu mesma participei de sua seleção há muitos anos agora e me sinto responsável por ela: por isso lhe dedico uma visita cada vez que venho a Santo Ireneu. Este é o lugar. É claro, na primavera é muito mais belo do que agora, mas diga-me: não é encantador?

A senhorita Prim reconheceu que nunca havia visto uma escola como aquela. Localizada no centro da vila, justo na praça principal, a escola de Eugênia Mott era rodeada de uma cerca de madeira literalmente esmagada pelo peso de abundantes rosais de densa folhagem que o outono já havia conseguido domar. Dos dois lados do edifício, dois enormes plátanos emolduravam a porta de entrada. Sobre o dintel havia uma placa que orgulhosamente desafiava os jovens alunos com uma antiga máxima latina: «Sapere aude.»

Eram cinco da tarde. Fazia já algum tempo que as crianças haviam terminado as aulas, e a srta. Mott estava ocupada com o polimento da velha placa de bronze que a escola preservava em memória de épocas gloriosas. Era uma mulher madura, de uns sessenta anos, rechonchuda e com um sorriso amigável. Recebeu as visitantes com as faces rosadas e as mãos cobertas de limpadores de metal, e levou-as imediata e solicitamente ao interior da escola. «A senhorita Prim gosta do colégio?», perguntou ao levá-las à ampla sala de aula onde lecionava. Que gentileza! Não era mérito seu, é claro; a escola havia sido erguida havia muitos anos. Mas agora que a senhorita Prim o mencionava, devia reconhecer que todos lhe perguntavam como conseguia aquelas rosas perfeitas em um jardim repleto de crianças barulhentas.

Naturalmente, ela contava com um truque; uma professora não poderia ter sucesso na vida sem um truque. O seu era atribuir a cada criança um roseiral no início do curso. Essa pequena distinção estimulava o orgulho nas crianças, as fazia sentir-se importantes e as levava a desenvolver o senso de responsabilidade. Ela só as *tinha* por três anos; ensinava-as pouco mais que a ler e a escrever, algo de geometria, de aritmética, e talvez até algumas noções de retórica.

Enquanto o discurso da srta. Mott preenchia o silêncio da escola e surpreendia a sensibilidade delicada da bibliotecária, a mãe do homem da poltrona permaneceu em silêncio. Aparentemente em pensamentos profundos, percorreu toda a sala com passos lentos até deter-se diante do antigo cabideiro de madeira abarrotado de aventais cheios de manchas de aquarela. Então se virou e ergueu os belos e experientes olhos para o rosto da professora.

– Está feliz aqui, Eugênia?

A pergunta pegou a srta. Mott desprevenida, fazendo-a ruborizar-se ligeiramente e ter de forçar a garganta antes de responder.

– Que pergunta peculiar! Eu diria que sim, é claro que estou. Por que não estaria?

A mãe do homem da poltrona sentou-se em uma das carteiras e contemplou interessadamente uma breve inscrição em madeira.

– Eu diria que o que é peculiar não é a minha pergunta, mas a resposta. Por que não estaria? Poderia dar-lhe muitos motivos. Primeiro, porque o estado natural do homem não é a felicidade. Talvez porque educar tantas crianças ano após ano pode exaurir qualquer pessoa. Ou até – a senhora diminuiu quase imperceptivelmente seu tom de voz – porque, afinal, ele não voltou.

A bibliotecária sentiu-se subitamente incômoda. O comentário da mãe de seu patrão parecia referir-se a algum tipo de desamor. A senhorita Prim desaprovava tanto o desamor como suas consequências. Não gostava do que fazia com as pessoas, não gostava de ver sua destruição, não apreciava ver suas vitórias. Por isso, e antes que a professora decidisse responder, ela rapidamente expressou seu desejo de dar uma caminhada entre crisântemos e loureiros.

– Como a senhorita é delicada, Prudência! Mas não se preocupe, é uma história antiga e não me incomoda em nada

compartilhá-la. Na verdade, devo admitir que aprendi a conviver com isso e a estar razoavelmente feliz. Não, meu marido
não voltou, é claro que não voltou; mas não o espero. Eu não
poderia viver se ainda o estivesse esperando.

– Fico feliz em sabê-lo – sentenciou duramente a senhora. – Há algo de sinistro na ideia da espera. Nunca esperei ninguém. Meu filho, no entanto, considera a espera uma
virtude.

– Considera a espera uma virtude? – perguntou a senhorita Prim interessada. – Em que sentido?

– Ah, ele refere-se a outra coisa – exclamou a professora
com tristeza –, não é algo tão tolo e tão sentimental como o
amor de uma mulher abandonada.

– Não sei se ele se refere a outra coisa, mas o que sei é
que *a senhora* fez bem em parar de esperar – interrompeu-a
severamente a mãe do homem da poltrona. – Agora diga-me,
Eugênia, a senhora conhece a Itália?

A bibliotecária ficou chocada ao ouvir essas palavras.
Era impossível não perceber que aquela mulher parecia ter
uma insistente fixação em saber se as pessoas conheciam a
Itália. A senhorita Prim não tinha nada contra a Itália, país
maravilhoso em todos os aspectos, mas por que esse comportamento? De seu ponto de vista, havia algo quase descortês na
ideia contínua de mandar todos atravessarem a Europa.

– Como lhe disse, Prudência, no dia em que a conheci,
acredito que a educação de uma mulher não se concluirá de
modo algum se não tiver vivido na Itália. Há certa grosseria
nas mentes das mulheres que não passaram por essa experiência. É vital para o desenvolvimento intelectual feminino.

– Só para o feminino? E o que acontece com os homens? – perguntou a bibliotecária.

A senhora a olhou com desdém.

– Os homens? Que os homens cuidem de si mesmos.
Já temos o suficiente com nós mesmas, não acha? A senhorita
é muito jovem e muito inexperiente, mas vou dizer-lhe uma
coisa. No dia em que a maior parte dos jantares entre homens
e mulheres já não se dividirem em dois guetos (um do sexo
masculino, que fala sobre política e economia, e um do sexo
feminino, onde triunfam as anedotas e as murmurações), nesse
dia teremos autoridade para dizer algo sobre a formação dos
homens. O que vou dizer agora a escandalizará, sem dúvida,
mas vou dizê-lo assim mesmo: a maioria das mulheres não tem
nenhuma conversa. E não a têm, e isto é o mais grave, não porque não a possam ter, mas porque não se preocupam em tê-la.

A bibliotecária e a srta. Mott trocaram um olhar de inteligência resignada, e esta se apressou a mudar de assunto e
explicar que, na sua opinião, os clássicos greco-romanos eram
a pedra angular de qualquer educação, masculina ou feminina.

– Deixe-me perguntar-lhe sobre seu filho. Onde completou seus estudos? – interrogou-a senhorita Prim.

– Eu gosto de pensar que meu filho foi educado por si
mesmo. Claro que lhe demos todos os instrumentos, instrumentos de qualidade: grandes escolas, bons professores. Mas é
mérito dele tê-los usado como o fez.

– Ele é um homem brilhante – disse a srta. Mott.

– Ele é um homem brilhante que desperdiçou seu talento – sentenciou a senhora amargamente ao levantar-se para
dizer adeus à professora, que acompanhou as duas mulheres
até o portão e disse adeus com um sorriso.

A dama e a bibliotecária caminharam um bom tempo,
uma ao lado da outra, imersas em pensamentos. Embora a senhorita Prim estivesse com o ardente desejo de continuar a
perguntar sobre a forma como seu patrão tinha sido educado,
não se atreveu a importunar o silêncio de sua parceira. Foi esta

que iniciou novamente a conversa explicando que o marido de Eugênia Mott havia partido uma manhã, três meses antes de ela se mudar para Santo Ireneu, sem dizer nada. Depois perguntou à bibliotecária sua opinião sobre a professora.

– Tenho a impressão de que ela é uma mulher boa e simples, mas não parece muito brilhante. Estou surpresa de que a tenham escolhido para professora; pensei que em Santo Ireneu a educação fosse um grande valor.

– Quer dizer que a julga trivial?

A bibliotecária olhou consternada para a senhora. Como poderia uma mulher tão elegante dirigir-se a seus semelhantes com tanta falta de respeito e sensibilidade? Por mais que remoesse a questão, não conseguia entender. Não podia acostumar-se com a frieza de seus comentários, com sua súbita sinceridade, com seu hábito de falar, olhar e até ouvir com aquela aura de autoridade inquestionável.

– O que quero dizer é que esperava alguém... menos simples. Está bem preparada academicamente? – perguntou com sutileza.

– Não, é uma simples professora, extremamente simples.

– Mas essa educação baseada nos clássicos e ensinada em Santo Ireneu... Nem todos estão prontos para ensinar isso.

A velha senhora voltou-se cansada para a bibliotecária.

– Minha cara senhorita Prim, ainda não entende como as coisas funcionam aqui? Eugênia Mott é uma simples professora, extremamente simples, porque o que Santo Ireneu queria contratar para seus filhos era exatamente isto: uma professora sem pretensões intelectuais.

– Desculpe-me insistir – disse a bibliotecária perplexa –, mas não consigo entender por que um lugar onde as crianças representam *Antígona* em grego pode querer uma professora sem aspirações intelectuais.

Pela segunda vez, a senhora parou e olhou para o rosto de sua companheira com seriedade.

– Porque realmente não precisam de ninguém para ensinar nada às crianças. Porque são eles os que, pessoalmente, educam seus filhos; são os únicos que os ensinam a recitar poemas de Ariosto antes de aprenderem a ler, são os que lhes explicam a geometria de Euclides com *Os elementos* como livro-texto; são eles os que brincam de fazê-las escutar um fragmento de um moteto de Palestrina para adivinharem o que é. São eles os que atravessam metade da Europa periodicamente para sentar seus pequenos diante de *Noli Me Tangere* de Fra Angelico, para mostrar-lhes o altar-mor de São João de Latrão, para pô-los diante do capitel do Templo de Afrodite.

– Mas então por que querem uma professora?

– Para cuidar de todo esse trabalho, para preservá-lo, protegê-lo. Ou, para que a senhorita entenda melhor: para que não se estrague. Será que a escandalizei? Se contratassem uma professora repleta de teorias sobre educação, sociologia, psicologia infantil e todas estas ciências modernistas, seria como ter uma raposa no galinheiro. Pense desta maneira: se estivesse convencida de que o mundo se esqueceu de como pensar e educar, se acreditasse que a beleza da literatura e da arte estivessem marginalizadas, se pensasse que a força da verdade fora silenciada, o que o mundo ensinaria a seus filhos?

– Agora entendo por que seu filho não queria uma pessoa pós-graduada cuidando da biblioteca – murmurou a senhorita Prim tristemente.

A dama olhou-a e sorriu docemente.

– Ah, mas ele a contratou, certo? Deve ter visto que a senhorita tem algo especial, não é mesmo? Diga-me, o que acha que foi?

A senhorita Prim disse que não sabia, embora suspeitasse que tinha a ver com algum mal-entendido ocorrido no dia de sua chegada à casa.

— Não se engane, minha querida — insistiu a senhora. — Ele não é sentimental. Acredite em mim quando digo que viu algo *realmente* interessante na senhorita.

E, com sua brusquidão habitual, acrescentou:

— Pergunto-me *o que foi que viu.*

2

Asenhorita Prim havia passado dez dias sem trocar nem uma frase sequer com o homem da poltrona. Ocupado com as crianças, com as aulas, com as visitas à abadia e com a companhia de sua mãe, sua presença estava distante nos últimos dias. Enquanto mordiscava uma torrada no café da manhã, a bibliotecária disse a si mesma que não precisava de sua companhia. E era verdade. Uma mulher como ela, que gozava de boa saúde psicológica e de uma independência gloriosa, era perfeitamente capaz de entreter-se sem necessidade de conversar. No entanto, teve de admitir que sentia um pouco a falta daquele senso de humor masculino que aliviava o trabalho e as enormes fileiras de livros para classificar.

Na parte da tarde, a senhorita Prim recebeu um bilhete de Hermínia Treaumont no qual lhe pedia que aceitasse um convite para juntar-se ao grupo encarregado de organizar as festas natalinas de Santo Ireneu. Enquanto terminava o café, leu o bilhete em silêncio e, considerando que o trabalho planejado para o dia era leve, decidiu pegar o casaco e o chapéu e assistir à reunião no salão de chá da vila.

O dia estava frio, e a bibliotecária apressou o passo em direção ao portão do jardim.

– Vai para a vila, Prudência? Eu posso levá-la, se não se importar.

O homem da poltrona fez a oferta de dentro de seu carro. A senhorita Prim hesitou, mas um olhar para o céu baixo e cinzento a fez aceitar a oferta.

– Obrigada – disse enquanto se acomodava no banco do carona. – Estou convencida de que vai começar a nevar a qualquer momento.

Ele sorriu gentilmente, mas não disse nada.

– Gostaria que aumentasse o aquecedor? – perguntou ele.

A bibliotecária assegurou que a temperatura do carro estava perfeita.

– E diga-me, se não for uma indiscrição, por que vai à vila em uma tarde tão fria?

– Vou encontrar-me com Hermínia Treaumont e com outros moradores de Santo Ireneu para falar das festas de Natal.

– Entendo. Ao que parece, integrou-se já totalmente à nossa pequena comunidade. Então... já lhes perdoou?

A senhorita Prim, que tanto cuidado havia tomado para tentar evitar que o incidente da Liga Feminista chegasse aos ouvidos de seu patrão, ficou ruborizada.

– Eu não tinha ideia de que soubesse tanto de minhas aventuras em Santo Ireneu. Suponho que tenha sido seu amigo, o sr. Delàs.

– Receio que confia demais na discrição de trinta testemunhas. Já ouvi essa história umas cinco vezes e devo dizer-lhe que, em todas, sua reação me pareceu magnífica.

A bibliotecária riu agradecida, mas rejeitou com um gesto o elogio.

– Não estou muito orgulhosa, pode acreditar. Percebi que o ocorrido, ainda que embaraçoso para mim, foi feito com a melhor das intenções. Não foi muito educado de minha parte comportar-me assim, especialmente com a srita Treaumont, uma mulher maravilhosa.

– Maravilhosa – disse apenas o homem da poltrona.

A bibliotecária, contraída no banco da frente, de repente sentiu um estranho mal-estar.

– É uma mulher muito bonita, não acha? – perguntou olhando de soslaio o perfil do seu patrão, que estava concentrado na estrada.

– Eu acho. É uma das mulheres mais atraentes que já conheci. E muito inteligente também.

Por um momento, nenhum deles disse nada. A senhorita Prim só olhou pela janela em silêncio. As velhas árvores nuas ao longo da estrada e a luz fria e cinzenta davam à paisagem uma aparência dramática e sombria.

– Deve ter sido uma grande beleza – disse finalmente com um estranho aperto no estômago.

– Como disse?

– Dizia – repetiu pacientemente – que deve ter sido uma bela mulher.

– Quer dizer minha mãe?

– Sua mãe? De modo algum, por que eu haveria de mencionar agora sua mãe? Refiro-me à srta. Treaumont.

– Ela não é tão velha – respondeu ele surpreso –, não o suficiente para dizer que deve ter sido uma bela mulher.

– O senhor acha?

– É claro que acho. Ela é mais jovem que eu e provavelmente apenas pouco mais velha que a senhorita.

– Ah! – disse a bibliotecária.

Ele a olhou intrigado e depois voltou a prestar atenção à estrada.

– Não acredita em mim? É realmente assim.

– Acredito, é claro – disse ela –, embora seja surpreendente.

– O que é surpreendente?

A bibliotecária, que havia começado a sentir-se melhor e já não sentia a estranha sensação de aperto na boca do estômago, abriu um pouco a janela e deixou entrar uma rajada de ar gelado.

– Há mulheres que têm a infelicidade de murchar antes do tempo – disse em voz baixa.

– Murchar antes de tempo? Que absurdo. Em minha opinião, Hermínia é uma mulher jovem e atraente.

A senhorita Prim, que subitamente começou a sentir novamente a mesma irritante opressão estomacal, não disse nada.

– Por que não diz nada?

– O que poderia dizer?

– Suponho que poderia fazer uma observação sobre o que acabou de comentar.

– Eu preferiria não dizer nada.

– Por quê?

– Porque não seria delicado.

– O que não seria delicado?

– Não seria delicado continuar a falar de outra mulher com um homem, especialmente em questões que ele não domina.

– Então é isso – disse ele tentando esconder um sorriso.

Os dois seguiram viagem sem dizer uma palavra até que

o carro parou em frente ao salão de chá, onde o comitê das celebrações de Natal esperava a bibliotecária.

– Quer que eu venha pegá-la quando termine? – perguntou ele educadamente enquanto se inclinava sobre o assento para lhe abrir a porta.

– Não há necessidade, muito obrigada – respondeu com frieza. – Pretendo voltar a pé.

– Senhorita Prim, olhe para o céu; vai cair uma forte nevasca.

– Estou perfeitamente ciente disso, obrigada.

– Bem, se está perfeitamente ciente disso, não tenho nada a dizer. Espero que tenha uma boa tarde – disse ele franzindo o cenho antes de partir.

A bibliotecária endireitou o chapéu diante da vitrine do salão de chá. Sentia-se irritada, não podia esconder. Haviam-na incomodado profundamente todos aqueles excessivos elogios a Hermínia Treaumont, era absurdo negar. Mas que mulher não teria ficado incomodada? A que mulher não desagradaria viajar na companhia de um homem que não faz outra coisa que elogiar outra pessoa? Que tipo de cavalheiro insiste, uma e outra vez, na extrema beleza de uma mulher diante de outra? Era uma intolerável falta de gentileza. E a senhorita Prim havia deixado seu emprego, havia deixado sua vida na cidade, seu trabalho e sua família justamente pela falta de gentileza. Se a gentileza desaparece de um grupo humano, tudo pode considerar-se perdido. Sabia-o bem porque o havia visto em sua própria casa. Havia visto ano após ano a gentileza desaparecer do relacionamento de seus pais. Havia experimentado em sua própria pele os efeitos da falta de gentileza na relação com sua irmã. E agora, quando parecia que chegara a um lugar onde o formal ainda tinha razão de ser, justamente agora ela havia acabado de sofrer a experiência de ser transportada em um carro por um homem que não tinha parado de falar durante todo o percurso das sublimes qualidades e da beleza deslumbrante de outra mulher.

Era uma mulher interessante, e daí? Por acaso ela mesma não o era? Era atraente, muito bem; não se poderia dizer o mesmo dela? Ele era livre para sentir-se enfeitiçado por aquela mulher se o quisesse, não tinha nenhuma objeção a isso, mas era necessário expô-lo de maneira tão óbvia? A senhorita Prim sempre fora contra as manifestações sentimentais em público. Em sua opinião, as sociedades civilizadas tinham casas para permitir que as pessoas pudessem liberar seus sentimentos sem que outros se sentissem obrigados a contemplá-los. Os excessos sentimentais – refletia enquanto arrumava a gola do casaco – eram próprios de sociedades primitivas e de indivíduos igualmente primitivos. Além disso, não era uma funcionária? Era necessário submeter uma funcionária a uma exposição de sentimentos como ele acabara de fazer no carro? A senhorita Prim acreditava que não era necessário. E não só acreditava nisso, mas estava convencida de que provavelmente existia algum tipo de legislação que proibia tal comportamento.

Ainda incomodada com o incidente, entrou no estabelecimento, onde o ambiente acolhedor do salão, iluminado por pequenos abajures nas mesas, lhe deu as boas-vindas.

– Senhorita Prim, que alegria vê-la novamente! – a voz suave e tranquila de Hermínia Treaumont, que se havia levantado da mesa para recebê-la, a trouxe de volta à realidade.

– Eu também estou feliz em vê-la, srta. Treaumont.

– Chame-me Hermínia, por favor, e deixe-me chamá-la Prudência. Nenhuma de nós têm idade suficiente para manter um tratamento tão formal. Não é verdade?

– É claro – disse a bibliotecária, ruborizando-se até a raiz dos cabelos.

Apesar de seu alterado estado de espírito, a senhorita Prim tornou-se em pouco tempo partícipe da conversa. Além da anfitriã, em sua mesa estavam outras três mulheres e dois homens. Um deles foi-lhe apresentado como o juiz Basett, um homem baixo, forte, de bigode, sobrancelhas muito grossas e um olhar que focalizava apenas quando a conversa era de seu interesse. O outro era um homem jovem chamado François Flavel, que era o único veterinário do lugar. As mulheres se identificaram com a sra. Von Larstrom, proprietária do hotel Santo Ireneu, a velha sra. Miles, uma enciclopédia viva no referente a tradições, e a jovem Amélia Lime, secretária do juiz. Depois de debater cada uma das principais questões acerca dos preparativos do Natal, o que incluía desde os hinos do coro até a decoração das ruas com guirlandas feitas de ramalhetes, com frutos silvestres e com uma esplêndida iluminação de velas, o comitê tratou da organização dos pratos fortes das celebrações. Durante mais de uma hora se anotaram detalhes pendentes por resolver. Depois, a conversa voltou-se para questões mais pessoais. Nesse momento a senhorita Prim moveu a cadeira para perto do veterinário, e, com a lembrança ainda ressentida do comportamento do homem da poltrona, preparou-se para liberar todo o seu charme.

– Eu adoro animais – disse com seu melhor sorriso.

O destinatário do comentário sorriu de volta e estava prestes a responder gentilmente quando a grossa voz do juiz Basett interrompeu a incipiente conversa.

– Isso é porque nunca esteve em uma fazenda, não é? Aposto que nunca viu uma vaca parir. Pergunte, pergunte ao nosso veterinário se é agradável pôr o braço até o ombro nas partes íntimas de uma vaca. Diga-me, querida, já teve oportunidade de ver uma vaca parir?

A senhorita Prim endireitou as costas e firmou a mandíbula.

– É claro que não, mas entendo que podemos amar os animais sem ter visto um espetáculo como esse.

O jovem veterinário apressou-se a confirmar o ponto de vista da bibliotecária. É claro que era possível amar os animais sem ter de passar pela experiência de explorar seu sistema reprodutivo. Milhões de pessoas tinham feito isso ao longo da história.

– É possível que ambos tenham razão, mas acho que é importante diferenciar a afeição pelos animais, que é uma coisa nobre e difícil, desse enjoativo sentimentalismo que algumas pessoas acreditam ser a mesma coisa. Dou por suposto que não seja este o seu caso, mocinha, naturalmente.

– Naturalmente – corroborou o veterinário com simpatia.

A bibliotecária não disse nada.

– Você tem cachorro? – perguntou em seguida o juiz.

A senhorita Prim disse que, infelizmente, não tinha cachorro.

– Um gato? Tem cara de ter um gato, pensei nisso no exato momento em que a vi.

– Eu também tive essa ideia – disse o jovem alegremente. – Há uma coisa de felino na senhorita, se me permite dizer-lhe isso.

A senhorita Prim assegurou que aceitava encantada o elogio, mas seu senso de honra a forçava a deixar claro que, apesar das aparências, nunca havia tido um gato.

– Um canário? – continuou o magistrado.

A bibliotecária negou com a cabeça.

– Uma tartaruga? – interveio o veterinário.

A senhorita Prim confessou que nunca havia convivido com nenhum animal de carapaça.

– Quem sabe um peixe? – insistiu o juiz, a quem se começava a notar um leve toque de impaciência na voz.

– Nunca tive nenhum animal – declarou a bibliotecária em uma tentativa de acabar com tal escalada interrogatória. – Sempre fui da opinião de que a ausência do objeto amado purifica o amor.

– É uma boa teoria – gaguejou o magistrado com satisfação. – Se a maioria dos homens a seguisse, provavelmente não existiria o divórcio e, se me permite, nem sequer o casamento.

O veterinário de Santo Ireneu contemplava silenciosamente a senhorita Prim.

– Quer dizer que ama os cães abstratamente?

– Exatamente – disse ela com um sorriso.

– E os gatos?

– Exatamente igual.

– E os peixes, os canários e os *hamsters*?

A bibliotecária, que começava a irritar-se, agradeceu a rápida e cortante intervenção do juiz, que ordenara ao jovem François que parasse com o interrogatório.

– Mas isso é quase desumano – disse ele em seguida. – Não posso acreditar que uma mulher tão doce como a senhorita ame abstratamente.

A senhorita Prim arrumou uma parte do cabelo que lhe pendia rebeldemente e baixou os olhos.

– Eu não disse isso – murmurou.

– Sim, disse isso – interveio novamente o magistrado. – Disse que a ausência do objeto amado purifica o amor. É uma teoria maravilhosa, já lhe disse, não estrague tudo agora por falta de coragem.

A bibliotecária mudou de posição na cadeira. Ao lado dela, as outras mulheres estavam discutindo como proteger do vento as velas que decorariam a árvore de Natal. Observou-as com inveja antes de voltar ao assunto.

– Se há uma coisa de que me vanglorio, juiz Basett, é ter coragem. Mas devo dizer que, quando falava da ausência do objeto amado, fazia referência ao amor cortês. Foi uma licença poética, não me referia ao amor real.

O jovem veterinário a olhou nos olhos antes de falar.

– Quer dizer que o amor pelos animais é como o amor cortês? Um amor sublimado?

– Quero dizer que o amor pelos animais não é amor.

O magistrado recebeu esta declaração com uma enorme gargalhada.

– Sim, senhor – disse ele com sua grossa voz. – Sim, senhor. A senhorita é uma grande mulher. É a maior verdade sobre esta questão que ouvi dizer em muito tempo. Pois bem, diga-me uma coisa: se acredita que o amor pelos animais não é amor e nunca teve um animal em casa, por que diabos disse que ama os animais?

A bibliotecária olhou para o veterinário e o que viu em seus olhos a fez decidir dizer a verdade. Era inútil continuar a fingir. Aquele fluxo de simpatia que se havia estabelecido entre eles assim que foram apresentados desaparecera completamente. E que mais poderia esperar? A tarde havia começado mal com aquela conversa desagradável com seu patrão; não deveria surpreendê-la que continuasse na mesma linha.

– Apenas pretendia ser gentil – disse diretamente ao veterinário, que imediatamente desviou o olhar para as torradas com manteiga e mel que estavam sobre a mesa.

– Nesta vila temos o costume de ser francos, sabia? É uma das razões por que alguns de nós viemos para cá, para escapar das conversas de salão – assinalou o velho magistrado secamente.

As costas da senhorita Prim enrijeceram quando ouviu suas palavras.

– Permita-me dizer, juiz Basett, ser gentil não é o mesmo que manter uma conversa de salão.

– Tem razão – interveio o veterinário olhando-a de frente.

– Pode-se ser gentil e dizer a verdade, não há nada que o impeça.

A bibliotecária ruborizou-se, e logo depois notou algo que a deixou perplexa: havia dito uma mentira sem ter consciência disso. Ela, que se vangloriava de ser incapaz de mentir, mentiu sem vacilar. Não se havia ruborizado, não se havia alterado, não havia sentido taquicardia. Tentara impressionar aquele jovem com uma estúpida, ridícula mentira, e o tinha feito sem que sequer lhe tivesse tremido o pulso. Teria sido a primeira vez que isso ocorria? Profundamente envergonhada, teve de admitir para si mesma que não. E então em seu interior desenhou-se uma enorme e silenciosa interrogação: era possível que tudo o que chamara com orgulho ao longo de sua vida de *sua delicadeza* fosse apenas uma eficiente e discreta licença para mentir? Jamais havia transigido com o engano quanto às suas firmes opiniões sobre as coisas, isso era verdade. Mas não o era também que na hora de agradar em temas que para ela não eram vitais, e que não comprometiam seu sentido das coisas, havia sido falsa?

– Desculpem-me – disse enquanto se levantava apressadamente. – Mas acho que devo ir.

Todos em sua mesa ficaram de pé.

– Não ficou ofendida com o que eu disse, não é mesmo? – perguntou inquieto o veterinário, que, dado o embaraço da bibliotecária, parecia ter recuperado sua simpatia por ela.

– Ofender-se? Por quê? – interrompeu-o Hermínia Treaumont.

– Não se preocupe, Hermínia, apenas brincávamos – respondeu docemente a senhorita Prim. – Falávamos sobre animais e sobre conversas de salão, nada que possa ofender a ninguém.

– Nossa hóspede é um achado, Hermínia, entusiasmou-nos com a sua conversa – disse o juiz. – Eu me pergunto se ela trabalharia para mim, agora que a pequena Amélia me deixará e que me acusam de escravidão de mocinhas.

– Vamos, vamos, não diga bobagens – disse a referida com afeto.

A bibliotecária riu com prazer.

– É uma oferta tentadora – disse –, mas receio ter um trabalho de que gosto.

– Muito bem, muito bem, mas não deixe de pensar. Eu gosto de mulheres de cabeça boa.

Depois de se despedir de todos e de acertar com Hermínia Treaumont que visitaria o jornal na quarta-feira seguinte, a senhorita Prim deixou o salão de chá. Antes de sair, ajeitou a gola do casaco, ajustou as luvas e preparou-se para fazer o caminho de volta.

Lá fora, as ruas começavam a tingir-se lentamente de branco.

❧❧❧

Mal havia andado um quilômetro antes de adentrar a floresta quando ouviu às suas costas o barulho de um carro.

– Prudência, devo avisá-la de que, se entrar na floresta com esses sapatos, vai correr o risco de perder os pés e teremos de ir em seu socorro. A senhorita me permitiria levá-la para casa? Prometo não dizer nada que possa incomodá-la. Além do mais, prometo não dizer nada de nada.

A bibliotecária olhou o homem da poltrona com uma mistura de alívio e de gratidão. Havia calculado mal a resistência de seus sapatos à neve. Seus pés estavam doendo, mal os sentia, não queria perdê-los e muito menos ser resgatada.

– Ficarei realmente muito grata. Tenho de admitir que estava certo quando me avisou de que eu não deveria voltar para casa andando.

– A senhorita Prim dando-me razão, não posso acreditar. A senhorita deve estar doente, certamente é efeito do frio – disse ele enquanto se inclinava para abrir a porta e lhe oferecia uma manta para os joelhos. – Está gelada. Um gole de conhaque? Sei que pensa que eu sou um alcoólatra sem solução, mas deixe de lado desta vez esses impiedosos julgamentos próprios e beba um pouco. Vai ajudar a aquecer.

A bibliotecária obedeceu sem dizer uma palavra, enquanto ele ligava o carro e aumentava a temperatura do ar. Ela estava com demasiado frio para discutir, mas algo naquelas palavras a levou a falar.

– Julgamentos impiedosos? Realmente acredita que faço julgamentos impiedosos? E eu que pensava que era sua própria religião a que era contra a bebida. É surpreendente que me acuse de fazer julgamentos impiedosos; sempre me considerei uma pessoa tolerante.

– Uma pessoa tolerante? – riu ele. – Vamos lá, Prudência, eu diria que é uma pessoa extremamente rigorosa. Admito que é uma virtude maravilhosa para seu trabalho e sou o primeiro a beneficiar-me disso, mas deve ser um fardo muito pesado para umas costas tão frágeis como as suas.

A bibliotecária mordeu o lábio ao lembrar-se da reunião no salão de chá e de sua angústia ao descobrir sua facilidade para a mentira social.

– E, quanto à minha religião e à bebida, está um pouco confusa sobre esta questão, embora eu deva dizer em sua defesa que é uma confusão comum. A bebida, como o restante dos dons da criação, é boa, Prudência. É de seu mau uso ou de seu uso abusivo que vêm os efeitos negativos.

A senhorita Prim, pela segunda vez no dia, reconheceu que seu interlocutor podia ter razão. Mas não eram a bebida e a religião os temas que rondava naquele momento pela sua mente.

– Quer dizer então que pensa que sou rigorosa. Eu também achava isso, mas hoje descobri que isso não só não é verdade, mas que ainda por cima sou uma mulher profundamente hipócrita e propensa a mentir.

O homem da poltrona pareceu surpreso.

– Eu tentei fazer um comentário engraçado sobre o que acabara de dizer, mas vejo que está preocupada. Posso perguntar o que aconteceu? Prometo ser delicado, se isso me é possível.

Depois de hesitar, a bibliotecária decidiu falar. Estava muito cansada, ansiava desabafar com alguém, descarregar em outras costas a frustração que sentia por dentro. Uma mulher virtuosa como ela, que havia investido ao longo da sua vida enorme quantidade de boa vontade para dominar seus defeitos e havia sido vitoriosa em muitas batalhas, devia render-se agora e reconhecer que sua delicadeza, essa qualidade que ela havia elevado à categoria de arte, não era mais que um disfarce para a hipocrisia e a mentira social.

– Agora veja – disse depois de contar a história de seu amor pelos animais, do veterinário e do juiz Basett. – Sou uma vulgar hipócrita. Uma mentirosa.

– Eu diria que é na verdade uma tola – foi a resposta simples e curta do seu interlocutor.

A senhorita Prim o olhou com espanto e depois, com um gesto repentino, abriu o cinto de segurança.

– Pare imediatamente o carro – disse com raiva mal contida.

– O que disse?

– Que pare imediatamente o carro. Eu não vou continuar nem mais um minuto com o senhor.

O homem da poltrona parou o carro e tirou as mãos do volante.

– Por que diabos é tão exagerada?

– Exagerada? Acha que exagero? Pede que eu abra meu coração, promete ser delicado e, quando caio na armadilha e confidencio minhas preocupações, sua resposta é um insulto. Devo lembrar-lhe que me chamou de tola? O senhor, que se presume um cavalheiro; o senhor, justamente o senhor.

– Sim, eu, justamente eu – respondeu ele bruscamente. – Não se engane comigo, Prudência, sou um homem exatamente como os outros, talvez até pior que os outros. Espero que isso não seja uma surpresa para você, porque, é claro, não é para mim.

A bibliotecária fez um gesto para sair do carro, mas ele a deteve com firmeza.

– Escute-me bem. Eu a chamei de tola porque acho que lamentar-se dessa maneira pelo que me disse é o comportamento de uma tola. Sou um homem franco, provavelmente muito franco, e a senhorita está certa: não sou delicado. Mas acho que a esta altura já deve saber o suficiente sobre mim para entender que, embora não seja um exemplo de delicadeza, sou uma pessoa decente. Se lhe disse que me contasse algo, é porque quero ajudar. Então deixe-me falar e escute o que tenho para dizer.

– Não escutarei, a menos que retire o insulto – disse ela secamente.

– Tudo bem, retiro o que disse. Mas que fique registrado que não era um insulto; qualificava seu comportamento, não sua pessoa.

– Não comece de novo com suas distinções teológicas, não me enganará novamente.

– Pode, por favor, me ouvir? – insistiu ele espaçando as palavras lenta e deliberadamente.

A bibliotecária levantou os olhos e o encarou. O dia tinha começado mal. Fora um erro aceitar o convite para comparecer ao salão de chá. Também o tinha sido permitir que ele a levasse para a vila de carro. Se não tivesse aceitado sua oferta, não teria ouvido aqueles fortes elogios a uma beleza que não era a sua. Nem se haveria deixado levar por aquele flerte com o veterinário, e muito menos teria dito aquela bobagem sobre gostar de animais. Ela, que sempre havia sentido medo de cães e nojo de gatos. Como havia podido ser tão estúpida?

– O senhor está certo, eu sou uma tola – disse ela, entre lágrimas.

Ele gentilmente pegou sua mão e a olhou com uma expressão que a bibliotecária não soube interpretar.

– Vamos lá, não é tola, Prudência, apenas se comporta como tal. Não chore, por favor, as pessoas como eu não sabem como lidar com lágrimas, não nos foi dado esse dom. Escute-me bem: o que acontece é que há algumas coisas que a fazem sofrer, e a fazem sofrer porque não as entende bem, simplesmente isso.

Ela enxugou os olhos e sorriu.

– Entre o senhor e mim tudo se resume sempre a que eu não entendo as coisas e o senhor, sim, não é verdade?

– Não, isso não é bem verdade, não totalmente, pelo menos. Vai escutar-me agora?

A senhorita Prim lhe assegurou que estava disposta. Ele ofereceu-lhe outro gole de conhaque e se acomodou no banco antes de falar.

– Em primeiro lugar, não há vitória definitiva sobre nossos próprios defeitos, Prudência, não é uma área em que funcione a própria força de vontade. Temos uma natureza defeituosa, uma espécie de velha locomotiva ferida, e, em consequência disso, por mais que nos esforcemos, tendemos sempre a falhar. Angustiar-se por isso é absurdo, e ficar irritada com o fato é soberba. O que devemos fazer sempre que falhamos, embora eu saiba que esta resposta não seja de seu agrado, é pedir ajuda a quem fez a máquina. E, em todo caso, deixar que a melhore gradualmente, injetando com frequência uma boa dose de óleo.

– Essa é uma explicação religiosa, e não sou religiosa. Não use esse argumento comigo, por favor, não serve – disse ela com o nariz avermelhado do frio e do choro.

Ele pôs a nuca no apoio de cabeça do assento e riu.

– Essa resposta não é digna de uma mente clara, Prudência. E é um dos frutos da educação antitomista de que é tão orgulhosa. A questão aqui ou em qualquer outra discussão não é se minha resposta é ou não é religiosa, mas se é ou não é verdadeira. Não vê a diferença? Responda-me com argumento, Prudência, diga-me que acredita que não é verdade o que digo, explique-me por que isso não é verdade, mas não me responda que meu argumento não funciona porque é religioso. A única razão pela qual meu argumento pode não servir aqui ou no fim do mundo é simplesmente porque seja falso.

– Tudo bem, então digo que não serve porque é falso.

– Verdade? Isso quer dizer que a senhorita acha que o ser humano é capaz de atingir a perfeição e manter-se nesse nível de excelência moral por suas próprias forças. Não acha, então, que errar é humano? Acha que o homem não falha?

– É claro que não acredito nisso, sei perfeitamente que errar é humano e que ninguém é perfeito.

– Isto é, no fundo acredita que boa parte do que eu disse é verdade. O que acontece é que só reconhece a verdade quando ela está vestida de roupa secular.

A senhorita Prim olhou para o homem da poltrona através da escuridão e se perguntou amargamente por que, mesmo em momentos sombrios como aquele, suas conversas com ele foram muito mais interessantes do que as que tivera com o resto do mundo. Por que o único homem com o qual falar era uma atividade tão estimulante tinha de ser também o mais teimoso e o mais odioso da sua espécie?

– Estou com frio. O senhor se importaria de levar-me já para casa?

– Importar-me? Estou sempre disposto a levá-la para casa, Prudência.

3

Às terças e às sextas-feiras de manhã os pequenos frequentavam a escola da srta. Mott. Seus irmãos, ainda que já muito avançados para as aulas da professora, também recebiam parte de sua instrução fora de casa. Três vezes por semana assistiam a aulas de língua na casa de Hermínia Treaumont; outras duas aprendiam biologia no consultório do médico da cidade; na casa de Horácio Delàs se estudava história; botânica na de Hortênsia Oeillet; música na de Emma Giovanacci, e assim por diante. Foi justamente em uma manhã de terça-feira que os dois pequenos entraram no salão cheios de novidades.

– Vó! Senhorita Prim! O marido da srta. Mott voltou! – gritou Eksi assim que atravessou a porta da sala onde as duas mulheres se ocupavam de suas tarefas, uma organizando a correspondência e a outra catalogando as obras de Swift.

– E trouxe balas para todas as crianças! – continuou Deka, que chegava correndo, carregado dos livros de sua irmã.

A mãe do homem da poltrona ergueu a sobrancelha direita e continuou a escrever, enquanto indicava aos netos que esperassem que ela terminasse o que naquele momento estava fazendo. Foi a senhorita Prim quem os atendeu e celebrou com eles as boas-novas. Apesar de sua inexperiência com crianças, a bibliotecária não entendeu muito bem a contida frieza daquela avó e sua capacidade de antepor regras e boas maneiras à espontaneidade de seus netos. Mas, ao mesmo tempo, algo dentro dela lhe dizia que essas crianças provavelmente eram tão encantadoras e educadas graças, em parte, à disciplina marcial que recebiam.

– O marido da srta. Mott? Têm certeza? Mas que notícia emocionante! – exclamou enquanto fechava cuidadosamente uma terceira edição de *A batalha entre os livros antigos e os modernos*.

– Isso, isso, contem à senhorita Prim e deixem sua pobre avó terminar de organizar sua correspondência – aprovou a senhora depois de um olhar à bibliotecária.

As crianças não puderam dar muitos detalhes sobre o que acontecera na escola. Na hora do recreio, enquanto brincavam no jardim, ouviram sua professora dizer apenas:

– Meu Deus, ele voltou.

Todos se voltaram para a porta e ali viram um homem alto e corpulento, com um casaco velho e umas botas enlameadas, que sorria com entusiasmo.

– Tinha os olhos *atrasados* em lágrimas – explicou Eksi, cuja afeição pela leitura superava amplamente sua fluência verbal.

– Você quis dizer arrasados, minha querida – corrigiu-a sua avó com carinho, olhando-a com afeto por cima dos óculos que usava para ler.

– O marido da srta. Mott é tão grande como um gigante dos de Gulliver, vovó – disse Deka.

A senhora disse ao neto que esperava que as desculpas do senhor Mott à esposa por aqueles anos de ausência fossem, pelo menos, de metade do tamanho dos gigantes de Swift, e a penitência que recebesse das mãos dele tampouco ficasse atrás.

– Vovó, se a srta. Mott é casada... por que não é chamada sra. Mott? – perguntou Eksi.

– Bem, porque o sr. Mott deixou um dia sua casa e nunca mais voltou. Você é jovem demais para saber, mas, se há algo pior que ser viúva, é estar casada com um homem desaparecido. A pobre Eugênia Mott – a mãe do homem da poltrona olhou para a senhorita Prim – não podia suportar que as pessoas perguntassem constantemente onde estava seu marido, e assim, um belo dia, decidiu tornar-se senhorita, começar uma nova vida e esquecer as explicações.

– Uma decisão muito sensata – respondeu a bibliotecária.

– Eu penso o mesmo.

À medida que as semanas passavam, a senhorita Prim começava a sentir-se cada vez mais à vontade na companhia daquela senhora. Não aprovava sua aristocrática rudeza – fazê-lo teria sido contrário à sua natureza, e a senhorita Prim nunca fizera nada contrário à sua natureza –, mas começou a apreciar aquela áspera sinceridade que se manifestava tanto em julgamentos impiedosos como em francos e deliciosos elogios. A bibliotecária havia descoberto na seriedade daquela personalidade uma explicação para a incrível fortaleza que sempre admirara nas velhas dinastias. Essa capacidade feroz para manter costumes e julgamentos próprios, através de guerras, de revoluções e de perdas. Essa virtude de lembrar-se sempre e a todo momento de quem era e de onde viera, em vez de ocupar-se, como é costume entre os modernos, de adivinhar para onde estava indo.

– Prudência – disse ela –, talvez devêssemos visitar Eugênia, não acha? Mulheres como ela muitas vezes não sabem como reagir ante tais mudanças. Eu não gostaria que esse canalha voltasse a zombar dela.

A senhorita Prim concordou em que a possibilidade de que Eugênia Mott fosse ridicularizada novamente era algo que considerar e aceitou de bom grado a sugestão da velha senhora. Ambas se levantaram, deixaram sua respectiva ocupação e se aprontaram para enfrentar a tarde fria de inverno com a criada de motorista.

A casa de Eugênia Mott ficava na periferia de Santo Ireneu. Era uma pequena construção de pedra com as molduras das janelas pintadas de cal, em que se destacavam, como pinceladas a óleo, uma pequena porta e basculantes vermelhos. Belíssimos maciços de crisântemos de inverno davam ao edifício o antigo encanto que caracteriza a maioria das casas de Santo Ireneu. Ao se aproximarem da casa, a senhorita Prim perdeu-se em seus pensamentos e uma velha frase veio inesperadamente à sua memória: «Que beleza salvará o mundo?»

«Quem havia dito aquilo?» Provavelmente havia sido um russo, soava exatamente ao tipo de reflexões que os russos faziam. É claro que não era uma sentença desconhecida, estava certa de que a lera e ouvira inúmeras vezes e em diferentes versões, mas não conseguia lembrar-se de sua origem. Enquanto assistia à luta da criada com a fechadura da cerca do jardim, pensou que com certeza o homem da poltrona o saberia.

– A porta está aberta, senhora. O que vamos fazer? Talvez devêssemos entrar.

– É claro que devemos entrar. A pobre mulher deve ter-se deixado levar nos braços da dor – respondeu firmemente a senhora ao mesmo tempo que empurrava a porta e adentrava o estreito corredor.

«Que beleza salvará o mundo?», repetiu em silêncio a bibliotecária enquanto seguia a velha dama até a porta do salão da srta. Mott. Ele saberia de quem era a frase; perguntar-lhe-ia assim que voltasse a casa.

– Pelo amor de Deus, Eugênia!

Alarmada com a exclamação, a senhorita Prim olhou por cima do ombro da senhora, cuja figura ocupava a estreita porta e não a deixava ver o que estava acontecendo dentro da sala. No centro da sala, a srta. Mott estava acomodada em uns braços. Uns braços que não pareciam em nada com o que a bibliotecária entendia por dor e que abraçavam a professora em uma tentativa de confortar sua aflição.

– Oi, mãe, alegro-me de que tenha vindo – disse com um sorriso o proprietário deles, enquanto separava com delicadeza do seu pescoço os braços de uma chorosa srta. Mott.

❧

A bibliotecária se viu incapaz de reagir quando viu a srta. Mott nos braços do homem da poltrona. Naturalmente, não estava alarmada; era uma mulher com pouca probabilidade de sentir-se alarmada. Nem sequer tirou conclusões precipitadas; a maturidade de Eugênia Mott ligada à sua falta de jeito natural impedia que se imaginasse sequer uma pitada de romance entre eles. Mas o que sim fez foi *experimentar*. Certamente não foi ciúme o que experimentou. A senhorita Prim desprezava intimamente pessoas que fossem atormentadas com ciúmes. Também não foi rejeição; se fosse honesta consigo mesma, não havia nada no homem da poltrona que inspirasse remotamente algum tipo de rejeição. Tinha de admitir até que, de um ponto de vista estético, seu patrão era um tipo de ser humano agradável aos olhos. A senhorita Prim não se envergonhava desse julgamento nem tirava conclusão alguma sobre o assunto. Seu forte senso de beleza permitiu-lhe pronunciá-lo com a mesma facilidade com que poderia ter feito uma observação similar de um cisne ou um cavalo.

O que experimentou, então? A resposta lhe veio enquanto observava em silêncio as explicações do homem da poltrona e as severas tentativas de sua mãe de consolar a conturbada professora: ela tinha experimentado *inveja*. Inveja da madura professora da vila? A senhorita Prim teve de admitir que sim. Não havia sentido inveja ao vê-la entre os braços do seu patrão, tinha sentido inveja ao contemplar como ele lhe dedicava uma atenção e uma delicadeza que nunca havia mostrado para com ela. A bibliotecária estava envergonhada diante da mera possibilidade de que alguém pudesse ler em seus olhos o que estava pensando. E, ao mesmo tempo e pela primeira vez, perguntou-se se não haveria chegado o momento de pedir às damas de Santo Ireneu que a ajudassem a encontrar um marido. Afinal, uma reação como aquela só poderia ser resultado do que os psicólogos denominavam processo de transferência. Talvez, sim, precisasse de *um marido*. Talvez estivesse precisando de um urgentemente.

– Eugênia, suponho que não dirá sim – a forte voz da mãe do homem da poltrona tirou a senhorita Prim de seus devaneios conjugais.

– Mãe... – interrompeu-a seu filho em tom de advertência.

– Acha que não deveria perdoar-lhe? – lamentou-se a professora. – Talvez não devesse, mas sonhei tantas vezes com sua volta e parece estar tão arrependido...

– Bobagem – disse acidamente a velha senhora. – É claro que está arrependido. Quando saiu, ainda era jovem e vital, o mundo era emocionante então. Agora está próximo da idade em que todos sabemos que já não é.

— Basta, mãe, deixe-a.

— Acha que devo dizer não? – lamentou-se Eugênia Mott.

O homem da poltrona aproximou-se de sua mãe antes que ela pudesse responder e disse em voz baixa, mas de forma audível:

— Lembre-se de que é uma decisão dela. Não é sua vida nem a minha.

— Ela não tem experiência nisso e você tampouco. Eu sei exatamente como resolver uma situação como esta. Não deve permitir-lhe voltar, não deixe que esse homem ponha os pés nunca mais em sua casa.

— Por quê? – disse ele em seguida em um tom de voz baixo e grave, que a senhorita Prim nunca antes o havia ouvido utilizar. – Talvez porque você também não permitiu?

O olhar que a velha dama dirigiu ao filho foi tão terrível, que a bibliotecária pensou que a porta se tinha aberto de repente e uma corrente de ar frio tivesse entrado na sala.

— Como se atreve...? – exclamou entre dentes antes de se levantar, pegar o casaco e sair da sala seguida por sua criada.

O homem da poltrona não tentou impedi-la. Mas, quando a porta se fechou, sentou-se no sofá e apoiou a testa nas mãos.

— É tudo culpa minha – gemeu a srta. Mott enquanto torcia nervosamente o cinto de seu vestido –, não deveria tê-lo chamado, não deveria tê-lo envolvido neste assunto. Agora sua mãe está zangada. Sou uma estúpida, não tenho personalidade nem tive jamais, mas não deveria permitir que meus problemas...

— Por favor, Eugênia, não se preocupe com isso. Não é culpa sua, e de qualquer forma não tem nenhuma importância. Agora devemos falar sobre como resolver isso, o que quer fazer com sua vida e se nessa vida há lugar para seu marido.

Neste ponto da conversa, a bibliotecária tossiu ligeira-mente.

– Sim, senhorita Prim? – disse ele levantando a cabeça e olhando-a pela primeira vez desde que havia entrado na sala.

– Quer que eu procure sua mãe?

– Eu agradeceria muito. Não posso deixar a srta. Mott neste estado, mas fui um pouco rude com ela. Sinto muito que tenha presenciado isso.

A bibliotecária voltou a sentir uma pontada de inveja, uma inveja estranha e inoportuna misturada em partes iguais com algo parecido à compaixão.

– Não se preocupe – respondeu. – Vou falar com ela.

Quando saiu da casa, não demorou a avistar a velha senhora. Acompanhada de sua criada, estava sentada em um banco colocado sob uma camélia. A senhorita Prim caminhou lentamente e sentou-se a seu lado em silêncio, momento que aproveitou a criada para levantar-se e ir buscar o carro. Uma vez sozinhas, a dama não demorou a falar.

– Estará se perguntando por que meu filho disse o que disse, não é mesmo?

– De maneira nenhuma – respondeu a bibliotecária. – São assuntos da família.

– De fato são.

– No entanto, e já que me perguntou, há uma coisa que não entendo.

A senhora se virou para ela interessada.

– Diga-me: o que não entende?

– É só que fico surpresa com que seu filho haja falado sobre questões tão pessoais em público. Não é próprio dele fazer isso.

A senhora pegou uma camélia rosa-pálida do chão e co-meçou a desfolhá-la com tristeza.

– Não, não é próprio dele. Mas não conseguiu evitar.

– Por quê? Nunca conheci ninguém tão capaz de evitar uma grosseria como ele.

– Por quê? Porque me culpa, querida, e quando um filho culpa uma mãe, por mais que queira evitar, esse sentimento aflora mais cedo ou mais tarde.

A senhorita Prim pegou por sua vez outra camélia e a contemplou enquanto a fazia girar entre os dedos. Começou a escurecer e o ar estava ficando mais frio. De repente, tirou o cachecol e o colocou sobre os ombros da velha senhora.

– Às vezes dizemos coisas sem pensar. Não expressam o que sentimos, mas sim a tensão do momento ou até o desejo de ganhar a discussão. Não acredito que seu filho estivesse expressando dor ou ressentimento quando lhe disse isso, acho que só queria encerrar a conversa.

A senhora estremeceu com uma rajada de ar frio e, em seguida, olhou diretamente para os olhos da bibliotecária.

– Minha querida Prudência, há momentos na vida em que estamos diante de dilemas que não quereríamos ter de resolver. Ainda que em cada vida esse dilema apareça disfarçado de roupagem diferente, sua essência é sempre a mesma. Há um sacrifício e temos de escolher uma vítima: nós mesmos ou os outros.

A bibliotecária começou a desfolhar lentamente sua camélia.

– É claro, quando se trata dos filhos, não deveria haver nenhuma dificuldade. Eles estão sempre em primeiro lugar. Vivemos, vigiamos, escutamos, brincamos, ensinamos, tudo é feito pensando neles. Ah, mas chega um belo dia em que o grande dilema toca o coração, maltrata o espírito, ameaça a autoestima. Vem um dia e põe na mesa a possibilidade de escolha entre dois caminhos, no final de cada um dos quais nos aguarda um sacrifício. Se tomamos o da direita, o sacrifício recai sobre nós mesmos; se tomamos o da esquerda, são eles que têm de suportar. A senhorita me entende?

– Continue, por favor.

– Dito desse jeito parece muito forte, não é? A senhorita deve estar se perguntando como escolher o caminho da esquerda e deixar que sejam eles os que suportem a carga. Mas não é tão simples, querida, porque, quando decidimos tomar o segundo caminho, nunca se pode ver a realidade como ela é e não há desculpas. Diz-se que, se não buscarmos a nossa própria felicidade, eles também sofrerão. Diz-se que temos o direito de ser felizes e que só existe uma vida. Diz-se que eles estão melhor assim; que são pequenos, que mais cedo ou mais tarde superarão. Mas a verdade é que escolhemos, e mais verdade ainda é que a escolha sempre tem um preço.

A senhorita Prim voltou-se para a senhora e tomou suas mãos frias entre as suas. Depois a olhou e pela primeira vez a viu encolhida, pequena e frágil.

– Eu estive diante deste dilema, Prudência. Os detalhes não importam agora, só importa que saiba que eu poderia ter escolhido o caminho da direita. Mas escolhi o da esquerda. Essa foi a minha escolha.

O som da buzina do carro que a criada havia estacionado ao lado da casa interrompeu a conversa das duas mulheres. A bibliotecária levantou-se e ajudou sua companheira a se aproximar do carro, enquanto pequenos flocos de neve começaram a cair no jardim.

– É melhor que volte para casa, está gelada. Ficarei esperando seu filho, não se preocupe.

– Não me preocupo, minha querida, há muito tempo que parei de fazê-lo – respondeu a velha senhora enquanto a senhorita Prim a ajudava a acomodar-se no carro.

Quando o carro se afastou, a bibliotecária se reuniu com o homem da poltrona, que naquele momento estava se despedindo de uma sorridente e relaxada srta. Mott. Enquanto se dirigiam ao carro, a senhorita Prim perguntou com voz suave:

– Então, já está tudo acertado?

O homem da poltrona tirou o casaco e o colocou sobre os ombros de sua funcionária, que agradeceu em silêncio.

– Tudo acertado.

– Voltará com ele?

– Sim, se ele cumprir algumas condições que assegura estar disposto a cumprir. Falamos ao telefone e acredito que está sendo sincero, embora queira vê-lo pessoalmente para explicar-lhe melhor o plano.

– Plano? Mas há um plano?

– É claro que há um plano.

– Mas o senhor não me contaria, não é mesmo?

– É isso mesmo.

Continuaram a caminhar em silêncio. Os caminhos de Santo Ireneu começaram a desaparecer sob a neve, quando ele voltou a falar.

– Está tudo bem com ela?

A senhorita Prim procurou as palavras antes de responder.

– Suponho que sim, mas acho que está muito triste. Ela pensa que o senhor a culpa por algo que aconteceu há muitos anos.

O homem da poltrona ficou em silêncio por um momento.

– Isso não é verdade, também lhe perdoei há muitos anos, quando ainda era um garoto. É ela que se culpa a si mesma, mas não consegue admitir. É mais fácil projetar a culpa nos olhos dos outros e se defender disso do que encontrá-la dentro de si, onde não há defesa possível.

– Mas o senhor lhe disse algo muito duro esta tarde. Eu mesma fiquei surpresa ao vê-lo capaz de dizer uma coisa assim na frente de todos.

Enquanto seu patrão tirava as chaves do carro e lhe abria a porta, a bibliotecária se perguntou se não havia ido longe demais com aquelas palavras. Depois que ele ligou o carro e colocou o aquecedor na temperatura máxima, virou-se para ela e disse:

– O problema de minha mãe é que não tem ninguém a cuja autoridade possa submeter-se. Ela perdeu os pais há muitos anos, também perdeu o marido. Não leva em conta a opinião dos parentes, nunca levou, muito menos a dos filhos. Não há nenhuma disciplina espiritual ou humana a que submeta sua vontade. Ela é guiada apenas por seus julgamentos, e são seus julgamentos, também, o único tribunal encarregado de repreendê-la quando comete um erro. Pode imaginar como seria se a senhorita não tivesse pessoas por perto com capacidade de influenciá-la? Ninguém para apontar seus defeitos, ninguém que a enfrente quando se excede, ninguém para corrigi-la quando está errada?

A senhorita Prim disse que, certamente, não imaginava.

– Minha mãe não tem essa pessoa ou pessoas que sejam uma bênção para a própria vida e cuja função seja dizer o que de nenhuma maneira se quer ouvir. Esta noite ela esteve prestes a cometer um erro que teria prejudicado uma pessoa frágil e inocente, e eu não podia permitir, é isso. Não há ressentimento, nem culpa, nem acusação alguma de minha parte. Pelo contrário, sou um filho que ama profundamente sua mãe, acredite-me.

A bibliotecária voltou a experimentar a insistente sensação de inveja que a havia acompanhado a tarde toda. Estavam chegando a casa quando se lembrou de que tinha algo que perguntar.

– Que beleza salvará o mundo? – disse em voz baixa.

O homem da poltrona a observou com curiosidade através da escuridão do carro.

– Dostoiévski, Prudência? Dostoiévski? Eu, se fosse a senhorita, começaria a preocupar-me.

A senhorita Prim, calidamente envolta no sobretudo de seu patrão, sorriu feliz sob o manto da escuridão.

4

Durante as semanas seguintes, os moradores de Santo Ireneu de Arnois foram descobrindo os pontos do plano que haveria de transformar o marido da srta. Mott em um homem sedentário. À medida que começaram a conhecer-se os detalhes, a emoção se espalhou pela vizinhança. A solução arbitrada pelo homem da poltrona e aprovada por ambos os cônjuges teria como eixo ajudar a professora de Santo Ireneu a superar o maior e mais sério obstáculo para a restauração de seu casamento: a desconfiança. Duas premissas foram consideradas essenciais para alcançar esse objetivo. Em primeiro lugar, procurar um emprego para o arrependido sr. Mott; em segundo, que esse emprego permitisse à sua mulher sentir-se segura para deixar de temer que ele voltasse a fugir de casa. Como fazê-lo? A resposta surpreendeu a senhorita Prim por sua simplicidade. Santo

Ireneu de Arnois não tinha banca de jornal. Não havia lugar para comprar jornais, revistas, contos infantis, coleções de histórias, enciclopédias em fascículos, etiquetas, lápis de cor e doces. E o lugar adequado para instalá-lo era a praça da vila, perto dos principais estabelecimentos e a alguns metros da escola infantil.

No início, a bibliotecária não entendeu a chave do plano. Ela concordou em que um emprego digno era a principal necessidade de qualquer homem, e mais ainda de um homem profundamente arrependido que quer reconstruir sua vida, mas não entendia por que uma simples banca de jornal era tão importante para o sucesso daquela empreitada. Foi Hortênsia Oeillet quem lhe abriu os olhos para a verdadeira natureza da ideia.

— É para que ela possa *vê-lo*, Prudência. Não percebe? Fica bem a poucos metros da janela da escola. Ela tem apenas de aproximar-se e ele estará diante dela, vendendo *A Gazeta de Santo Ireneu*, romances policiais, doces e padrões de costura. Não acha que é perfeito?

A senhorita Prim não achava que fosse. Não pensava que fosse digno de um homem permanecer enjaulado em um espaço de quatro paredes com o único propósito de que sua mulher comprovasse que ainda estava ali. Não achava saudável para uma esposa estar ciente de que seu marido não fugia pela simples razão de que fosse impossível fugir. Não considerava adequado para um casamento ver suas intimidades expostas na praça principal da vila e aos olhos de todos os seus vizinhos.

Logo, porém, mudou de ideia. O tempo revelou ao povo de Santo Ireneu que entre a banca de jornal e a escola havia começado a estabelecer-se um fluxo de amor. Todos observaram os sorrisos distraídos que distribuía o sr. Mott a seus clientes quando sua mulher se aproximava da janela da escola ou quando ficava fora, no jardim. Ninguém podia deixar de perceber a mudança do penteado da professora, o refinamento progressivo de suas roupas, o jeito como substituiu suas confortáveis botas com sola de borracha por uns finos sapatos de salto alto. E o amor conjugal floresceu em Santo Ireneu, aos olhos de todos, envolto nesses dias frios e ensolarados que precedem a chegada do Natal na região.

Foi precisamente nesse ambiente que a senhorita Prim reafirmou sua ideia de deixar nas mãos das mulheres da cidade seu futuro conjugal.

– Tem certeza, querida? – perguntou Hortênsia Oeillet naquela manhã, quando a bibliotecária lhe comunicou suas intenções tomando uma xícara de chá na parte de trás da floricultura.

– Suponho que não, quem poderia ter? Mas acredito que, se até agora não encontrei o homem certo, talvez seja devido à minha negligência.

– Oh! Mas isso não é culpa sua, não funciona bem assim – protestou Emma Giovanacci, que também havia sido convidada para compartilhar o lanche.

– Emma está certa, Prudência, não é uma questão de negligência, não totalmente pelo menos. É mais como... já leu *A carta roubada*, de Edgar Allan Poe?

– Outra vez? Não vai me dizer que essa história também é aplicável às paixões, vai? Eu não entendo o que acontece neste lugar com essa história, vocês a aplicam a tudo.

– A tudo? Oh! Bem, não sei a que se refere – respondeu surpresa a florista –, mas o que sei é que esta pequena história descreve perfeitamente a descoberta do amor. Não é verdade, Emma?

Sua amiga foi rápida em confirmar que era verdade. Ela mesma havia experimentado a força dessa afirmação. Dois anos depois de morrer seu primeiro marido, havia começado uma amizade com um velho amigo dele, chamado Edmundo Giovanacci, um homem afável e tranquilo com quem costumava tomar uma xícara de café ocasionalmente.

– Foi há muitos anos. Naquela época ainda era jovem e não vivia em Santo Ireneu. Estava muito ocupada construindo um futuro. Tive de trabalhar muito duro, porque meu primeiro marido, que Deus lhe perdoe, gastou todo o nosso dinheiro às minhas costas. Edmundo sabia quão exaustivo era tudo aquilo para mim, a pouca vontade de viver que eu tinha. Ele simplesmente me levava a algum lugar agradável e pedia duas xícaras de café. Fez isso, semana após semana, por oito anos.

– Oito anos? Mas isso é muito tempo – comentou a senhorita Prim.

– É claro que é muito tempo, Emma sempre foi uma mulher preguiçosa – riu Hortênsia e deu-lhe um cutucão amigável.

– A verdade é que nunca gostei de mudanças – respondeu Emma um pouco irritada. – Por isso vim morar aqui.

A florista serviu dois grandes pedaços de torta de maçã para suas convidadas e depois encheu as xícaras de fumegante chá chinês.

– Mas finalmente mudou, não é? – perguntou a bibliotecária.

– Ah sim, não tive saída.

– Por quê? Deu-lhe um ultimato?

– Não exatamente. Edmundo veio para Santo Ireneu, e finalmente vim procurá-lo. Não pensem que foi algo imediato, as coisas na vida real raramente são imediatas. Passei muitas semanas sem vê-lo, muitas, até que um dia me levantei e percebi que estava faltando algo em minha vida, uma coisa aparentemente minúscula mas de importância enorme. Faltava aquele café, faltavam os passeios e as conversas, faltavam os agradáveis encontros das tardes. Pode parecer bobagem, mas não sabe quão importantes são as pequenas coisas quando se fica mais velho.

A senhorita Prim tomou um gole de chá e se sentou no sofá da parte de trás da loja. Ela também acreditava no valor das pequenas coisas. O primeiro café da manhã bebido em sua xícara de porcelana de Limoges. A luz solar que se infiltra pelas venezianas de seu quarto desenhando sombras no chão. As leituras de verão interrompidas por um cochilo. A expressão dos olhos das crianças quando contam algo que acabam de aprender. As pequenas coisas constroem as grandes, é claro. E, de repente, não soube muito bem por quê, pensou no *staretz* Ambrósio e os perus.

– É como um romance policial, Prudência, exatamente assim – disse a florista naquele momento.

– O que quer dizer? – respondeu a bibliotecária.

– O amor, quero dizer o amor. Ele já existe, não duvide. Apenas tem de descobrir onde está, seguir o rastro, investigar. Exatamente como faz um detetive.

A senhorita Prim riu antes de responder.

– Mas isso é um absurdo! O que está tentando dizer-me é que já existe um candidato, o Candidato, e que só tenho de descobrir qual é, é isso?

As duas mulheres a olharam com indulgência e lhe disseram que era verdade.

– Muito bem, eu nunca havia ouvido nada semelhante, mas suponhamos por um momento que seja assim, vamos supô-lo por um momento. Como eu poderia saber quem é? Quais são as pistas?

– Ah, as pistas. Só há uma pista, uma única pista – disse Hortênsia.

A bibliotecária recolheu o cabelo e moveu a cadeira para perto da mesa.

– E é...? – perguntou.

– A harmonia, é claro. O αρμονία dos gregos, a *harmonia* dos romanos. Hermínia o explicaria melhor, ela sabe tanto dessas coisas... Enfim, como expressá-lo? Acho que a definição clássica se refere ao equilíbrio das proporções entre as partes de um todo. Como na escultura de um corpo ou num belo rosto humano, como no modo como colocamos flores num vaso e as combinamos de dez maneiras diferentes para chegar ao ponto em que a alma se sente satisfeita. A senhorita, que é uma mulher tão qualificada, certamente saberá que a harmonia vem de αρμόζω, que significa «ajustar-se», «conectar-se.» Essa é a pista definitiva, querida, a que irá ajudá-la a descobrir a chave de sua história policial.

A senhorita Prim refletiu enquanto mordiscava um pedaço de bolo.

– Mas não será chato? Não será monótono casar-se com a harmonia?

As duas amigas a contemplaram com benevolência.

– Eu acho que nós não explicamos nada bem, Prudencia – disse Hortênsia. – Não é o marido que deve ser harmônico, não é nele que deve procurar a harmonia, não. É no casamento, é na combinação dos dois que deve encontrá-la.

– E não só nisso – acrescentou sua amiga –, mas também na rotina, especialmente na rotina. Não é verdade?

– É claro que é. Naturalmente, nesse sentido o pobre Balzac não tinha razão alguma, não sabia nada do assunto – disse a florista enquanto enchia novamente a chaleira.

– Balzac? – perguntou a senhorita Prim um pouco confusa.

– É curioso que aqueles que vomitam as palavras mais ácidas contra o casamento sejam precisamente aqueles que sabem menos dele. Toda a sua vida perseguindo-o, suspirando por ele... E para quê? Para atingi-lo no fim, quando já estava doente e sem esperança. Uma mulher terrível, a condessa Hanska, sempre me pareceu o pior de nosso sexo. Então, diga-me, como ele poderia saber algo do casamento?

– Mas o que Balzac dizia do casamento? – insistiu a bibliotecária.

– Dizia que o casamento deve sempre lutar contra um monstro obscuro – assinalou Emma com um piscar de olho.

– Ele estava referindo-se à rotina – apontou sua amiga.

– E não é verdade?

– Nem um pouco. Tanto não é verdade como é o maior engano do mundo, Prudência. A causa de muito sofrimento, acredite.

Emma Giovanacci tossiu um pouco e, aproximando sua cadeira da mesa de chá, pôs-se novamente a falar:

– Já viu alguma vez as flores que crescem na estepe russa?

A senhorita Prim disse que, infelizmente, nunca havia visitado a estepe russa.

– Pois bem, deveria fazê-lo. A estepe calmuca, perto de Stalingrado, é um lugar triste, árido e monótono. Viajar para lá no inverno é desolador para a alma. Mas experimente chegar na primavera e veja o que encontra.

A bibliotecária levantou as sobrancelhas à espera de uma resposta.

– Tulipas – cochichou Emma Giovanacci.

– Tulipas?

– Tulipas. Frescas e delicadas. Tulipas silvestres. Tulipas nascidas todo ano e que cobrem a estepe sem que ninguém as plante. Pois é disso exatamente que se trata, Prudência. A rotina é como a estepe; não é nenhum monstro, é um alimento. Se a senhorita conseguir fazer que algo cresça ali, pode ter certeza de que esse algo será forte e verdadeiro. São as pequenas coisas cotidianas de que falamos antes. Mas o pobre Balzac, com todo o seu sentimentalismo romântico e sombrio, poderia não sabê-lo, não é mesmo?

– As pequenas coisas... – repetiu a senhorita Prim. – Pois bem, imaginemos que eu siga seus conselhos. Podem ajudar-me na investigação? Ou devo fazer tudo sozinha?

As duas mulheres se olharam divertidas, mas foi a florista quem falou.

– A investigação é coisa sua, só podemos orientá-la um pouco. Para começar, a senhorita poderia fazer uma lista de todos os homens que conhece e que reúnem um mínimo de condições objetivas para tornar-se maridos. A essa lista acrescentaremos mais algum nome, sempre há candidatos que passam despercebidos aos olhos da interessada, e nisso nós duas, pela idade, temos mais experiência que a senhorita. A partir daí poderá começar a trabalhar, parece-lhe bem assim?

A bibliotecária, que havia começado a experimentar uma efervescente excitação diante da ideia de desentranhar aquele antiquado mistério detetivesco, disse que sim parecia-lhe bem, maravilhosamente bem.

❧

O primeiro nome que veio à mente da senhorita Prim era o de seu patrão anterior, Augusto Oliver. Embora sua primeira reação tivesse sido um arrepio desagradável, teve de admitir que, se fosse para aplicar um método de investigação científica, não poderia fazer uma lista de possíveis maridos em que ele não estivesse. Quisera casar-se com ela alguma vez? A senhorita Prim acreditava que não. Augusto Oliver era o tipo de homem que gostava de prometer coisas que não pretendia cumprir. Por três longos anos fingira compreender a preocupação de sua funcionária por ter um horário mais razoável – a senhorita Prim trabalhava das dez às dez –, e ele se comprometeu repetidas vezes a fazer todo o possível para mudar isso. Mas logo ficou evidente que cumprir essa promessa não estava entre os seus propósitos. O senhor Oliver gostava de ficar a sós com sua funcionária mais eficiente na última hora do dia. Então, costumava sair de seu escritório e ficar de pé atrás dela, enquanto fingia ler por cima de seu ombro. Às vezes, quando tinha um almoço de trabalho e havia bebido um pouco de licor, dava um passo a mais e se inclinava para falar-lhe ao ouvido, o que provocava nela um sobressalto imediato. Era um homem de aparência atraente, pelo menos poderia ter sido, caso não desprendesse aquela desagradável impressão de arrogância.

Logo, o que começou como um pequeno incômodo, o que experimenta uma funcionária quando percebe que atrai o seu patrão, ao final se tornou uma situação insustentável. Os elogios viram-se sucedidos de convites para sair, e os convites para sair, sempre educadamente rejeitados, terminaram por dar lugar ao estresse. Teria sido diferente se ela tivesse aceitado algum daqueles jantares? Era difícil dizer. Ter-se-iam casado patrão e funcionária se a senhorita Prim tivesse respondido positivamente à absurda proposta de casamento que lhe fizera no dia em que ela anunciara que deixava o trabalho?

– Mas então esse canalha era realmente apaixonado por você? – perguntou a mãe do homem da poltrona, ouvindo atentamente as reflexões da bibliotecária enquanto as duas desembalavam e tiravam de grandes caixas de papelão branco os enfeites de Natal.

– Claro que não. Foi um impulso de caça, o tipo de instinto que faz que um gato impeça um rato de escapar, ainda que depois nem sequer se dê ao trabalho de cravar-lhe os dentes. Não, não acho que quisesse casar-se comigo, queria apenas ganhar o jogo, só isso.

A mãe do homem da poltrona desenrolou, pensativa, uma brilhante fita de veludo carmesim.

– Era atraente?

– Acho que sim.

– Inteligente?

– Não de modo excepcional – a senhorita Prim pensou fugazmente no homem da poltrona.

– Honesto?

– No limite.

– Divertido?

– Do seu jeito.

– E do seu?

– Receio que não.

– Rico?

– Muito.

– Então pode riscá-lo – assinalou resolutamente a senhora. – Um homem não muito honesto pode manter-se dentro dos limites da decência se tem a sorte de ser pouco atraente e de parcos recursos. Mas, se a esse mesmo homem se acrescentam dinheiro e atrativo físico, tem traçado o caminho para a ruína.

A bibliotecária assentiu e riscou o primeiro nome na lista.

– Vamos, minha querida, não percamos tempo. Quem é o próximo?

O seguinte, explicou com nostalgia, havia sido o seu grande amor por vários anos, o primeiro homem por quem se havia apaixonado e o primeiro que a teria amado. Naquela época, ele era apenas um jovem professor, silencioso e discreto, lia Husserl com devoção, praticava um pouco de esgrima e ensinava alemão.

– Não o recomendo, conheço bem o tipo. A senhorita

realmente acha que poderia apreciá-lo de novo? – perguntou desdenhosamente a mãe do homem da poltrona.

A senhorita Prim estava convencida de que não, ainda que ao mesmo tempo tivesse de admitir que não era a primeira vez que se havia feito a si mesma essa pergunta.

– Por que terminou? – perguntou a senhora.

– Penso que o que havia entre nós não era amor – respondeu a bibliotecária com uma estrela de Natal na mão.

– E como sabe que não era?

– Porque eu pensava mais em meu próprio bem-estar do que no dele. E acho que ele, à sua maneira, fazia o mesmo.

– Quanto altruísmo! A senhorita começa a parecer-se com meu filho – disse a senhora com ironia.

A senhorita Prim ruborizou-se, mas não replicou.

– Então, consideramos também perdido o admirador de Husserl?

– Deve considerar-se perdido.

A criada da senhora entrou na biblioteca para deixar a bandeja do lanche, acender as luzes, fechar as grandes cortinas e atiçar o fogo. Seus silenciosos e metódicos movimentos passaram quase despercebidos para as duas mulheres, ocupadas em desembalar as frágeis figuras de Natal e em invocar fantasmas de homens do passado.

– Parece-me que eu deveria riscar os três seguintes – disse a bibliotecária pensativa quando a porta se fechou atrás da criada.

– Também creio que sim, Prudência. O simples fato de você denominá-los assim, *os três seguintes*, em bloco e sem indício de individualização, deveria dar-lhe uma pista sobre o que significam para você. Confie em mim: nenhuma mulher deve casar-se com um homem que ela identifica como parte de um grupo, é um detalhe que em si já não promete nada bom.

A senhorita Prim riu com vontade e reconheceu que nenhum daqueles homens tinha a mínima possibilidade de tornar-se marido. Ela riscou os três nomes e, quando passou ao sexto candidato da lista, percebeu que era um dos escolhidos por Hortênsia e por Emma.

— O veterinário? — a senhorita Prim riu. — O veterinário? Mas como elas podem pensar em incluir o veterinário?

— Pelo que sei, foi uma sugestão de Hermínia. Aparentemente, a senhorita ficou levemente interessada nele no dia em que foram apresentados.

A bibliotecária se lembrou do seu flerte no salão de chá e voltou a ruborizar-se. Será que não se podia fazer nada nesta vila que passasse despercebido aos olhos dos vizinhos? Ela teve de admitir que se sentira atraída pelo jovem veterinário, mas daí a tornar-se o assunto da vila inteira havia um longo caminho. É verdade que lhe havia sorrido, que lhe havia prestado atenção e que até tentara (sem sucesso) agradar-lhe, mas acaso não era essa uma prerrogativa que qualquer pessoa deve poder exercer sem que seja comentada publicamente? Além disso, o que nenhuma das damas de Santo Ireneu sabia era que parte da atração que o veterinário havia despertado nela naquela noite se devera à sua profunda raiva do homem da poltrona. Teria despertado sua atenção aquele homem se ela não tivesse estado absolutamente revoltada com o comportamento pouco gentil de seu patrão? Teria sorrido tanto? A senhorita Prim sabia perfeitamente qual era a resposta.

— A senhorita não quer dar-lhe uma oportunidade? — perguntou a senhora com curiosidade. — Conheço Hortênsia o suficiente para saber que poderá marcar um encontro sem dificuldade e que fará que o pobre homem acredite ainda que a ideia foi dele.

— Receio que o pobre homem, como você o chama, não

queira saber nada de uma mulher que pensa que o amor aos animais não é amor. Não fui muito oportuna em minha conversa no dia em que Hermínia nos apresentou. Receio ter ferido seus sentimentos.

A mãe do homem da poltrona olhou para ela por cima dos óculos com surpresa.

– Ferir seus sentimentos? Pelo amor de Deus, o que acontece com os homens de hoje? No tempo do meu marido, do meu pai, dos meus irmãos, a ideia de que a conversa de uma mulher pudesse ferir os sentimentos de um homem teria sido considerada ridícula. Um homem que se sinta ferido por uma conversa em um salão de chá é inconsistente. A verdade é que não consigo imaginar o que viu nele naquela tarde.

A bibliotecária ficou em silêncio enquanto desembrulhava cuidadosamente as figuras que todo dezembro adornavam o salão da casa.

– São maravilhosas – disse, admirada.

– Têm mais de quatro séculos, foram feitas à mão por monges irlandeses. Meu marido, que não teve irmãs, herdou -as de sua mãe, e sua mãe da mãe dela, e esta por sua vez da sua, e assim por várias gerações. Eu teria gostado de deixar as figuras para minha única filha, mas não foi possível. Serão para Téseris, naturalmente – disse com alguma tristeza na voz.

A senhorita Prim manteve um silêncio respeitoso.

– Bem, o que a senhorita vai fazer com o veterinário ferido? – perguntou a velha senhora fazendo um esforço para sair do seu devaneio. – Vai finalmente sair com ele?

– É possível, dependendo de como ele me peça – respondeu sorrindo a bibliotecária. – Vejamos, aqui estão mais dois nomes que não conheço e... uma interrogação? O que isso significa?

A mãe do homem da poltrona tossiu e redobrou seu interesse pelas decorações de Natal.

– Deve ser um erro, não há nenhum nome, é apenas um sinal – comentou a senhorita Prim.

– Eu diria que não é um erro. Acho que nossas queridas Hortênsia e Emma não dão ponto sem nó – disse a senhora com um sorriso.

– O que a senhora quer dizer? O que significa esta interrogação? É algum homem em particular?

– Às vezes a senhorita tem uma maneira de se expressar muito extravagante, Prudência. Existe por acaso algum homem em abstrato? Algum pelo menos com quem sair?

A bibliotecária não respondeu.

– Naturalmente que o sinal corresponde a um homem em particular. É claro que nossas amigas de Santo Ireneu conhecem um candidato a marido que a senhorita ainda não detectou.

– Quer dizer que ainda não o conheço?

– A senhorita acha que, se ainda não o conhecesse, elas se preocupariam em ocultar seu nome sob um sinal de interrogação? É claro que o conhece, minha querida, é disso que se trata. Para ocultar a seus olhos um candidato em que a senhorita ainda não pensou ou até em que se nega a pensar. Tem alguma ideia de algum cavalheiro com essas características? – perguntou a dama olhando-a inquisitivamente nos olhos.

A senhorita Prim baixou os seus e começou a procurar nervosamente na caixa das figurinhas de Natal até encontrar um pastorinho carregando uma ovelha.

– Gostaria que não se empenhasse tanto em manipular essas figurinhas – disse friamente a velha senhora. – Um marido é para toda uma vida, mas essas figurinhas sobreviveram a várias. E agradeceria se continuassem a fazê-lo, está bem?

5

A Gazeta de Santo Ireneu ocupava um dos poucos edifícios da vila, se é que poderíamos denominar assim a uma antiga construção de pedra e de madeira de três andares. Era uma casa estreita cuja escadaria interior ocupava quase metade de cada andar. Como em todos os estabelecimentos comerciais da vila, havia uma esmerada placa de ferro e um pequeno jardim, mas todos em Santo Ireneu concordavam com que o mais valioso da *Gazeta* era, sem dúvida, sua diretora. A senhorita Prim chegou ao encontro marcado com ela no início da tarde acompanhada de uma bandeja de doces recém-feitos. Depois de quase três meses de estada, sabia muito bem que chá, café ou chocolate, doces finos e um bom licor eram elementos essenciais nas reuniões sociais de Santo Ireneu.

— No início também fiquei um pouco surpresa, mas acabei percebendo que é um elemento de civilização — comentou

Hermínia Treaumont depois de agradecer à bibliotecária seu detalhe gastronômico e convidá-la a explorar as pequenas instalações do jornal.

– Civilização? Parece-me uma relíquia do passado – disse esta. – Quem tem tempo hoje em dia para estes nossos lanches?

A diretora lhe mostrou naquele momento a velha rotativa de ferro em que eram impressos os quatrocentos exemplares diários do jornal.

– Que coisa mais linda! E ainda funciona?

– É claro que funciona. É uma relíquia do passado, como a senhorita diz, mas a civilização traz consigo, implícita, a ideia de memória. Os selvagens mal perpetuam alguns punhados de tradições, não podem guardar por escrito sua história, não têm nenhuma vocação à permanência.

– E isso pode aplicar-se ao chá, aos biscoitos de nata e aos bolinhos.

– E a uma conversa, naturalmente. Nós, os selvagens modernos, também temos nossas limitações. Já não encontramos tempo para sentar-nos a uma mesa para falar sobre o divino e o humano. E não só não encontramos tempo, mas também não sabemos fazê-lo.

A senhorita Prim examinou com interesse um exemplar do jornal daquela tarde.

– O que está querendo dizer, Hermínia, é que as tradições são um muro de contenção diante da degradação e da incultura, é isso? – perguntou. – Eu concordo, mas nunca imaginaria aplicar esse princípio às toneladas de confeitaria que são consumidas nas reuniões de Santo Ireneu.

As duas desataram a rir enquanto atravessavam a porta do escritório da diretora, separado da pequena redação do jornal por um painel de vidro. Na sala, a dois passos de uma mesa cheia de livros e papéis, havia uma mesa de chá com uma impecável toalha e em cima dela uma bandeja de doces, um bule de café, uma leiteira e uma fruteira.

– Você é uma mulher extremamente civilizada – disse--lhe a bibliotecária com um sorriso. – Diga-me: o que escrevem aqui? Há notícias em Santo Ireneu? Ou por acaso as inventam?

– É claro que há notícias em Santo Ireneu – respondeu a sua anfitriã –; onde há um grupo humano, sempre há notícias. Outra coisa é o que consideramos notícia e qual é o filtro aplicado por nós para determiná-lo. Este é um jornal à moda antiga, Prudência; não só contamos os pequenos eventos comunitários, mas também os debatemos.

– Debater? Quem? E sobre o quê?

– Todos nós e sobre qualquer coisa. Sobre política, economia, artes, educação, literatura, religião... Está surpresa? Olhe ao seu redor, olhe para sua própria vida, examine seus relacionamentos. Não acha que a vida é um debate contínuo?

A senhorita Prim se contemplou por um momento na biblioteca enquanto discutia sobre o calor com o homem da poltrona. Logo se viu debatendo sobre casamento com Hortênsia Oeillet, sobre feminismo com as damas feministas, sobre educação com a mãe de seu patrão, sobre contos de fadas com as crianças da casa. Sim, em alguns aspectos, a vida era um debate contínuo, é claro que era.

– De vez em quando, na verdade uma ou duas vezes por mês, organizamos debates públicos em nosso clube socrático, e depois os publicamos.

A bibliotecária pegou um biscoito de nata e o mordiscou suavemente.

– Um clube socrático? Quer dizer um clube de debates?

– Não pode imaginar o sucesso que tem, vêm pessoas de todos os lados. Outras vezes, não é um debate ao vivo, mas por textos. Um belo dia alguém publica um artigo, uma segunda pessoa responde, depois escreve um terceiro, um quarto, até um quinto, e todos os outros testemunhamos o duelo de espadas.

A senhorita Prim perguntou se seu patrão participava dessas batalhas.

– É claro que sim. E ganha com muita frequência.

A bibliotecária replicou que não estava de modo algum surpresa.

– Bem, duvido muito que já tenha usado toda a sua artilharia contra a senhorita. Vê-lo discutir com Horácio Delàs é um grande espetáculo.

– Horácio é um homem encantador – disse a senhorita Prim.

– Estou muito contente por ter notado.

A bibliotecária observou sua anfitriã com interesse. A diretora de *A Gazeta de Santo Ireneu* possuía esse encanto indefinível das pessoas que calam mais do que dizem. A senhorita Prim sempre havia tido a sensação de que esse tipo de pessoa contava com uma grande vantagem sobre as outras. Elas nunca diziam inconvenientes, não ficavam pensando tolices, nunca tinham de se arrepender de suas palavras ou de matizar seus comentários. Ela sempre tentou comportar-se daquele modo, havia tentado não dizer nada que pudesse prejudicar outra pessoa ou a si mesma, mas não era fácil conseguir. Hermínia Treaumont, porém, dominava aquela arte. Ainda que pesasse à bibliotecária, esta podia agora entender o atrativo de que havia falado o homem da poltrona.

– Eu me preocupo com as meninas – disse de repente ao lembrar-se de uma questão de que tinha muita vontade de falar fazia já um bom tempo.

A diretora do jornal a olhou espantada.

– Como assim?

– Refiro-me à educação delas. Não, não falo de suas crenças, tema demasiado extraordinário para que me preocupe com ele. Falo da delicadeza.

– Por acaso acha que não estão sendo educadas com delicadeza? O tio delas é um cavalheiro, um homem maravilhosamente sensível e gentil, posso garantir-lhe.

A senhorita Prim sentiu um desconforto no estômago que a fez perguntar-se se os bolos não estariam estragados.

– Não ponho em dúvida que seja extremamente sensível e sumamente gentil, mas disse bem: ele é um homem. Está rodeando essas meninas unicamente de clássicos gregos e latinos, de literatura medieval e de poesia renascentista, de pintura e de escultura barroca.

– É interessante que diga isso, porque ele detesta o barroco. Assim, parece-me fantástico – disse Hermínia Treaumont enquanto se servia um pouco de fruta.

A senhorita Prim fez um esforço para encontrar as palavras certas. Se fosse uma daquelas pessoas que mais calam do que dizem, tê-las-ia encontrado, mas não era. E como não era, provavelmente a melhor opção era ser direta.

– Eu não vi na casa nem sinal de *Mulherzinhas*.

Sua anfitriã a contemplou com surpresa.

– *Mulherzinhas*?

– *Mulherzinhas*.

– Mas isso é impossível, não posso acreditar.

A bibliotecária sorriu aliviada. Por um momento teve receio de que Hermínia Treaumont pertencesse a esse grupo de almas ásperas incapazes de compreender o valor radical de uma antiga edição de *Mulherzinhas* no plano da educação.

– Tem de ser um erro, Prudência. Provavelmente há uma biblioteca para as meninas, não posso acreditar que ele não tenha atinado para isso. Pelo que sei, Eksi já leu Jane Austen.

– É verdade, mas Jane Austen é Jane Austen. Mesmo ele não pode ignorá-la, é importante demais para esquecer. Mas devo dizer que a única vez que o ouvi falar de Jane Austen foi para criticar Darcy.

A diretora do jornal se serviu uma xícara de chocolate e ofereceu outra à senhorita Prim.

– Todos os homens que conheço criticam Darcy. Ele é considerado incômodo e intrusivo.

– Por quê? – perguntou a bibliotecária, intrigada.

– Suponho que estão cientes de que perdem brilho de forma esmagadora quando comparados com ele.

A senhorita Prim ficou em silêncio enquanto se lembrou de certa discussão na cozinha.

– Teremos de falar sobre isso com ele – disse sua anfitriã.

– Do meu humilde ponto de vista, o assunto *Mulherzinhas* é o mais grave – insistiu a bibliotecária. – Sempre pensei que a infância de uma menina sem esse livro deve ser como um pântano.

– Eu também acho.

Ambas permaneceram caladas. Uma das redatoras do jornal bateu à porta. Hermínia Treaumont deu-lhe instruções breves e precisas antes de voltar a fechar a porta e sentar-se com sua convidada.

– Deixe-me dizer-lhe uma coisa, Prudência. Essas meninas são extremamente educadas, têm uma formação única. Gostaria de deixar isso claro, com toda a honestidade.

A senhorita Prim moveu a cadeira para perto da mesa e falou de forma decisiva.

– Nenhuma formação está completa se falta esse pedacinho de Concord. Eu sei que seu valor literário não é comparável ao de muitas outras obras, não se trata disso, e nós duas sabemos. Trata-se de beleza, delicadeza e segurança. Quando forem maiores e sofrerem os golpes da vida (e tenha certeza de que a vida as golpeará), poderão sempre olhar para trás e refugiar-se umas poucas horas nessa velha história sentimental. Chegarão cansadas do trabalho, angustiadas pelo trânsito, doloridas pela tensão e por outros problemas, e ali, no fundo de sua mente, encontrarão uma porta que lhes permitirá dirigir-se para o velho salão de Orchard House, com seu transcendentalismo puritano e doce, com seu piano e sua alegre lareira e sua abençoada árvore de Natal.

– Eu sempre quis ser como Jo March – comentou tristemente Hermínia Treaumont.

– Bem, é melhor não dizer quem eu queria ser.

– Por quê?

– Porque mostra o tipo de infância que tive.

– Vamos, Prudência. Meg?

– Não.

– Amy?

– Não.

– A pobre Beth?

– Não.

– Não vai me dizer que é a tia March?

– Não, não é a tia March. A sra. March.

– A sra. March? Verdade? Por quê?

A senhorita Prim refletiu por um momento sobre o porquê. Tinha a ver com a personalidade de sua própria mãe, uma mulher sensível e artística, mas de nenhum modo semelhante à matriarca das March. Não havia nela nenhum vestígio daquela mulher forte e sólida, mas também doce e compreensiva, que as páginas do livro encerravam. A bibliotecária havia pensado muitas vezes que, se tivesse de escolher um adjetivo para descrever sua mãe, teria sido *consolável*.

– Consolável?

– Minha mãe sempre foi uma pessoa eminentemente dramática. Pertence a essa classe de mulheres que precisam de apoio, mesmo quando a desgraça não se abate sobre elas, mas sobre os outros. Quando meu pai perdeu o emprego há vários anos, quem ficou trancada por dias chorando e lamentando--se foi ela. Ele ficou sozinho na sala, em silêncio e cabisbaixo. Quando perdi a bolsa de estudos na universidade, ela passou duas semanas sem sentar-se à mesa. Aconteceu o mesmo quando minha irmã mais velha foi abandonada pelo marido. Virgínia não podia chorar, porque a seu lado estava uma mulher vestida de saco e cinza que não parava de se lamentar por sua sorte.

Hermínia Treaumont pôs as mãos sobre as da senhorita Prim.

– Lamento muito, Prudência. Mas por que a senhora March? Não teria sido mais lógico identificar-se com uma de suas filhas?

A senhorita Prim apertou as mãos da anfitriã.

– Sempre fui uma mulher realista, Hermínia, e as mulheres realistas foram antes meninas realistas. Eu era muito pequena quando li o livro. Naquele tempo, não gostava da minha mãe, mas sabia que tinha uma mãe. Eu não podia fingir que não tinha. O que, sim, poderia fazer era imaginar o tipo de mãe que eu seria quando chegasse a minha hora. E essa mãe era a querida Marmee March.

A diretora do jornal de Santo Ireneu ficou de pé, caminhou até uma das prateleiras do seu escritório e tirou um pequeno livro marrom com o título gravado em dourado.

– Tenho certeza de que deve haver alguma explicação razoável para tudo isso – suspirou.

– Sim, há – respondeu a senhorita Prim. – Não há nenhuma mulher na casa, nenhuma mesmo.

Depois de meditar por um momento, Hermínia Treaumont aproximou-se da bibliotecária e ofereceu-lhe decididamente o livro, uma edição de *Mulherzinhas* de 1893.

– A senhorita diz que não há nenhuma mulher na casa?
Eu creio que há, Prudência. Agora, *sim*, há.

❧

A senhorita Prim havia acabado de deixar Hermínia
Treaumont no jornal quando ouviu atrás de si uma voz agradável e familiar:

– Prudência, há já alguns dias eu queria telefonar-lhe.
Como está? Por incrível que possa parecer, em um lugar tão
pequeno como este eu a perdi completamente de vista.

A bibliotecária se virou e deparou com o sorriso de
Horácio Delàs. Envolto em um cachecol vermelho e em um
desgastado casaco azul-marinho, tinha os braços cheios de
pacotes.

– Esperava que me beijasse a mão, Horácio, mas pelo
que vejo seria impossível – brincou ela.

Ele curvou-se educadamente e depois assinalou os
pacotes.

– Nada me agradaria mais, querida. Eu o faria se não
estivesse esmagado por esta tarefa infernal.

– Tarefa?

– Como chamaria ao trabalho de comprar objetos inúteis para quinze crianças e uma dezena de adultos?

A bibliotecária sorriu. Ela gostava daquele homem, havia algo em sua maneira, algo cálido e confortável, que a fazia
sentir-se à vontade.

– Quem sabe arte?

– Arte? Espere para ver o seu antes de ser tão generosa.

– Mas é possível que tenha comprado um presente também para mim? – disse ela, comovida.

– É claro que eu lhe comprei um presente. Não esperaria

que chegasse o Natal e a deixássemos abandonada como a uma criança que se comportou mal. Não se surpreenda se receber vários presentes nesta época natalina. Sei que a senhorita é agora muito popular nesta nossa estranha colônia.

A senhorita Prim estremeceu, mais de satisfação que de frio, sob seu macio casaco de caxemira.

– Desculpe-me, Prudência, devo ser um verdadeiro canalha por tê-la parado na rua com esta temperatura. Poderia acompanhar-me até a livraria? Tenho de comprar algo para aquele velho beneditino que fica escondido de nós em sua cela.

A senhorita Prim ficou encantada diante da perspectiva de desfrutar de um momento de compras. As ruas de Santo Ireneu já mostravam a iluminação de Natal. Vitrines enfeitadas com guirlandas de urze e azevinhos, velas acesas, presépios e flores de Natal incentivavam os transeuntes a vasculhar as lojas à procura de presentes. No interior, os comerciantes ofereciam aos compradores xícaras de chá e chocolate quente, biscoitos, rosquinhas e pequenos bolos cobertos de açúcar de confeiteiro ao modo de neve.

– O que pensa comprar-lhe? – perguntou a bibliotecária quando entraram no estabelecimento.

– Sou um velho sentimental, sabia? – suspirou seu amigo. – Outro dia fui até a abadia para vê-lo e estivemos falando da infância. Ele me contou de seus dias de escola, da ternura de sua mãe, do catecismo...

– O senhor vai comprar-lhe um catecismo? Imagino que o de Trento, é claro – interrompeu com um sorriso.

Em vez de responder, Horácio Delàs se aproximou de uma prateleira e pegou um pequeno livro avermelhado com a capa muito desgastada. A bibliotecária olhou a lombada.

– O Abade Fleury?

– O *Catecismo histórico*. Uma primeira edição de 1683, uma joia.

– Eu também acho – disse uma voz doce e educada atrás deles –, nem imagina o que me custou consegui-lo. Chegou hoje de manhã de Edimburgo.

A senhorita Prim virou-se e deparou com uma mulher de aspecto severo, magreza extrema e olhos maliciosos e inteligentes.

– A senhorita deve ser a nossa famosa Prudência Prim. Permita-me que me apresente: sou Virgínia Pille, a livreira de Santo Ireneu.

– Prazer em conhecê-la, sra. Pille – respondeu a bibliotecária estendendo a mão.

– Chame-me Virgínia, todos me chamam assim.

– Deve saber, Prudência, que está falando com a mulher mais poderosa da vila – comentou Horácio Delàs.

A proprietária da livraria riu, e a senhorita Prim percebeu quão límpida e cristalina era sua voz.

– Bobagem, Horácio, todos sabem que a mulher mais poderosa nesta vila é Hermínia. Não se mexe numa folha em Santo Ireneu sem que ela o saiba.

– É possível, mas todas as folhas em que se mexe nesta vila pertencem a algum de seus livros – enfatizou ele carinhosamente.

Virgínia Pille riu alegremente de novo.

– Tem uma bela livraria – disse a bibliotecária depois de dar uma olhada nas antigas prateleiras de madeira pintadas de azul, nas desconjuntadas mesas carregadas de livros com inscrições feitas a faca, nas luminárias de estúdio distribuídas pelos cantos do lugar e no antigo samovar de prata junto ao balcão.

– Obrigada, também acho. Gostariam de uma xícara de chá? – perguntou a livreira.

Enquanto esta preparava a infusão, a senhorita Prim respirou fundo e perguntou:

– Krasnodar?

Virgínia Pille levantou o olhar e a observou com curiosidade.

– Vejo que tem bom olfato. Colhido, secado e embalado diretamente para mim. Tenho bons amigos na velha Rússia.

– Em Sochi?

– Exatamente. Sabe como o fabricam, não é?

A bibliotecária assentiu sorrindo enquanto apreciava o intenso aroma do chá que se espalhava pela sala. Depois de sentar-se a uma pequena mesa atrás do balcão, admirou com prazer o antigo conjunto de Meissen e as colherzinhas de prata harmoniosamente descasadas e pensou que, para uma mulher como ela, aquilo era muito parecido com a glória.

– Receio que sejam demasiado requintadas para mim – suspirou Horácio Delàs. – Pensem num pobre cavalheiro que bebeu chá a varejo a vida toda.

– Pelo que sei, em Sochi colhem apenas as três folhas superiores da planta e o restante é descartado. É o segredo de seu sabor – explicou a senhorita Prim.

– Isso e que só se cultiva de maio a setembro. O clima faz o restante – acrescentou a proprietária da livraria.

Horácio Delàs bebeu um gole e elogiou efusivamente a qualidade do chá. Em seguida, assinalou o velho catecismo.

– Foi muito difícil consegui-lo?

– Para ele nada é muito – respondeu a livreira com simplicidade.

A bibliotecária, que estava entretida olhando uma coleção de histórias infantis gravadas, virou-se para perguntar:

– O que tem esse monge de particular? Por que é tão popular?

A proprietária da livraria olhou para seu amigo e fez um gesto de muda interrogação.

– Ela não o conhece?

Ele balançou a cabeça negativamente. Em seguida Virgínia Pille baixou os olhos e brincou com a tampa do samovar antes de decidir-se a responder:

– A resposta mais evidente é que ele, juntamente com o homem que emprega a senhorita, fundaram esta colônia.

– E a menos evidente?

– A menos evidente é que é o único homem que conheço que tem um pé neste mundo e outro no outro.

A senhorita Prim teve um sobressalto.

– Quer dizer que ele está morrendo?

– Morrendo? – Virgínia Pille voltou a soltar uma de suas cristalinas gargalhadas. – Não, espero que não! Por que teve essa ideia?

– Deixe-me ver como explicar-lhe sem chocá-la, Prudência – interveio Horácio Delàs. – O que Virgínia quer dizer é que nesse monge beneditino se tornou uma realidade o velho mito platônico da caverna. Ele é o audacioso prisioneiro liberto da caverna que retorna ao desolado mundo das sombras, junto a todos nós, depois de haver visto o mundo real.

A livreira de Santo Ireneu olhou para a senhorita Prim e lhe disse em voz baixa:

– Horácio diz tudo de modo muito poético, Prudência, mas trata-se de algo tão simples como isto: nosso querido *pater* é um homem capaz de ver o que os outros não podem ver.

Ao ouvir estas palavras, a bibliotecária sentiu uma onda de cansada indignação. Ver o que os outros não podem ver? Naquela vila, era impossível não perceber isso, nela habitavam mais excêntricos do que era possível imaginar. A senhorita Prim desconfiava, por princípio, de pessoas que afirmavam ver coisas invisíveis.

No mundo que conhecia, um mundo seguro, limpo e confortável, as coisas invisíveis eram invisíveis. Se não se viam, não existiam. É claro que não tinha nada que objetar a esse tipo de muletas que tornam a vida mais suportável – as filosofias e as crenças espirituais, as histórias que se contam às crianças, as emoções, os sentimentos, as sensações –, desde que estivesse bem claro que aquelas realidades não existiam ou, se existissem, seriam apenas na mente ou no coração de quem as experimentava. No mundo real, como ela o concebia, tudo era suscetível de plasmar-se ou registrar-se de algum modo. Fosse mediante a poesia ou a arte, a literatura ou a música, tudo devia ter uma tradução no mundo visível. As coisas invisíveis, repetiu para si mesma, existem apenas na imaginação. E, então, quase como num lampejo, pensou em escuros e enigmáticos espelhos.

– Quer dizer que ele é um místico? – perguntou com frieza.

– Se for, é muito humilde para admiti-lo – disse Horácio Delàs enquanto pedia com o olhar à proprietária da livraria que voltasse a fazer uso do samovar e enchesse sua xícara. – Mas é preciso dizer que se existe *algo*, e o diz um cético, ele tem uma estranha familiaridade com *isso*, seja lá o que for.

A senhorita Prim sorriu com suficiência.

– E por que o senhor deduz isso? É algo em seus olhos? Há uma aura em torno da sua figura?

– Não é tanto o que nós observamos em seu olhar – interveio com calma Virgínia –, mas o que ele vê nos olhos dos outros.

– Quer dizer que adivinha o que pensamos? – perguntou a bibliotecária com um esgar de ironia.

– Queremos dizer que sabe o que nós *somos*.

A senhorita Prim se sentiu subitamente desconfortável. A ideia de um idoso que anda pelo mundo adivinhando o que os outros são lhe parecia perturbadora. E não só perturbadora, mas inadequada. Era uma maneira sutil e misteriosa de atentar contra a intimidade de uma pessoa, no melhor dos casos, ou uma forma grosseira de enganar, no pior. De uma forma ou de outra, havia algo de errado naquilo; errado e desagradavelmente mórbido. A senhorita Prim se negava terminantemente a ser adivinhada em sua essência. Ela se negava a tal por princípio e também por final.

– E eu achava que o senhor fosse um cientista – disse com um gesto de pesar.

– Ah, mas não sou? – respondeu seu amigo fingindo assombro.

– Não pode ser e acreditar ao mesmo tempo que esse homem adivinha coisas.

– É claro que não posso. Mas não disse isso; disse tão somente que esse homem, como a senhorita diz, *sabe* coisas.

Virgínia Pille começou a remover em silêncio o serviço de chá.

– E por acaso não é o mesmo? – insistiu a senhorita Prim.

– É claro que não é o mesmo. Eu a desafio a aproximar--se dele um dia para falar com ele.

– Não penso em fazer isso, obrigada.

– Por quê? Está com medo?

A bibliotecária fez um esgar de displicência.

– Medo? De um pobre monge nonagenário?

Horácio olhou para a proprietária da livraria antes de responder.

– Diga-me uma coisa, Prudência: há algum buraco negro em sua jovem vida? Algo com que tenha que conviver e de que gostaria de se desfazer? Uma mancha em sua consciência? Um medo sem solução? Um rumor de desespero?

– E se houvesse? – respondeu a bibliotecária com o queixo erguido. – Não temos apenas um, mas muitos.

– A senhorita tem toda a razão, todo mundo tem. Mas o que tento dizer é que ele os conhece. Conhece o que está nas consciências, lê-as como se fossem um livro aberto.

– Isso é impossível.

– Então tem de ir vê-lo. Talvez ele não lhe diga nada revelador, nem sempre o faz. Mas o que lhe disser, seja o que for, acertará o alvo, eu lhe asseguro.

Depois de pagar o livro e agradecer à proprietária da livraria o chá e a conversa, os dois saíram do estabelecimento para a noite fria e estrelada de Santo Ireneu.

– Confesso que estou surpresa de ouvir isso de um homem que não é exatamente conhecido por crédulo – disse a senhorita Prim.

Horácio Delàs, carregado de mais um pacote – o catecismo do abade Fleury –, sorriu para a bibliotecária amavelmente.

– É esse precisamente o cerne da questão, Prudência. O meu ceticismo não é pirrônico, mas científico. Aceito qualquer pressuposto que conte com uma evidência empírica que o respalde.

– Ah sim? – respondeu a bibliotecária. – E há alguma evidência empírica que respalde essa faculdade a que o senhor alude e segundo a qual o velho monge sabe o que qualquer pessoa é?

Seu companheiro parou para olhar em seus olhos.

– Se há? Claro que há.

– E qual é, se é que se pode saber?

A senhorita Prim adivinhou o que Horácio Delàs diria exatamente um segundo antes que ele o dissesse.

– Os buracos negros da minha própria vida, é claro.

6

A notícia do desaparecimento do sr. Mott sacodiu a placidez de Santo Ireneu com a violência repentina de um soco no estômago. A senhorita Prim ficou sabendo no açougue, quando escolhia um enorme peru que pensava assar para a ceia de Natal às escondidas da cozinheira, embora ainda não soubesse como.

– Eu disse que não gostava – lamentou-se o açougueiro –, disse quando vi como ele atendia as pessoas na banca. Sempre parecia olhar um pouco para mais longe do que nós, como um leão enjaulado ansioso por deixar as grades para trás. Pobre srta. Mott, homens como esse nunca mudam.

A bibliotecária deixou o estabelecimento apressadamente e correu para a escola. Uma vez ali, parou na porta sem fôlego. Ela não se atrevia a chamar. Não se atrevia a fazer nenhuma outra coisa além de ficar ali de pé, em silêncio, com um enorme peru nos braços. Uns movimentos por trás das cortinas, lentos e dissimulados, fizeram-na ter esperança de que alguém tivesse detectado sua presença e a convidasse para entrar. Minutos depois, abriu-se a porta da escola, e o homem da poltrona, com expressão séria, pediu-lhe que fizesse o favor de entrar.

– Então ele foi embora? – perguntou ela, ainda sem fôlego pela corrida e pelo peso do peru.

A sala de aula estava vazia. Não havia crianças, nem tampouco aventais, caixas de lápis, giz na base da lousa, mapas, figuras de madeira para ensinar geometria. Um arrepio percorreu as costas da bibliotecária. Quem foi embora? O sr. ou a sra. Mott?

– Os dois se foram – disse lentamente o homem da poltrona –, mas receio que não juntos. Talvez minha mãe tivesse razão, afinal. Sinto muito por Eugênia, ela não merecia ser tratada assim.

A senhorita Prim sentiu pena da professora, mas ainda não entendia o que havia acontecido.

– Para onde foi a srta. Mott? O que aconteceu?

– O senhor Mott voltou a fazer o mesmo. Ele não voltou para casa ontem à noite, deixou um bilhete dizendo que havia tentado, mas se sentia enjaulado. Ela fez as malas e foi para a casa da irmã. Creio que não voltará.

A bibliotecária contemplou seu patrão com compaixão. Levantou-se suavemente e sentou-se ao lado dele.

– Julgo-o inteligente demais para sentir-se culpado pelo que aconteceu.

Ele levantou a cabeça e sorriu distraidamente.

– Não me sinto culpado, mas responsável. Eugênia é uma mulher muito frágil e romântica, toda sensibilidade; deveria ter sido mais cauteloso e aconselhá-la melhor.

Ao ouvir a expressão «toda sensibilidade», a senhorita Prim sentiu uma pontada no interior.

– Tem algo contra a sensibilidade?

– Absolutamente nada, é uma qualidade maravilhosa, mas não é o instrumento adequado para pensar.

– Quer dizer que as pessoas sensíveis, como eu, não sabem pensar?

O homem da poltrona a olhou de novo, desta vez com curiosidade.

– Ah, mas estamos falando da senhorita?

A bibliotecária ruborizou-se e fez o movimento de levantar-se da cadeira, mas ele a deteve com um gesto.

– É claro que não falamos de mim – disse com o nariz empinado. – Eu só não entendo o que tem a ver sensibilidade com imprudência, ingenuidade ou falta de julgamento, que é o que eu acho que deseja assinalar quando fala da pobre srta. Mott.

– A sensibilidade é um dom, Prudência, estou perfeitamente ciente disso. Mas a sensibilidade não é o instrumento adequado para pensar, e, quando é utilizada para pensar, não só não conduz a bom porto, mas encaminha ao desastre. Acontece o mesmo com os ouvidos e a comida. Um órgão admirável, o ouvido; uma maravilha de *design* pensado até o último de seus tecidos para facilitar a audição. Ah, mas tente usá-lo para comer e verá o resultado que obtém.

A bibliotecária riu e ao fazê-lo arrancou pela primeira vez um sorriso de seu interlocutor.

– Então acha que Eugênia Mott tentou comer com os ouvidos e que o senhor não foi suficientemente forte, habilidoso ou responsável para adverti-la, não é isso?

– Parece muito pouco agradável, mas suponho que sim, suponho que seja assim.

Depois de meditar por alguns instantes em silêncio, a senhorita Prim se levantou e ficou diante de seu patrão.

– Bem, permita-me dizer-lhe que o senhor é incrivelmente soberbo.

Ele a olhou de baixo, surpreso por aquela explosão de energia e pelo sorriso triunfante que ela mostrava no rosto.

– A senhorita pretende iniciar uma discussão? – perguntou ele em tom de incredulidade. – Porque, se é isso o que quer, devo avisá-la de que não é o dia certo.

– De modo algum – respondeu ela –, só pretendo ajudá-lo. O senhor deveria saber que o mundo não age em função de seus conselhos. Pode achar estranho, mas assim são as coisas. Sim, pode ser que impressione a alguns e deslumbre a outros com sua sabedoria e com essa cortesia que irradia, mesmo quando é impertinente, mas não deve enganar-se. As pessoas ao seu redor vão ouvi-lo, mas isso não significa que lhe obedecerão sempre ou que seguirão suas indicações a todo momento.

O homem da poltrona agora parecia confuso, uma circunstância que a bibliotecária aproveitou para continuar a falar.

– Não negue, não adianta negar. Esta manhã se levantou convencido de que o sofrimento de Eugênia Mott se deve ao senhor e à sua suposta falta de responsabilidade. Isso não significa apenas uma enorme carga gratuita sobre seus ombros, mas mostra um apreço excessivo pelo valor de seus julgamentos, se me permite dizer-lhe isso.

– Serviria de alguma coisa que não lhe permitisse?

A senhorita Prim fez uma pausa, aparentemente satisfeita com o efeito de suas palavras. Ela estava ciente de que havia conseguido mudar o estado de humor de seu interlocutor. O infortúnio da srta. Mott era um acontecimento lamentável, e ela sentia-o profundamente, mas seu coração estava convencido de que o homem da poltrona havia agido de forma justa e correta ao aconselhá-la como fizera e não estava disposta a deixar que se fustigasse por isso. Ele agora estava um pouco irritado com ela, mas já não parecia abatido e sua voz havia recuperado esse tom de tambores de guerra que tanto a havia alarmado na primeira vez que o vira. No entanto, ainda não estava satisfeita. Devia continuar a perturbá-lo, era necessário fazê-lo. E ela, sem dúvida, sabia muito bem como.

– Por que baniu Louisa May Alcott da vida de Téseris e Eksi? – perguntou-lhe de repente.

– O que disse? – desta vez a expressão do homem da poltrona mudou radicalmente. – Prudência, o que está acontecendo com a senhorita? Comeu bem no café da manhã?

– Perfeitamente bem, obrigada. Diga-me: por que fez isso?

Ele a contemplou um momento em silêncio.

– Se não fosse porque sou um cavalheiro, eu lhe tomaria a temperatura agora mesmo. De que diabos está falando?

– Falo de *Mulherzinhas*, é claro.

– *Mulherzinhas*? Mas que diabos têm a ver *Mulherzinhas* com isto?

A bibliotecária tossiu para ganhar tempo.

– Não tem nada a ver diretamente, mas sim indiretamente.

Ele a observou com crescente incredulidade.

– Estou esperando uma explicação sua.

– Veja bem – a senhorita Prim reuniu toda a capacidade de improvisação que pôde e encarou seriamente o homem da poltrona –, de certo modo todos somos o que lemos.

– Como?

– Digo que de certo modo somos fruto de nossas leituras.

– Verdade? É muito interessante isso que você diz, sugere-me uma que outra ideia sobre sua pessoa.

A bibliotecária ficou rígida, determinada a não ser derrotada na discussão.

– Não estamos falando de mim, mas da srta. Mott.

– Eu tinha a impressão de que estávamos falando de Louisa May Alcott.

– O senhor não vê nenhuma conexão entre o que aconteceu com Eugênia Mott e suas leituras, não é?

– A senhorita tem razão, não vejo – o homem da poltrona baixou os olhos e sorriu. – Prudência, se o que está tentando fazer é distrair-me deliberadamente com uma conversa absurda para que eu não continue a lamentar-me de minha responsabilidade na desgraça de Eugênia Mott, agradeço, acredite. Mas não tente fazer-me acreditar nessa estupidez de que somos o que lemos, não é digno da senhorita.

A bibliotecária se levantou e começou a andar nervosamente pela sala de aula.

– Não acho que seja uma estupidez. Não posso falar pelo senhor, mas, no meu caso, posso dizer que muito da minha personalidade tem a ver com a minha leitura. Por isso – ela retorceu as mãos –, me preocupa observar certas ausências na educação literária das meninas. Não estou dizendo que sejam ausências deliberadas, talvez me tenha precipitado em acusá-lo, mas são ausências. E provavelmente têm a ver com o fato de que, por mais que tente, o senhor não é uma mulher.

– Por mais que eu tente...?

A senhorita Prim fez um esgar.

– O que eu quero dizer...

– Sei perfeitamente o que quer dizer. Minha querida Prudência – o homem da poltrona riu ao advertir pela primeira vez a presença do peru –, se há alguém preocupado com o lugar das leituras na vida dessas crianças, sou eu. Escolhi cuidadosamente não só quais mas quando e como essas leituras começariam a fazer parte da existência de meus sobrinhos.

A bibliotecária fez um movimento de voltar a falar, mas ele a interrompeu firmemente com o olhar.

– Apesar do caos que vê em minha biblioteca e em minha casa em geral, essa bagunça que a incomoda tão profundamente, não há uma única vírgula de improviso na educação das crianças. Nenhum dos livros que passaram por suas mãos deixou de passar antes pelas minhas. Não é por acaso que leram antes Carroll que Dickens, e este antes que Homero. Não há nada de fortuito em que tenham aprendido a rimar com Stevenson antes de chegar a Tennyson, ou que tenham chegado a Tennyson antes que a Virgílio. Conheceram Branca de Neve, Peter Rabbit e os meninos perdidos antes de Oliver Twist, Gulliver e Robinson Crusoe, e estes antes de Ulisses, D. Quixote, Fausto ou Rei Lear. E o fizeram assim porque eu quis que fosse assim. Estão educando-se com boas leituras para serem capazes de assimilar depois grandes leituras. E, certamente, antes que a senhorita comece a expor suas judiciosas e irritantes teorias pedagógicas, eu lhe digo que sei perfeitamente que cada criança é diferente. Por essa razão, o ritmo é marcado por elas, não por mim. Mas os degraus da escada pela qual sobem foram construídos por mim utilizando a experiência acumulada ao longo de muitos séculos por outros antes de mim. Outros a quem sou profundamente grato.

A senhorita Prim, que havia escutado atentamente as palavras de seu interlocutor, tossiu suavemente antes de falar.

– E *Mulherzinhas*? Onde se encaixa *Mulherzinhas* neste plano? Eu imagino que não na seção de grandes leituras, mas espero que haja um espaço para elas, pelo menos entre as boas leituras.

– Pois bem, tenho de reconhecer que não há.

– Mas por quê? – protestou a bibliotecária. – O senhor não percebe que uma coisa é a erudição e outra, muito diferente, a delicadeza? O senhor conhece muito de literatura, mas não sabe nada de feminilidade.

– Por mais que eu tente.

– Não tome isto como brincadeira, é muito importante. E, para sua informação, eu lhe direi que Hermínia pensa como eu. Ninguém diz que Louise May Alcott seja Jane Austen, mas Stevenson também não é Dante.

O homem da poltrona a olhou com atenção.

– Sabe o que me surpreende em tudo isso, Prudência? Olho para você, uma mulher hiperqualificada, moderna e determinada, e não consigo imaginá-la lendo *Mulherzinhas*.

A senhorita Prim levantou o nariz arrebitado com mais fervor que o habitual.

– E posso saber por quê?

– Porque é uma obra ridícula e melosa, e, se há algo a que eu seja decididamente hostil, é o sentimentalismo açucarado. Fico contente com que a senhorita e Hermínia reconheçam que Louise May Alcott não é Jane Austen, porque certamente não é.

– O senhor já a leu? – perguntou a bibliotecária. – Quero dizer *Mulherzinhas*.

– Não, não li – respondeu ele com calma.

– Então, pela primeira vez em sua vida deixe de pontificar e leia-a antes de opinar.

O homem da poltrona começou a rir e olhou para ela com renovado interesse.

– Está pedindo que eu leia *Mulherzinhas*? Eu?

– Sim, o senhor. O mínimo que pode fazer antes de condenar uma obra é lê-la, não é?

– Mas e que me diz da srta. Mott? Já nos esquecemos da srta. Mott?

A bibliotecária se levantou, vestiu o casaco e pôs as luvas, pegou o peru e, enquanto se dirigia para a porta, murmurou:

– É claro que não nos esquecemos da srta. Mott. Eu aposto o que quiser que ela também não o leu.

A ceia de Natal foi um sucesso, apesar de ter-se precedido de uma discussão feroz repleta de recriminações, acusações e ameaças de choro por parte da cozinheira. A senhorita Prim conseguiu vencê-la com habilidade e coragem. Ao fim e ao cabo, explicou cuidadosamente ao dragão que guardava com ciúmes a cozinha, que o Natal é uma festa familiar e fraterna, um momento de compartilhar e celebrar. E que melhor maneira há de compartilhar e celebrar do que cozinharem juntas? A cozinheira, desconcertada por aquela eloquência, havia cedido por fim, mas não sem antes fazer a bibliotecária notar que o Natal era muito mais que aquilo. Assim aprendera, assim lhe ensinara sua mãe, e a esta a sua; assim também explicara o velho *pater* que vivia na abadia, e o mesmo dizia o próprio senhor. Não, aquilo era apenas um pedacinho do Natal, o menos importante, se podia dizê-lo.

– É claro que pode dizê-lo, sra. Rouan, porque é a verdade. E a verdade não muda, a senhora sabe muito bem disso.

O olhar desesperado da senhorita Prim deteve o discurso do homem da poltrona, que acabara de entrar na cozinha atraído pelo delicioso cheiro do peru.

– Penso, no entanto, que não é uma noite para discussões e raiva – disse ele ao perceber a tensão entre as duas mulheres, e, depois de se aproximar da cozinheira, cochichou em seu ouvido:

– Deixe-a cozinhar, sra. Rouan, esse peru nunca poderá competir com o seu delicioso rosbife, não há dúvida quanto a isso.

A cozinheira, explodindo de orgulho, não disse uma palavra e se dedicou à tarefa de terminar um suflê, enquanto observava os três tipos de bolos que eram assados no antigo forno da cozinha. Uma hora e meia depois a ceia estava pronta; crianças agitadas com a ideia de ir para a cama muito mais tarde do que o habitual; a mesa coberta por uma toalha de linho impecável e uma antiquíssima louça familiar; e os convidados, Horácio Delàs e o juiz Basett, que havia anos ceavam nessa época na casa, confortavelmente acomodados no salão. Enquanto a senhorita Prim trocava de roupa para jantar, podia ouvir a agitação das visitas, saudações, risos, abraços e músicas.

Meia hora depois, sentada à enorme e longa mesa da sala de jantar, enquanto escutava animada a conversa da ceia e sorria, ocasionalmente, ao homem da poltrona, a senhorita Prim sentiu nostalgia, mas não era capaz de dizer exatamente de quê. Assistiu à leitura que a pequena da casa fez do Evangelho de Lucas, que todos ali, do primeiro ao último, ouviram em silêncio. Caminhou animadamente com eles depois da ceia, quando, armados de velas, cachecóis e casacos, se dirigiram sob o frio gelado da noite à missa do galo na antiga abadia. Mas ela os deixou ali, às portas do mosteiro antigo, cujas janelas brilhavam como um farol na noite.

– Realmente não quer vir? – incentivou-a Horácio Delàs. – A senhorita sabe que eu não sou um crente, mas assisto por respeito e apreço. Acredite, ao menos em uma noite como esta, vale a pena. A antiga liturgia romana é de beleza incomparável.

– Obrigada, Horácio, mas estou muito cansada – disse gentilmente a bibliotecária, enquanto observava toda a vila de Santo Ireneu chegar em pequenos grupos e em grandes grupos, com muitos filhos agasalhados até as sobrancelhas pelo frio, um frio que se infiltrava pelas roupas e penetrava até os ossos.

As estrelas brilhavam no céu quando a senhorita Prim deu meia-volta e dirigiu-se para casa. Quando estava diante da bifurcação do caminho, parou de repente, olhou para o relógio e, depois de hesitar um momento, tomou o caminho que conduzia à cidade. As alegres luzes das vitrines estavam apagadas, mas as janelas das casas estavam suavemente iluminadas, como se esperassem que seus habitantes voltassem da igreja, e davam às ruas um sabor cálido e acolhedor. A bibliotecária chegou à praça principal e caminhou decididamente para o velho salão de chá, que ainda permanecia aberto. Uma onda de calor a recebeu ao abrir a porta. No interior, as mesas e o bar estavam vazios. Somente depois de um momento, viu ao lado de uma janela uma mulher inclinada sobre uma xícara, com um livro na mão.

– Pensei que estivesse com os outros na abadia – disse a senhorita Prim.

A mãe do homem da poltrona levantou a cabeça e com um gesto silencioso convidou a bibliotecária a sentar-se.

– Nunca vou, é emoção demais para mim. Saio de casa com eles, acompanho-os por todo o caminho e, ao chegar, digo aos pequenos que a vovó prefere sentar-se na parte de trás. Tenho feito isso desde que me lembro. Mas sabe de uma coisa?

– Este ano não funcionou – respondeu a bibliotecária com um sorriso travesso enquanto retirava o cachecol e as luvas e pedia ao garçom uma xícara de chocolate quente.

A velha dama olhou-a surpresa.

– A senhorita é muito perspicaz.

A senhorita Prim riu e disse que sua perspicácia não era outra coisa que um pouco de experiência.

– Pode-se enganar as crianças por um tempo, mas a maioria dos adultos não se dá conta do momento em que expira esse período de graça.

Sua companheira assentiu, pensativa.

– Esta noite fui com eles, como sempre. Fui com eles, esperei que se sentassem com meu filho no banco da família, e, quando lhes disse que a vovó iria para trás para sentar-se como sempre faço, disseram-me algo inaudito.

– Deixe-me adivinhar.

– Não acho que possa. «Agasalhe-se bem ao sair, vovó», foi o que me disseram. Nunca me senti tão surpresa, nunca em toda a minha vida. Não soube o que dizer; resmunguei algo incoerente. E que mais eu poderia fazer? Saí apressada.

A senhorita Prim sorriu com doçura e bondade. Sabia que era a última noite da senhora na casa, assim como sabia – ou pelo menos supunha – que aquele seria o lugar onde poderia encontrá-la. Após o desastre de Eugênia Mott, a bibliotecária mal trocara uma palavra com ela. Haviam sido dias difíceis, cheios de compras, cartões de Natal, pequenas encomendas e trabalhos atrasados. Enquanto a bibliotecária mordia um pedaço de bolo de limão, observava silenciosamente sua companheira. Aprendera a apreciar aquela mulher, aprendera a respeitá-la. Mas, desde o dia da conversa que as duas haviam tido sob a camélia de Eugênia Mott, a frágil confiança que se havia estabelecido parecia ter-se evaporado. A senhorita Prim costumava pensar que talvez aquelas confidências fossem uma espécie de devaneio romântico que nunca havia existido senão em sua imaginação. Voltaria a vê-la depois daquela noite? A bibliotecária estremeceu. Provavelmente, aliás certamente, não voltariam a se ver.

– Lembra-se da noite em que me disse que as crianças tinham sido as responsáveis por seu filho ter feito essa viagem vital que tanto a deixa descontente?

– Lembro-me, claro.

A senhorita Prim fez uma pausa para passar numa grossa torrada de pão camponês manteiga e geleia.

– Como isso aconteceu? – perguntou.

A mãe do homem da poltrona não respondeu, e limitou-se a passar manteiga e geleia em outra torrada.

– O que quero dizer é – continuou a bibliotecária –: como é possível? Como podem tais crianças pequenas causar tão grande e profunda mudança?

A velha senhora parou de comer e levantou os olhos.

– Foi por Téseris.

– Téseris?

– Foram essas surpreendentes e maravilhosas intuições que tem. Já lhe contou que a Redenção é um conto de fadas *real*? É uma ideia sem precedentes para uma menina de dez anos, mas de nenhuma maneira foi a primeira a formulá-la. Houve outros (Tolkien, por exemplo) que o fizeram antes dela. Já conversou alguma vez por um bom tempo com minha neta?

– Claro – disse a senhorita Prim.

– É uma garota estranha, a senhorita não acha?

– Sim, é. Eu diria que é diferente de todas as crianças que já conheci. Às vezes parece que guarda um segredo.

A bibliotecária mordeu o lábio. Apesar de sua repugnância natural pelos discursos metafísicos, teve de admitir que a criança sempre parecera habitar profundezas inalcançáveis para os demais.

– Sempre foi diferente, desde que era muito pequena.

–– Diferente? O que quer dizer?

A senhora estava concentrada na dissolução do torrão de açúcar que tinha acabado de colocar em sua xícara.

– Minha neta tem uma familiaridade surpreendente com o sobrenatural desde que era muito pequena. E o mais interessante de tudo é que por muito tempo lhe foi impossível entender que a nós, os outros, não acontecesse o mesmo.

– A senhora quer dizer...? – a senhorita Prim engoliu em seco. – Quer dizer que Téseris é um pouco mística? A senhora não pode estar falando sério.

A mãe do homem da poltrona cortou lentamente um pedaço de bolo, colocou-o sobre o prato da bibliotecária, e depois fez o mesmo com outro pedaço e o colocou cuidadosamente em seu prato.

– Não, Prudência, não estou dizendo que minha neta é uma mística, não sei que aspecto têm os místicos, embora esteja convencida de que não se pareçam com ela. Mas a verdade é que não tinha ideia de como o sobrenatural pode tocar o natural até ver isso refletido nela.

A senhorita Prim, que havia esquecido seu bolo, agora olhava fixamente a velha senhora. E, enquanto o fazia, recordava a noite de sua chegada à casa.

– A primeira vez que a vi, ela me falou de um espelho. Pensei que estivesse referindo-se a Alice.

A velha senhora sorriu com indulgência.

– Téseris voa muito acima de Alice. *Videmus nunc per speculum et in aenigmate*[2]. Sabe algo de latim? Agora vemos como através de um espelho, vemos vagamente como em enigma. Depois é que veremos tudo como é, quando conhecermos as coisas da mesma forma como somos conhecidos.

A senhorita Prim tossiu delicadamente. Lá fora havia recomeçado a nevar.

– Mas, se acredita em tudo isso, por que não ficou hoje na abadia com sua família? Por que mantém essa distância?

A mãe do homem da poltrona pegou a xícara com suas delicadas mãos e terminou o chá. Então olhou severamente para a bibliotecária e disse baixinho, quase em um sussurro:

---

2   São Paulo, I Coríntios.

– Porque não posso. Ainda não estou preparada, não me sinto preparada.

– Preparada? Preparada para quê?

– Preparada para quê? – a velha senhora sorriu com um esgar. – Preparada para depor as armas, querida. Preparada para baixar esta velha cabeça orgulhosa e desarmar-me.

III

Desfazendo meadas

1

Quando a mãe do homem da poltrona partiu, deixou um vazio estranho na casa. Lá fora, o tempo continuava frio, a neve se acumulava no parapeito das janelas, prendia as portas e congelava os galhos das árvores. No interior, o trabalho prosseguia, apesar das frequentes interrupções das crianças, que queimavam sua inesgotável energia correndo, brincando e escondendo-se em todas as salas, em todos os corredores, em todas as escadas da casa. A bibliotecária passava as tardes classificando os pesados e empoeirados livros. Alguns não possuíam mais importância que a de haver permanecido na casa por longos e solitários anos. Outros, verdadeiros sobreviventes trazidos pelos antepassados da família quando, muito tempo atrás, haviam chegado para estabelecer-se em Santo Ireneu. A senhorita Prim gostava daqueles livros. Sentia-se comovida pela ideia de que ali, naquelas prateleiras antigas, eles haviam testemunhado lenta e silenciosamente a chegada dos dias e das noites.

– Admiro-me de nunca tê-la ouvido espirrar, Prudência. Estes livros têm mais poeira do que uma pessoa é capaz de suportar.

O homem da poltrona entrou na biblioteca soprando as mãos, armado de um chapéu, de um cachecol que cobria o rosto, de um grosso casaco e de pesadas botas de neve.

– Tem certeza de que é o senhor quem está aí embaixo? – perguntou a bibliotecária sarcasticamente.

– Pode rir se quiser, mas faz um frio insuportável lá fora. Não é possível ficar no jardim por mais de meia hora – respondeu, enquanto tirava o cachecol, o chapéu, as luvas e o casaco.

– Deveria tirar as botas e pôr algo quente. Quer que eu peça o lanche?

– Se me fizer essa gentileza, agradeceria muito. Que horror, tenho as mãos tão frias que não consigo desamarrar os cadarços – queixou-se.

A senhorita Prim se aproximou em silêncio. Abaixou-se com muito cuidado para não se ajoelhar e começou a desamarrar os cadarços.

– A senhorita é muito gentil. E acredite: aprecio o gesto no que vale – disse com um sorriso.

– O que quer dizer com isso? – respondeu ela sarcasticamente enquanto se esforçava para manter o equilíbrio numa tentativa de evitar ajoelhar-se e ganhar a briga com a bota direita.

– Que creio saber o significado hierárquico que a senhorita dá a certas atitudes e gestos.

– Se fosse assim, eu não estaria fazendo isso, não acha?

– É claro que faria. Seu prussiano senso de dever sempre acaba vencendo.

A bibliotecária franziu os lábios e continuou sua tarefa.

– Acho que está pronto.

– Obrigado – disse ele suavemente.

A senhorita Prim pegou a bandeja que a cozinheira havia deixado sobre a mesa da entrada. Após a última discussão, as duas mulheres haviam acordado tacitamente evitar sempre que possível qualquer tipo de conversa. Cumprimentavam-se quando passavam pelos corredores, na cozinha ou quando se encontravam no jardim, mas, fora esse mínimo de civilidade, a relação entre as duas era tão fria como o inverno. A bibliotecária estava contente com esse acordo; afinal, ela não fazia parte dos serviçais. Quando precisava de algo, dizia-o a uma das três garotas da cidade que trabalhavam na casa como faxineiras, babás improvisadas, pau para toda obra. Não havia necessidade de falar com o dragão da cozinha, não era necessário em absoluto. E, no entanto, refletiu ao colocar o lanche sobre a mesa diante da lareira, tinha de reconhecer que a sra. Rouan era uma mulher eficiente. Seus bolinhos de creme, seu macio bolo de queijo, seu saboroso bolo de cenoura e seus finíssimos sanduíches cortados em formato triangular e dispostos em quatro pequenos montes, cada um de um sabor, eram insuperáveis. Nas bandejas nunca faltava chá chinês, leite, creme de leite e torradas de pão caseiro com manteiga e mel generosamente passados. Tudo aquilo, em honra da verdade, era mérito da cozinheira.

O homem da poltrona esfregou as mãos e contemplou em silêncio o ritual com que a senhorita Prim servia o lanche. A casa estava inusitadamente silenciosa, já que as crianças estavam no jardim de inverno, observando como o jardineiro fazia estacas e cuidava, com carinho, dos brotos que cresciam em pequenos vasos à espera de ser transplantados para o jardim no ano seguinte.

– É fascinante a variedade de livros acumulados nesta

sala – comentou a bibliotecária. – Venho tentando adivinhar quais pertenciam aos homens e quais às mulheres.

O homem da poltrona sorriu mexendo devagar seu chá.

– Não parece um exercício muito difícil. Creio que é bastante simples identificar a literatura voltada para as mulheres: é necessário apenas considerar o sexo do autor. É interessante que os homens escrevam principalmente para ambos os sexos, enquanto as autoras dirigem seus livros para as mulheres. Com algumas excelentes exceções, é claro.

A senhorita Prim respirou fundo, serviu-se um sanduíche de *foie* de ganso e depois olhou para o rosto de seu interlocutor.

– Não acho que as escritoras sempre direcionam seus livros para as mulheres – respondeu. – É um fenômeno sociológico bem moderno. Há menos de um século, os homens liam as escritoras com a mesma naturalidade com que liam os autores.

– Ainda que com menos prazer – respondeu rindo o homem da poltrona.

A bibliotecária deixou seu sanduíche sobre o prato.

– Diga-me – disse friamente –, de que está rindo?

Ele a observou alegre e tranquilamente.

– Da senhorita, é claro, não é o que sempre faço?

– E o que é engraçado em mim agora, se se pode perguntar?

– O fato de sempre ter uma resposta psicossociológica para tudo. A senhorita deveria aprender a ver o mundo como é e não como gostaria que fosse. Não é necessário ser muito perspicaz para perceber que qualquer rapaz aprecia imensamente a leitura da *A ilha do tesouro*, e sentiria náuseas com a simples ideia de ler...

– Por exemplo, *Mulherzinhas*?

Ele balançou a cabeça sorrindo.

– Por exemplo, *Mulherzinhas*.

– A propósito – a senhorita Prim levantou o nariz presunçosamente –, o senhor leu o livro, afinal? Ou sentiu alguma náusea que o impediu de empreender essa tarefa?

O homem da poltrona apartou os pés da lareira, endireitou-se na poltrona e aproximou-se da mesa, inclinando-se como se estivesse disposto a iniciar um jogo de xadrez. A bibliotecária, ao contrário, apoiou-se suavemente no encosto de seu assento e cruzou os braços à espera de uma explicação.

– Eu li.

A senhorita Prim arregalou os olhos, mas imediatamente se recuperou e voltou a adotar uma atitude desafiadora.

– E então?

– Devo reconhecer que possui certo encanto.

– Nossa!

– E nesse sentido não me importa que as meninas o leiam, mas devo mencionar que não tenho nenhum interesse nele.

– O que quer dizer com isso?

– Quero dizer que é um romance menor, adocicado e sentimental.

A bibliotecária separou as costas do encosto do assento e seu rosto se escureceu.

– Que é o maior pecado que um ser humano pode cometer, não é verdade? – exclamou em tom cortante. – Ser sentimental é para o senhor uma espécie de crime ou até uma perversão, não é mesmo? As pessoas frias e inteligentes não têm sentimentos. Sentimentalismo é vulgar e, de certa forma, pertence às mulheres de baixa formação.

O homem da poltrona esticou as pernas e recostou-se em seu assento.

– Eu não consideraria uma coisa vulgar – disse lentamente. – A senhorita se surpreenderia com o bom gosto literário do homem comum em alguns períodos da história.

– Épocas que se foram para nunca mais voltar, é claro.

– Não sei se *nunca* é a palavra adequada, embora acredite que sim. Mas, quanto ao que mencionou, devo dizer que a questão das mulheres de baixa formação e do sentimentalismo é uma equação verdadeira. É claro que o mal nos dias de hoje atinge também as que são altamente qualificadas.

– Como eu, claro.

– Como é o seu caso, de fato.

A senhorita Prim apertou a mandíbula até sentir o ranger das articulações sob a pele do rosto. Não queria perder o controle, a pior coisa que poderia fazer diante de alguém que a acusara de sentimentalismo era perder o controle. Tinha o dever de provar àquele homem que definitivamente os sentimentos não eram obstáculo à razão, e para tanto lutou consigo mesma durante alguns segundos que lhe pareceram eternos.

– Diga-me – perguntou com certa gentileza forçada –: como pode ser tão frio?

Ele levantou a cabeça e a olhou surpreso.

– Frio? Eu? Acha que sou frio?

– Odeia o sentimentalismo, acaba de dizê-lo.

– É verdade, eu detesto o sentimentalismo, mas isso não me transforma em uma pessoa fria. Uma coisa é o sentimentalismo e outra o sentimento, Prudência. O sentimentalismo é uma patologia da razão ou, se preferir, uma patologia dos sentimentos, que crescem, se excedem, ocupam um lugar que não é seu, enlouquecem, obscurecem o juízo. Não ser sentimental não significa falta de sentimento, mas saber canalizá-los. O ideal (certamente *nisso* concordamos) é ter uma cabeça moderada e um coração sensível.

A bibliotecária permaneceu em silêncio por um momento, apenas para suavizar a tensão em sua mandíbula. Sempre que discutia com aquele homem, sua cabeça doía. Não entendia a lógica da conversa. Como a discussão havia chegado a aquele ponto? Em que momento haviam passado da literatura feminina para a patologia de sentimentos?

– Dickens lia Elizabeth Gaskell; seu admirado Newman lia Jane Austen; e Henry James lia Edith Wharton – disse ela lentamente.

– Três boas escritoras. Três mulheres inteligentes e pouco sentimentais.

– A questão não é se são boas ou más escritoras ou se são ou não sentimentais. A questão é que houve um tempo em que os homens, grandes homens, liam romances escritos por mulheres.

– É verdade – disse o homem da poltrona afastando um pouco seu assento da lareira –, mas em minha opinião isso deve ser atribuído a duas boas razões. Uma é o fato de que uma mulher publicar um livro ainda tinha o encanto da ousadia; e outra é que as mulheres apresentavam um ponto de vista razoável mas diferente do mundo. Hoje a literatura feminina perdeu a capacidade de nos impelir a mudar o olhar, de nos fazer mudar a visão. Quando leio um romance feminino, tenho a impressão de que a escritora não faz nada além de olhar para si mesma.

A senhorita Prim observou fixamente seu patrão. Ficava escandalizada com a naturalidade com que mantinha todo tipo de julgamentos equivocados. A maioria das pessoas se envergonharia de pensar, já não de dizer, tais coisas. Ele as dizia com tranquilidade, quase com alegria.

– Talvez as mulheres olhem para si mesmas porque passaram muito tempo assistindo aos outros – murmurou.

– Vamos, Prudência, isso é demasiado simples para a senhorita.

– Está enganado – disse levantando-se bruscamente e dirigindo-se à estante onde estava trabalhando. – Nada é simples demais para mim. Sou uma mulher dominada pelos sentimentos, lembra-se?

O homem da poltrona levantou-se, pegou o chapéu, o casaco, o cachecol e dirigiu-se para a porta da biblioteca.

– Eu diria que a senhorita é uma mulher que olha para si mesma também.

– Verdade? – disse a bibliotecária sem se virar, e ouvindo-se responder com a voz trêmula. – E quanto ao senhor? O senhor olha para si mesmo também?

Ele virou a cabeça e esboçou um leve sorriso já da porta.

– Devo confessar que acho muito mais interessante observá-la.

❧

Assim que o homem da poltrona deixou a sala, o tremor da senhorita Prim se transformou em um feixe de grossas lágrimas que começaram a deslizar silenciosamente sobre seu rosto. Sentia-se insultada, maltratada e escarnecida. Estava farta daquele jogo dialético em que ela sempre fazia o papel de rato e ele desempenhava o de gato. E, no entanto, havia algo que ainda a irritava e a magoava mais que tudo aquilo: sua convicção de que ele não tinha consciência desse mau trato e nunca tivera nenhuma intenção de jogar com ela; a consciência de que seu drama, seu pequeno e absurdo drama, não significava nada para o causador de sua dor, e o fato de que, ainda que lhe pesasse, o causador desse sofrimento se tornara alguém importante para ela. Ele era a resposta à interrogação que Hortênsia e Emma haviam introduzido na lista de candidatos; assim, era inútil continuar ocultando-o de si mesma. Conhecia os sintomas, conhecia-os muito bem.

O que ele realmente pensava dela? A senhorita Prim confessava abertamente sua ignorância quanto a essa questão. Em algumas ocasiões, parecia sentir certa atração por ela, era ridículo negá-lo. Mas em outras era evidente que a considerava portadora de todos os defeitos e malformações da personalidade humana, o que a fazia convencer-se de que essa suposta atração existia apenas em sua mente. Uma mente profundamente sentimental e um pouco febril, como ele se encarregava de lembrar-lhe continuamente. Também era possível que aquela atitude fosse resultado de seu interesse em tornar-se uma espécie de Pigmalião e fazê-la uma representante perfeita de seu sexo. A senhorita Prim estremecia diante da possibilidade de ser obrigada a desempenhar o papel de Galateia ou, pior ainda, de Eliza Doolittle naquele drama. Mas, por mais doloroso que fosse, isso não era tudo. Havia ainda uma terceira hipótese, ainda mais terrível, tão terrível que lhe dava arrepios só de pensar. Talvez ele dedicasse seu tempo livre a discutir com ela sobre todos os tipos de questões pura e simplesmente porque não tinha nada melhor para fazer. Ao chegar a essa ideia, a angústia da bibliotecária cresceu a ponto de transbordar e adotar uma feroz virulência. Tinha de fazer alguma coisa para resolver aquela dúvida, tinha de fazer algo.

Depois de assoar o nariz discretamente, olhou através das janelas que comunicavam a biblioteca com o jardim. A neve continuava a cair em flocos pesados e grandes. Parecia impensável aproximar-se da cidade com aquele tempo, mas precisava fazê-lo urgentemente. Era chegado o momento de ter uma conversa profunda e sincera com as senhoras de Santo Ireneu; era hora de pôr as cartas na mesa naquele jogo absurdo de detetive em busca de um marido e consultá-las sobre a situação em que se encontrava diante de seu patrão e o que deveria fazer em consequência. Enquanto observava tristemente o cair da neve, convencida de que a conversa seria adiada até que o tempo melhorasse, observou que o velho jardineiro saíra do jardim de inverno e se dirigia à garagem. Rápida como um raio, levantou-se, deixou a sala, pegou um casaco grosso, um cachecol, botas de borracha e saiu disparada à procura do motorista.

A viagem foi lenta e tediosa, por um lado devido à neve que cobria a estrada e exigia uma condução extremamente cautelosa, e por outro devido à falta de assunto com o jardineiro, resignado a levar a bibliotecária, mas fiel aos longos anos de amizade com a cozinheira da casa. Finalmente, o carro entrou na cidade e a senhorita Prim foi deixada na casa de Hortênsia Oeillet, que a recebeu demonstrando imensa alegria e surpresa.

– Minha querida Prudência, que visita inesperada em uma tarde horrível como esta! Entre, minha querida, tire o casaco e sente-se enquanto preparo um pouco de chá – exclamou.

– Não se preocupe, Hortênsia, acabo de tomar um. Mas aceito uma xícara de chocolate quente, viria em boa hora. E peço, por favor, que me faça um litro de café.

Hortênsia Oeillet olhou consternada para sua convidada.

– Café? Meu Deus, deve ter acontecido algo grave, a senhorita nunca toma café.

– Não, não é grave, mas é importante. Peço sua ajuda porque preciso de seu conselho, do seu e do das senhoras de bom-senso que frequentam sua casa. O que quero dizer é que preciso que realizemos uma espécie de...

– Conclave extraordinário?

A senhorita Prim suspirou aliviada.

– É assim que o chamam?

– Sim. Sente-se, querida, vou chamar Emma, Virgínia e

Hermínia. Acredito que com elas será suficiente. Não queremos que toda Santo Ireneu fique sabendo, não é mesmo? – sorriu carinhosamente a florista enquanto se dirigia à cozinha.

A senhorita Prim sentou-se em um sofá estrategicamente localizado diante da lareira. A sala de Hortênsia Oeillet era pequena, mas harmoniosa. Fotografias antigas, vasos decorados com desenhos de camélias, desenhos infantis que representavam plantas – a bibliotecária lembrou que sua anfitriã era a professora de botânica em Santo Ireneu –, quadros feitos com pétalas secas e livros, muitos livros. Era muito difícil não se sentir à vontade ali.

– Que sala mais bonita, Hortênsia! – exclamou a bibliotecária quando sua amiga voltou com uma jarra de chocolate quente, uma tigela com docinhos de manteiga, de limão e uma torta de creme e pôs tudo sobre a mesa que estava diante do fogo.

– A senhorita gostou? É um pouco antiquada, mas em Santo Ireneu gostamos do antigo. Sempre estamos com um pé no passado, a senhorita já o sabe.

A senhorita Prim assegurou-lhe de que sabia e havia começado a apreciá-lo.

– Ah, como me alegro de ouvir isso! Temia que nunca se adaptasse a isso, é muito diferente. E, afinal, aqui vivemos um pouco à margem do mundo.

– Ou até *contra mundum* – riu a bibliotecária aceitando o chocolate.

– É verdade. O que eu ia dizer?... Nossas convidadas já estão a caminho, chegarão em cinco minutos, e o café estará pronto em três. Também convidei a Lulu Thiberville, espero que a senhorita não se importe.

– Lulu Thiberville?

– É a mulher mais idosa e da mais alta classe de Santo

Ireneu, está prestes a fazer noventa e cinco anos. Eu a avisei porque é um poço de sabedoria e porque... – Hortênsia Oeillet hesitou e olhou de soslaio para a senhorita Prim – enterrou nada menos que três maridos. A senhorita não me disse exatamente por que precisa de conselhos, mas algo em seus olhos me fez pensar que se trata de um problema, digamos, romântico, e por isso pensei nela.

A bibliotecária ficou imensamente ruborizada.

– Fez bem. Creio que me encantará conhecer Lulu Thiberville – disse com um sorriso.

A sra. Thiberville era uma velhinha feia, magra e pequena, de voz baixa e imperiosa, dotada da extraordinária arte de tornar-se o centro de qualquer reunião. Chegou vestindo um velho casaco de astracã com leve odor de naftalina e um pequeno chapéu cinzento enfeitado com uma pluma.

– Então é a senhorita – disse ao entrar na sala seguida pelo restante das convidadas, que a ajudaram a acomodar-se diante do fogo, puseram seus pés sobre um pequeno escabelo e se sentaram ao redor dela como se ela fosse uma abelha rainha.

– E então? – perguntou a velha senhora. – A que devo a honra?

Hortênsia Oeillet apresentou rapidamente a bibliotecária e explicou brevemente o que sabia do assunto. A senhorita Prim havia aparecido repentinamente, sem dúvida agitada e intranquila, em busca de ajuda. Havia solicitado a realização de um conclave extraordinário, reunião fora da agenda que as damas de Santo Ireneu realizavam quando havia algum motivo urgente.

– Minha querida Prudência, faça a gentileza de contar-nos seu problema.

Incentivada pelo sorriso de Hermínia Treaumont, a senhorita Prim começou a falar. Em deferência a Lulu Thiberville, explicou antes de tudo o bizarro método que se havia prestado a utilizar para procurar um marido e como naquela mesma tarde havia concluído que o candidato oculto atrás do sinal de interrogação era seu próprio patrão. Depois, descreveu as estranhas e tensas relações que mantinha com ele, as animadas conversas e confidências, os sorrisos e as cortesias, e os bruscos exercícios de crítica. Fazendo um esforço por aparentar tranquilidade, confessou que muito contrariamente a seu desejo tinha de admitir que sentia certa atração por ele. Não sabia por quê, já que se tratava de um homem estranho, de crenças religiosas extremas, desprovido de qualquer indício de sensibilidade e intoleravelmente dominante. Como qualquer mulher autossuficiente, a senhorita Prim era contra qualquer tipo de domínio. Em sua opinião, a relação conjugal deveria basear-se na mais refinada e delicada igualdade.

— A senhorita começa mal — interrompeu secamente a abelha rainha lá de seu assento.

— Por quê? — perguntou a bibliotecária, surpresa.

Hermínia Treaumont, inquieta em sua cadeira, abriu a boca para intervir, mas um gesto imperioso da senhora a fez calar-se.

— Todo esse discurso igualitário é uma imensa estupidez — sentenciou a senhora duramente.

— Mas por quê? — perguntou novamente a senhorita Prim.

— Minha querida Prudência... — começou Hortênsia Oeillet —, o que Lulu quer dizer...

— Cale-se, por favor, Hortênsia — interrompeu-a a velha senhora. — Não preciso de ninguém para explicar o que quero dizer. Tenho certeza de que Emma e você têm alguma responsabilidade na agitação que essa criança está vivendo, sempre com suas teorias orientais absurdas sobre a harmonia, o todo e as partes. Já lhe falaram da harmonia, do todo e as partes, não é, querida?

A bibliotecária pediu desculpas com o olhar em sua anfitriã, e em seguida respondeu que de fato havia sido instruída na teoria da harmonia, do todo e as partes.

– Esqueça isso também. É outra estupidez.

– Lulu, por favor, eu gostaria que... – disse Hortênsia Oeillet suavemente, mas com firmeza.

– Hortênsia – disse a velha senhora com a voz cansada –, suponho que se aos meus noventa e cinco anos vocês me convidaram a um conclave extraordinário será para permitir-me dar minha opinião, não é verdade?

– Claro que sim, querida.

– Claro que sim, Lulu – disse Hermínia Treaumont cautelosamente –, é só que neste tipo de questões há várias abordagens. Tenho certeza de que Hortênsia e Emma tiveram as melhores das intenções ao...

– É claro que tiveram, Hermínia, não seja ridícula, ninguém pensa o contrário – a diminuta senhora endireitou-se na poltrona e olhou fixamente para a bibliotecária. – Ouça-me bem, senhorita Prim, a senhorita está diante de uma mulher que enterrou três maridos. Isso, creio eu, me dá alguma autoridade para falar sobre o assunto, e é com essa autoridade que lhe digo que a igualdade não tem nada a ver com o casamento. A base de um bom casamento, de um casamento razoavelmente feliz (porque não existe, não se engane, nenhum casamento totalmente feliz), é precisamente a desigualdade, que é algo indispensável para que entre duas pessoas haja admiração mútua. Ouça com atenção o que digo: não aspire a um esposo como a senhorita, deve aspirar a um esposo absoluta e completamente melhor que a senhorita.

A bibliotecária abriu a boca para protestar, mas o brilho

de aço nos olhos da idosa a fez abandonar a tentativa. Ao lado da lareira, Virgínia Pille sufocava um sorriso.

– Eu me pergunto se isso que sustenta sobre a admiração – observou a senhorita Prim – pode aplicar-se só às mulheres ou se os homens também devem casar-se com uma mulher a quem admirem.

– É claro que devem. Devem aspirar a uma mulher que de um ou de vários pontos de vista seja melhor que eles. Observando a história, verá que a maioria dos grandes homens, os verdadeiramente grandes, sempre escolheu uma mulher admirável.

– Mas então essa admiração não exclui a igualdade, senhora Thiberville. Se eu admiro meu marido e meu marido me admira, estamos em igualdade de condições – replicou a bibliotecária levantando dois graus o nariz.

A velha virou a cabeça com dificuldade e olhou para Virgínia Pille, que novamente sorriu em silêncio.

– Minha cara senhorita Prim, se prestar um pouco de atenção, perceberá que só é possível admirar o que não se tem. Ninguém admira no outro uma qualidade que ele mesmo possua, admira no outro o que não possui e que vê brilhar no outro em todo o seu esplendor. A senhorita está me acompanhando?

– Estamos acompanhando-a, Lulu – disse Hermínia Treamont, enquanto a bibliotecária e as demais damas assentiam com a cabeça.

– Bem, isso não é sabedoria, mas lógica elementar: se duas pessoas se admiram mutuamente, isso significa que não são iguais, porque, se o fossem, não se admirariam. É a diferença e não a igualdade o que alimenta a admiração entre duas pessoas. Assim, a igualdade não tem nada a ver com um bom casamento; o que tem a ver – e muito – com um bom casamento é a diferença. Dizer o contrário é pura balela, muito frequente hoje em dia e típica de pessoas que não aprenderam a pensar.

A bibliotecária abaixou a cabeça e humildemente aceitou a repreensão.

– De qualquer forma, Lulu – a cristalina voz de Virgínia Pille encheu o salão –, o que a senhorita Prim quer saber é o que opinamos sobre sua situação atual com seu patrão e sobre o fato de sentir-se atraída por ele.

– Admira-o, minha filha? – perguntou a velha senhora com súbita afetuosidade.

– Suponho que, em muitos aspectos, sim, mas em outros o detesto profundamente.

– Ah, isso não é impedimento de forma alguma. Eu detestei todos os meus maridos intensamente, o que não me impediu de amar muitíssimo os três.

Nesse momento, Hermínia Treaumont tossiu discretamente. A bibliotecária virou-se para ela, enquanto Lulu Thiberville se recostava em sua cadeira e fechava os olhos.

– Prudência – disse –, gostaria de contar-lhe uma coisa. Eu a observei mais de uma vez com seu patrão e acho que é mais que possível que a atração que sente por ele seja mútua, creio sinceramente.

A senhorita Prim lentamente pegou a pasta de limão e se inclinou para frente, como se fizesse um esforço para ouvir melhor.

– Fala sério? – perguntou.

– Sei que são bons amigos.

Lulu Thiberville abriu os olhos e tossiu alto, o que fez com que a anfitriã se levantasse rapidamente para trazer-lhe da cozinha um copo de água.

– Somos bons amigos, mas isso é agora. Há alguns anos fomos muito mais que amigos.

A senhorita Prim endireitou as costas e trancou a mandíbula.

– Oh!

– Claro que isso foi há muito tempo, tudo já terminou.

– Oh! – voltou a dizer a bibliotecária. E fazendo um imenso esforço para controlar seu desassossego, perguntou:

– O que aconteceu?

Hermínia Treaumont aproximou sua cadeira do fogo e após uma pausa, como que esforçando-se para escolher as palavras, começou a falar:

– Não darei detalhes da relação que tivemos porque não vem ao caso, mas acredito que seja importante dizer-lhe por que terminamos. Ficamos juntos um período maravilhoso, mas após esse período o homem pelo qual estava apaixonada se tornou esse que a senhorita conhece agora, e tudo mudou.

– Deixou-o?

– Ele me deixou.

A senhorita Prim deu um suspiro de alívio quase imperceptível.

– Não deveria sentir-se aliviada – afirmou contundentemente a abelha-rainha, que não perdia nenhum detalhe. – Se fosse um pouco mais sensata, perguntaria a Hermínia por que ele a deixou.

– Por que a deixou? – perguntou humildemente a bibliotecária.

Um ruído suave na porta, que rangeu ao ser aberta, fez com que todas, exceto Lulu Thiberville, cuja artrite a forçou a manter-se na posição solene de sempre, girassem a cabeça. Um enorme gato cinza de pelo longo entrou na sala, foi até a mesa e de um salto subiu no colo da anfitriã da reunião, que sorriu docemente enquanto acariciava o animal. Depois, a voz de Hermínia Treaumont soou distante, como se viesse de um sonho.

– Porque eu não acreditava naquilo em que ele começou a acreditar.

Por um momento, ninguém disse nada. Na sala não era possível ouvir nada além do tique-taque lento e rítmico do relógio que emoldurava os acontecimentos daquela noite na sala de Hortênsia Oeillet. Lá fora, a neve havia começado a cair com mais rapidez. Os flocos eram menores e mais leves, tanto que às vezes pareciam caprichosamente pairar no ar, levados pelo frio vento de fevereiro.

– Mas não posso acreditar que tenha sido esse o motivo – gaguejou por fim a bibliotecária. – Quer dizer que deixou a mulher que amava apenas por isso?

– Quero dizer que, quando essa porta se abriu para ele, tudo o que o relacionava a mim desapareceu. Foi algo que mudou sua vida de forma inaudita, e que eu não poderia ou talvez não desejasse compartilhar. Oh, é claro que tentamos, Prudência, garanto-lhe que tentamos. Mas estava tão claro que ele vivia em um mundo e eu em outro, que ele falava uma língua e eu outra, que ele via...

– Por favor – a senhorita Prim interrompeu-a irritada. – Por favor, não me diga isso de que ele via coisas que os outros não conseguem ver.

– Não no sentido físico, certamente não – explicou Hermínia lentamente. – O que estou dizendo é simplesmente que chegamos a um ponto em que, se ele não me deixasse, eu provavelmente o faria.

A bibliotecária levantou e se aproximou da lareira para atiçar o fogo. Ao fazê-lo, sentiu em suas costas os olhares das mulheres na sala. Apenas Lulu Thiberville, afundada em sua poltrona de olhos fechados, parecia estar à margem da conversa.

– O que quer dizer-me é que o fato de eu não acreditar

naquilo em que ele acredita fará com que eu não consiga apaixonar-me realmente por ele?

Hermínia Treaumont acariciou delicadamente o gato antes de responder.

– Não, querida, não. O que quero dizer é que o fato de que a senhorita não acredita naquilo em que ele acredita fará com que nunca, jamais, ele consinta em apaixonar-se realmente pela senhorita.

2

«Não pode ser», murmurou entre dentes a senhorita Prim ao sair apressadamente da casa de Hortênsia Oeillet. A noite terminara de forma desagradável. Era evidente que todas as mulheres, exceto a velha Thiberville, a olhavam com piedade. Também era evidente que todas acreditavam cegamente na história de Hermínia Treaumont. Todas exceto ela, que se recusava a acreditar que um homem inteligente e educado poderia permitir que suas ideias o separassem da pessoa que amava. Enquanto se esforçava dolorosamente para caminhar na neve, percebeu que, naquele momento, tinha um problema ainda mais urgente para resolver. Como poderia voltar para casa com um tempo como aquele? Sua anfitriã insistira em que alguém a buscasse, mas a senhorita Prim havia firmemente declarado que não queria que a buscassem. Agora percebia que havia sido uma insensatez sair da casa de Hortênsia.

Deveria ter esperado o jardineiro de Lulu Thiberville, que trabalhava como motorista e combinara buscar a velha senhora às oito horas.

Sentira-se humilhada pela confissão de Hermínia. Havia sido uma confissão inesperada e um incompreensível gesto de mau gosto. A senhorita Prim acreditava firmemente que havia certas coisas na vida que jamais deveriam ser reveladas. Mas, se fosse necessário fazê-lo, não seria melhor uma conversa particular? Não teria sido mais correto que Hermínia usasse sua visita ao jornal para confessar que tivera uma relação amorosa com o homem que a empregava? A senhorita Prim não tinha dúvidas a esse respeito, nem a respeito do papel que sua anfitriã deveria ter desempenhado no incidente. Não poderia ter-lhe avisado do que estava por vir? Não poderia ter-lhe dito que falasse em particular com Hermínia? Tinha certeza de que esta teria sido a maneira certa de fazer as coisas.

Toda aquela história era estúpida, pensou enquanto fazia um esforço sobre-humano para atravessar a rua. Não podia acreditar que seu patrão se comportara de maneira tão vil. Em nenhum momento mostrara hostilidade a ela por pensar de uma maneira e ela de outra. Nunca fizera a menor insinuação de que isso pudesse ser um problema entre os dois. Embora a relação que mantinham se cingisse oficialmente ao vínculo entre empregador e funcionária, extraoficialmente seu trato havia ido mais longe. As discussões e as conversas, as confidências e as brigas, tudo isso ultrapassava a barreira de um contrato. E em todo aquele tempo nunca havia experimentado a sensação de que ele a desprezava ou a subestimasse por não professar suas crenças.

Talvez Hermínia se tivesse enganado a si mesma, refletiu enquanto tentava proteger-se do vento frio. Era uma mulher delicada, inteligente e sensível, mas isso não era obstáculo ao autoengano. A senhorita Prim tinha sua própria teoria sobre o autoengano, que segundo ela se encarniçava especialmente e com maior crueldade sobre os membros do sexo feminino. Isso não significava que um homem não pudesse cair nesse mecanismo psicológico, mas o faria de modo muito mais superficial e consideravelmente menos elaborado. O autoengano nas mulheres, refletiu ao esforçar-se para não escorregar em uma inclinação do caminho, era uma arma introspectiva de enorme poder e sofisticação. Uma espécie de enorme monstro marinho com imensos tentáculos que poderiam estender-se ao longo dos anos e envenenar não apenas sua vítima, mas também muitas outras pessoas ao redor. Ela podia testemunhar isso; conhecia o processo por experiência. Havia visto como o monstro emergia das profundezas da mente de sua mãe e como havia cingido como uma lula gigante a vida de seu pai.

— Não é um dia estranho para passear, minha imprudente Prudência?

A bibliotecária apreciava a sincera amizade de Horácio Delàs, mas nunca até aquela noite percebera quanto era verdadeira.

— Horácio, não pode imaginar como me alegro de vê-lo!

Seu amigo riu alto e, em seguida, ofereceu-lhe o braço.

— Não pense que eu normalmente passeio em noites como esta. Hortênsia me ligou e me disse que a estas horas provavelmente já estaria em uma sarjeta.

A senhorita Prim sorriu aliviada.

— Foi uma tolice da minha parte.

— E, pelo o que me disseram, não é a primeira vez que isso acontece.

— Não — respondeu baixando a cabeça.

— Vamos, não fique triste, querida. Posso oferecer-lhe um bom fogo e um jantar quente. Sabe que não dirijo, razão pela qual o transporte não faz parte da oferta, mas telefonaremos e pediremos que enviem o jardineiro para buscá-la depois do jantar. Agora precisa aquecer-se um pouco, descansar e comer.

A bibliotecária não respondeu, mas deixou-se levar humildemente até a casa de seu amigo. Ele abriu a porta do amplo jardim cheio de camélias e conduziu sua convidada pelo caminho. A construção de pedra, como o restante das casas de Santo Ireneu, emitia luz de suas janelas, como se convidassem a fazer uma pausa e entrar. Após limpar-se, trocar as botas por umas chinelas velhas vários números maiores que o seu e de apreciar um bom jantar acompanhado de um excelente vinho, a senhorita Prim foi convidada a sentar-se em uma cadeira ao lado da lareira para tomar uma xícara de chá.

– Poderia dizer que estou no céu, Horácio. Não sabe como me sinto bem, ficaria aqui a noite toda.

Seu anfitrião, que saboreava um copo de uísque, sorriu agradavelmente.

– A senhorita pode fazê-lo, mas acredito que seu patrão não gostaria. Pedirá que a busquem em uma hora.

– Não, não gostaria – respondeu a bibliotecária rindo. – Por que todos os habitantes de Santo Ireneu são grandes anfitriões? Nunca faltam doces, bolos ou deliciosos assados, uma boa lareira e uma conversa animada em suas reuniões.

– São os prazeres veneráveis de uma velha civilização, Prudência.

– Suponho que sim – suspirou enquanto deixava cair as enormes babuchas e aproximava os pés desnudos do fogo, cujo crepitar era o único som na sala.

Pelas janelas podia ver-se a neve cair, sufocando os improváveis sons da cidade àquela hora. A senhorita Prim olhou para o fogo. Começava a avaliar a extensão do que havia pensado, dito e ouvido ao longo do dia. E o resultado não lhe agradava.

– Acho que hoje fiz uma verdadeira bobagem – disse como se estivesse falando para si mesma.

– Quer dizer tentar voltar para casa sozinha? Não é tão ruim, não aconteceu nada. Não vale a pena continuar a pensar nisso.

– Quero dizer: haver confessado publicamente que estou atraída pelo homem para quem trabalho, quando neste momento não tenho certeza de que isso seja verdade.

A bibliotecária acreditava que seu anfitrião não tivesse ouvido suas palavras, mas logo percebeu que estava enganada.

– Fui estúpida, não é verdade?

Horácio Delàs se serviu mais dois dedos de uísque antes de responder.

– Eu não diria estúpida, é claro, mas sim um pouco imprudente.

Sua convidada sorriu sem tirar os olhos do fogo.

– Como vocês dois são diferentes! Ele não teria tido pena de mim.

– Claro que sim, Prudência, não seja tão dura com ele. Eu o conheço o suficiente para saber que nunca lhe fez mal deliberadamente.

– Isso é uma advertência? – perguntou ela com altivez.

– Em absoluto, é claro que não. Eu não conheço os sentimentos dele, querida, não posso dizer se ele sente algo mais que simpatia e consideração por você. Mas não acaba de dizer-me que não tem certeza de que se sente atraída por ele?

A bibliotecária olhou para longe e não disse nada.

– Entendo – disse o amigo. – Neste caso receio que não haja outro remédio senão descobrir se é correspondida.

– Ou melhor, se há qualquer impedimento.

– Agora, sim, não a entendo – disse ele observando-a com curiosidade.

Em poucas palavras, a senhorita Prim relatou os incidentes do conclave extraordinário.

– Acha que pode ser verdade? Não acha que se fosse verdade seria o cúmulo da intolerância e do fanatismo? Parece possível? O senhor o conhece bem.

– Eu o conheço bem, mas não estou em sua pele, minha amiga. Receio que a única maneira de obter uma resposta é perguntar-lhe.

– Perguntar-lhe? Mas isso é impossível, seria como confessar meus sentimentos; é completamente absurdo.

– Não tão depressa, Prudência. A senhorita não me disse que esse foi o motivo pelo qual ele rompeu com Hermínia?

A bibliotecária assentiu com a cabeça.

– Bem, é de Hermínia que deve falar, não de si. É do relacionamento dele com ela que deveria falar. Acredito que este é o primeiro trecho do caminho, e acredito que deve tomar a iniciativa o mais rápido possível. Não é necessário dizer que lhe desejo toda a sorte nessa empreitada.

A senhorita Prim ficou calada e pensativa por um momento. Depois afastou do fogo os pés, calçou as meias e as botas em silêncio, levantou-se lentamente e olhou seu anfitrião com seriedade.

– O senhor tem uma mente maravilhosamente feminina, Horácio. Não, não proteste, por favor, sei que não o considera um elogio. Mas o fato é que eu, sim, o considero um elogio; considero-o um grande e absoluto elogio.

Antes que seu amigo pudesse responder, a campainha da porta soou: o jardineiro havia chegado e a noite chegara ao fim.

A senhorita Prim dormiu mal aquela noite. Não conseguia entender como pudera ter sido tão impulsiva. Longe de sentir-se aliviada por ter finalmente confessado que seu patrão a importava mais do que ela sequer se atrevera a admitir, estava agitada. Não podia deixar de pensar que, uma vez tendo dito o que sentia, a situação parecia ter atingido tons desproporcionais. As mulheres de Santo Ireneu de Arnois, conquanto bem-intencionadas, haviam interpretado seus sentimentos como uma declaração de amor, quase como uma proposta de casamento. Por que outro motivo uma senhora como Lulu Thiberville quisera instruí-la sobre os conceitos básicos da vida matrimonial? A bibliotecária ficou perturbada com a ideia de que as senhoras de Santo Ireneu estivessem começando a tramar seu casamento com o homem da poltrona. Ninguém nunca lhes havia dito que nem todas as atrações entre homem e mulher terminam em uma relação sentimental? Com certeza sequer sabiam que nem todas as relações sentimentais têm por finalidade o casamento. A senhorita Prim vinha suavizando seu conceito do vínculo matrimonial, mas isso não queria dizer que o considerasse absoluto. Além disso, era necessário levar em conta outros fatores. E se seu patrão descobrisse aquele conclave feminino na casa de Hortênsia? E se, no fundo, estivesse enganada e ele não tivesse o menor interesse nela?

Oprimida por esses temores, saiu da cama, vestiu um casaco e deixou o quarto silenciosamente. A casa estava calada. Caminhou na ponta dos pés ao passar pelos quartos das crianças, atravessou o corredor, desceu as escadas para o átrio espaçoso no piso térreo. A porta principal estava aberta, segundo o costume de Santo Ireneu, onde portas fechadas são consideradas uma afronta aos vizinhos.

Assim que saiu para o jardim, uma rajada de ar gelado lhe tirou o fôlego. Tremendo, calculou que poderia ficar lá uns cinco minutos. Utilizava aquele truque desde criança. Quando não conseguia dormir, levantava-se no meio da noite e ia para fora, onde permanecia até que o vento, a chuva ou o calor a fizessem sentir falta da tranquilidade de seu quarto. Então entrava de novo e dormia tranquilamente o restante da noite.

– Prudência, a senhorita tem o estranho hábito de desafiar o frio com sapatos leves. Se eu fosse a senhorita, voltaria para o quarto e calçaria botas de neve.

A senhorita Prim virou-se surpresa ao ouvir a voz do homem da poltrona.

– Eu o acordei? – perguntou. – Desculpe-me, tentei fazer o menor barulho possível.

Ele sorriu suavemente, cruzou o casaco e bafejou as mãos para tentar aquecê-las.

– Não me acordou, a esta hora estou sempre acordado.

– Como as corujas? – perguntou a bibliotecária com um sorriso alegre.

– Na verdade, como os cães pastores. Algumas noites Eksi tem pesadelos, acorda chorando entre as duas e as três da manhã. É a ovelha mais frágil do meu rebanho.

– Verdade? Nunca a ouvi.

– Chora com muita delicadeza, é preciso estar acordado para ouvi-la.

A senhorita Prim assentiu com a cabeça, pensativa. Depois esfregou fortemente as mãos.

– O que acha se entrarmos e tomarmos uma bebida quente? Está gelada, Prudência.

– Quando se refere a uma bebida quente, seria um uísque? – perguntou ela maliciosamente.

– Ao propor uma bebida quente, quero dizer um chocolate, ou um ponche de leite com rum. Nada que possa deixá-la bêbada.

A bibliotecária riu, e voltaram para a casa. O homem

da poltrona abriu a porta da biblioteca, acendeu um pequeno abajur e ajoelhou-se em frente à lareira para acender o fogo.

– Vai acender a lareira? Está suficientemente quente aqui.

– Eu sei, mas não consigo imaginar uma sala no inverno com a lareira apagada. O fogo é muito mais que uma forma de aquecer uma sala: para mim é o coração de qualquer casa.

– Não discutirei isso – disse ela rindo. – Não a estas horas e desde que seja o senhor quem o faça. Quer que prepare algumas xícaras de chocolate?

– Seria ótimo – murmurou ele abanando o fogo.

A senhorita Prim foi para a antiga cozinha da casa e começou a preparar o chocolate. Esta era sua oportunidade de seguir o conselho de Horácio e perguntar a seu patrão sobre seu passado sentimental. Enquanto mexia lentamente a bebida com uma colher de pau, percebeu a enorme dificuldade da operação. Como perguntar-lhe sobre seu relacionamento com uma mulher quando oficialmente não sabia daquele vínculo? É claro – refletiu ela – que tampouco havia nada de extraordinário se ela soubesse do fato. Não em uma cidade pequena, onde todos sabiam do passado dos outros.

Quando voltou para a biblioteca, o fogo da lareira estava vívido. Colocou a bandeja sobre a mesa de chá e se acomodou em uma das poltronas, enquanto o homem da poltrona fazia o mesmo na outra. Depois, serviu as xícaras, pegou um bolinho de manteiga, tirou os sapatos e aproximou os pés do fogo.

– Nunca me havia contado que Hermínia e o senhor haviam tido uma relação amorosa no passado – disse com leveza e com cuidado, sem se atrever a levantar o olhar.

Ele mexeu lentamente o chocolate e tomou um gole antes de responder.

– Há muitas coisas sobre minha vida que não lhe disse.

Não sabia que tinha de fazê-lo, mas, se é importante para a senhorita, não há nenhum impedimento para começar agora.

A senhorita Prim ruborizou-se, afastou os pés da lareira e colocou-os na cadeira.

– É claro que não precisa. Mas falamos tantas vezes de Hermínia, que acho surpreendente que a questão simplesmente nunca tenha surgido.

– Simplesmente – repetiu com suavidade.

Ambos permaneceram alguns minutos com os olhos fixos no fogo.

Da parte de trás da casa veio o som distante e familiar de três badaladas de um relógio.

– Todos sabem que as mulheres sentimentais também são curiosas e faladeiras – continuou subitamente a bibliotecária. – Então, explique-me, por que rompeu o relacionamento?

O homem da poltrona a olhou divertido.

– Se há uma coisa de que estou convencido, Prudência, é que a senhorita não é uma pessoa curiosa.

A senhorita Prim sorriu enquanto se levantava para tirar o casaco.

– Não, não sou, mas adoro sociologia, lembra? Interesso-me pela natureza humana.

– Os sociólogos não se interessam pela natureza humana. Os sociólogos se contentam com estudar o comportamento humano em comunidade, o que é uma tarefa muito menor e menos interessante.

A bibliotecária levantou o olhar e observou placidamente seu patrão. Ela estava firmemente determinada a não se deixar provocar. É claro que não seria tarefa fácil, nada que se relacionasse a ele poderia ser tarefa fácil. Seria ingênuo pensar de outra forma.

– O senhor a deixou?

– Não.

– É muito elegante, mas não é verdade.

– Se sabe que não é verdade, por que pergunta? Não me conhece em absoluto se acredita que vou vangloriar-me de haver rompido com uma mulher – respondeu asperamente.

A senhorita Prim mordeu o lábio e mudou de posição na poltrona. Aquilo ia ser difícil, muito difícil, extremamente difícil.

– Tenho certeza de que isso não haveria acontecido sem um motivo convincente. E que conste que sei que não tenho o direito de perguntar.

– Nisso tem razão. Não tem nenhum direito de perguntar.

Em condições normais, a bibliotecária teria terminado ali seu interrogatório. Profundamente envergonhada, pediria desculpas e subiria as escadas em busca de um refúgio seguro para seu opróbrio. Mas aquelas não eram em absoluto condições normais. Naquela noite, a senhorita Prim sentia-se possuída por uma febre interrogatória que a levava a continuar a perguntar ultrapassando os limites da cortesia, e da própria prudência, e até mesmo do senso comum. Queria saber a verdade, precisava saber, e não mediria esforços para conhecê-la.

– Foi por suas ideias? Talvez por ser o senhor extremamente religioso e ela não?

Ele olhou pensativo a xícara que sua funcionária apoiava sobre os joelhos. Em seguida, balançou a cabeça lentamente e sorriu.

– Ideias, Prudência? Então a senhorita acredita que a fé seja uma ideia? Acha que é uma ideologia? Algo como a economia de mercado, o comunismo ou a luta pelos direitos dos animais? – seu tom era ligeiramente jocoso agora.

– De certa forma, sim – respondeu ela com altivez. – É uma maneira de ver o mundo, uma visão de como a vida deve ser, além de uma valiosa ajuda para aliviar as dificuldades da vida.

– A senhorita realmente pensa assim?

– Naturalmente. E creio que, em parte, graças ao senhor. Por que, então, uma pessoa sensata, inteligente e racional teria decidido tentar converter-se?

Ele apoiou a cabeça nas mãos e deu um leve sorriso.

– Tentar? A senhorita é um verdadeiro diamante bruto, senhorita Prim.

– Não se trata de um elogio, não é? – murmurou ela tristemente.

Em vez de responder, o homem levantou-se do sofá e caminhou até a lareira. Pegou o atiçador, reavivou o fogo e, olhando para as chamas, começou a falar.

– Ninguém *tenta* converter-se, Prudência. Eu já lhe disse isso uma vez, mas é evidente que não entendeu. A senhorita já viu um adulto brincar e fingir que uma criança consegue pegá-lo? A criança tem a impressão de que foi ela quem o capturou, mas todos gostam da brincadeira e sabem exatamente o que aconteceu de verdade.

– *Console-toi, tu ne me chercherais pas si tu ne m'avais trouvé*, não é isso? – murmurou a bibliotecária. – «Não me procurarias se já não me tivesses encontrado.»

– Exatamente. Vejo que leu Pascal. Ninguém começa esta procura se já não encontrou o que procura. E ninguém encontra o que procura, a *Ele* que procura, se este não toma a iniciativa de se deixar encontrar. Acredite em mim quando digo que é um jogo em que todas as cartas estão em uma mesma mão.

– O senhor fala como se acreditar fosse algo irresistível, mas não é verdade. Pode-se dizer não. A criança pode dizer ao adulto: «Eu não quero brincar, deixe-me em paz.»

O homem da poltrona tomou toda a xícara de chocolate. Depois se acomodou em seu assento e olhou fixamente para sua funcionária.

– É claro que se pode dizer não. E de muitos pontos de vista a vida é muito mais fácil quando se diz não. Normalmente, mesmo quem diz sim olha para trás e percebe que já disse não muitas vezes ao longo da vida.

A bibliotecária ergueu as sobrancelhas.

– A vida é muito mais fácil quando se diz não? A vida é muito mais simples e mais fácil de suportar quando se acredita que não se terminará em um caixão embaixo da terra. Não negue, é puro bom senso.

Ele levantou-se e foi atiçar o fogo.

– Como crença teórica, pode ser um curinga por um tempo, sem dúvida alguma. Mas crenças teóricas não salvam ninguém. A fé não é algo teórico, Prudência. A conversão é tão teórica quanto um tiro na cabeça.

A senhorita Prim voltou a morder o lábio. A conversa não fluía por onde ela havia planejado. Tudo era muito revelador, mas ela não queria falar sobre a conversão, não estava interessada em falar de religião. Tudo o que queria saber é por que esse tiro na cabeça havia terminado o relacionamento de seu patrão com Hermínia Treaumont.

– Então, foi por isso que rompeu com ela? – perguntou com teimosia. – O senhor a deixou por isso?

Ele a observou em silêncio por alguns segundos, como se estivesse tentando adivinhar o que havia por trás daquela questão.

– Acharia absurdo se fosse por isso?

– A mim me pareceria que na verdade não a amava.

– Não, está enganada – respondeu com firmeza. – Eu a amava, amava profundamente. Mas chegou um dia ou talvez um momento, não sei, em que percebi que ela estava adormecida, enquanto eu estava pleno, completo e totalmente desperto. Havia subido como um gato sobe um telhado e via diante de mim um horizonte belo, assustador e misterioso. Se a amava, diz a senhorita? É claro que a amava. Talvez se a tivesse amado menos, talvez se tivesse me importado menos, não teria sido necessário o rompimento.

A senhorita Prim, que havia começado a sentir uma dor familiar no estômago, preparou a garganta antes de falar novamente.

– Pensava que as pessoas religiosas fossem mais próximas dos outros que as não religiosas.

– Eu não posso falar dos demais, Prudência. Sei o que isso supôs para mim e não pretendo falar por ninguém. Foi a minha pedra de toque, o paralelo que dividiu ao meio minha vida, dando-lhe um sentido absoluto. Mas a enganaria se dissesse que foi fácil. Não é fácil, e quem diz o contrário está mentindo. Supôs um dilaceramento, uma catarse intelectual, uma cirurgia de coração aberto. Como uma árvore quando a arrancam da terra e a plantam em outro lugar, o que pensamos que um bebê deve experimentar ao enfrentar a terrível beleza do nascimento.

O homem da poltrona fez uma pausa.

– E há outra questão – continuou –, algo que tem a ver com a capacidade de olhar para além do momento, com a necessidade de esquadrinhar o horizonte, estudá-lo com o mesmo zelo com que um marinheiro estuda uma carta de navegação. Não se surpreenda, Prudência, minha história é velha como o mundo. Não sou o primeiro nem serei o último. Sei o que está pensando. Voltaria atrás se pudesse? Não, é claro que não voltaria. Pode um homem desperto querer viver adormecido?

A senhorita Prim cruzou o manto e olhou para as mãos avermelhadas pelo calor. Então, afinal, era tudo verdade. Que ingênua havia sido ao pensar que se tratava de apenas uma parte de sua personalidade; que pouca perspicácia havia tido ao não intuir que, independentemente do que houvesse sido, mudara sua maneira de ser, e isso era algo poderoso, algo profundo e perturbador. Hermínia estava certa. Nunca havia visto aquele forte olhar. Nunca havia notado aquela expressão de vigor, de convicção, e sua áspera e estranha alegria.

– Então não há esperança – murmurou com um suspiro. – Não é verdade?

Ele a contemplou pensativo antes de responder.

– Esperança, Prudência? É claro que há esperança. Eu tenho esperança, toda a minha vida é pura esperança.

A bibliotecária se levantou e pegou a bandeja com cuidado.

– É tarde demais. E, se não se importa, vou dormir. Estou cansada e, ao contrário do senhor, hoje à noite não tenho nenhuma esperança.

Antes que o homem da poltrona pudesse responder, a senhorita Prim discretamente fechou atrás de si a porta da sala.

3

Prudência Prim dobrou cuidadosamente seu quimono verde-jade antes de colocá-lo na mala. Na verdade – refletiu com tristeza enquanto guardava um par de sapatos em uma capa de algodão – o trabalho já não a retinha ali. A biblioteca do homem que a havia contratado estava perfeitamente organizada e classificada. Os livros de história estavam nas prateleiras de história; os de filosofia, no lugar destinado à filosofia; literatura e poesia descansavam no lugar certo; ciências e matemática ocupavam milímetro por milímetro o espaço adequado, e a teologia – a paixão daquela casa, a rainha absoluta da biblioteca – brilhava imponente, limpa e perfeita. Enquanto observava, casualmente, o reflexo de seus olhos avermelhados no espelho, lembrou-se de sua primeira conversa, meses antes, com o homem que a havia contratado.

– Sabe o que é isso, senhorita Prim?

– Não, senhor.

– *De Trinitate Libri.*

– Santo Agostinho?

A senhorita Prim sorriu tristemente e continuou a guardar parte de seu vestuário. Não pretendia sair imediatamente. Pensava em deixar em seu armário peças de roupa para vários dias, os necessários para despedir-se e decidir com tranquilidade o que faria depois. Não podia continuar ali. Não agora que sabia o que sentia, não agora que sabia também que não era e não poderia ser correspondida. Mas aonde iria? E, acima de tudo, como explicaria sua partida? Caminhou lentamente até a janela do quarto, abriu as cortinas e olhou para fora. A manhã estava fria, e sob a luz do sol a neve brilhava como mármore polido. Havia acordado tarde. Afinal, depois da conversa na noite anterior, não havia muito que fazer, apenas enfrentar seu patrão para dizer-lhe que deixaria a casa.

Apesar da tristeza e da decepção que a embargavam, também se sentia aliviada. Os últimos dias haviam sido muito agitados para uma mulher como ela, acostumada com a ordem, o equilíbrio e a limpeza. Havia meditado muito, havia se preocupado também, havia revisto uma e outra vez as palavras, avaliado os gestos, registrado os sorrisos, analisado os olhares. O romance, reconheceu-o com infinita sabedoria, pode ser uma carga extremamente pesada para a psique feminina. Agora o que precisava era um lugar agradável e distante para descansar, um refúgio onde escrever, uma Arcádia para rodear-se de beleza e desfrutar do esplendor na relva e de glicínias em flor.

É claro que também estava machucada, não ia nem podia negar. Havia muito tempo que não sentia aquela sensação de ansiedade no estômago, aquela dificuldade para organizar os pensamentos, aquela incapacidade de olhar para o horizonte e vislumbrar alguma luz. No entanto, tudo isso passaria. A senhorita

Prim tinha certeza. Ela se conhecia o suficiente para avaliar quais seriam os limites temporários de sua tristeza. Na primavera, no máximo no início do verão, o sol voltaria a brilhar.

– Posso falar-lhe um momento?

A bibliotecária cautelosamente abriu a porta do escritório do homem da poltrona. Inclinado sobre um documento, ele lhe fez um sinal para que se aproximasse da mesa e se sentasse. Ela sentou-se obedientemente. Por alguns minutos, necessários para ensaiar mentalmente a forma de comunicar a notícia de sua partida, o único som na sala era o fogo crepitante na lareira.

– Veja isto, Prudência – disse ele ao entregar-lhe uma cópia em fac-símile de dois pequenos fragmentos de papiro.

A senhorita Prim suspirou e olhou para o rosto do homem da poltrona. Não havia nele nenhum sinal de não haver dormido. Não havia nenhum indício de qualquer tensão ou nervosismo. Não havia nenhuma indicação de que a conversa da madrugada anterior tivesse alterado seu humor.

– A senhorita está bem? – perguntou, preocupado ao notar a palidez de sua funcionária. – Parece cansada.

A bibliotecária disse que estava tudo bem e que sua palidez era unicamente devido à falta de sono.

– Estivemos conversando até tarde ontem, é verdade. Veja isto – disse apontando para o manuscrito. – O que acha? Já viu algo assim alguma vez?

A senhorita Prim examinou a cópia com atenção.

– O que é isto?

– Um fac-símile do P52, conhecido mundialmente como papiro Rylands.

– Deixe-me adivinhar... Um pedacinho do Livro da Sabedoria? Ou quem sabe do Livro de Daniel?

– Nem um nem outro, a senhorita não tem sorte. São versículos do Evangelho de João. Lembre-se, ele é escrito em grego *koiné*. Observe estas linhas.

ΡΗΣΩ ΤΗ ΑΛΗΘΕΙΑ ΠΑΣ Ο ΩΝ ΕΚ ΤΗΣ ΑΛΗΘΕΙΑΣ
ΑΚΟΥΕΙ ΜΟΥ ΤΗΣ ΦΩΝΗΣ ΛΕΓΕΙ ΑΥΤΩ Ο ΠΙΛΑΤΟΣ
ΤΙ ΕΣΤΙΝ ΑΛΗΘΕΙΑ ΚΑΙ ΤΟΥΤΟ[3]

– Tenho certeza de que mesmo uma ilustre jacobina como a senhorita já ouviu isso. Quer que o traduza?

A bibliotecária não respondeu. Em seguida, examinou os dois fragmentos amarelados e minúsculos.

– É muito antigo?

– O mais antigo encontrado até agora. É datado de cerca do ano 125 d.C. Foi encontrado no deserto do Egito por Grenfell, um egiptólogo inglês. A maioria o classifica como de cerca de trinta anos após o original que João escreveu em Éfeso. A senhorita acha muito? Venha, venha aqui. Vou mostrar-lhe uma coisa.

O homem da poltrona abriu um arquivo gigantesco em uma extremidade de seu escritório, de onde estava retirando o que a senhorita Prim identificou como fac-símiles de diferentes papiros, pergaminhos e códices.

– Sabe o que é isso? – perguntou, assinalando um deles.

A bibliotecária balançou a cabeça negativamente.

– É um dos papiros de Oxirrinco. Já ouviu falar dos papiros de Oxirrinco?

---

3 «Todo o que é da verdade escuta minha voz. E diz Pilatos: Que é a verdade?», Jo 18, 37-38.

A senhorita Prim, sem deixar de balançar a cabeça, reafirmou sua negativa.

– Também o devemos a Grenfell. Ele se reuniu com Arthur Hunt, outro arqueólogo inglês, no final do século XIX, em um depósito de lixo perto de Oxirrinco, no Egito. Eles desenterraram muitos fragmentos de grandes obras da Antiguidade; acredito que vai adorar o que está em suas mãos agora. É um trecho da *República* de Platão.

– Verdade? – perguntou a bibliotecária com admiração.

– Verdade. Sabe quantos anos separam Platão dos primeiros fragmentos que temos de suas obras?

– Não tenho nem ideia.

– Eu lhe direi: cerca de mil e duzentos. Os textos que temos do pensamento de Platão e, através deles, do de Sócrates, as obras que todos lemos e estudamos, são cópias feitas mais de dez séculos depois que os originais foram escritos.

A senhorita Prim examinou cuidadosamente a cópia do papiro, enquanto seu patrão retirava de um arquivo um manuscrito volumoso.

– E isto? Sabe o que pode ser isto?

A bibliotecária, que parecia ter esquecido a razão de sua visita, examinou o manuscrito.

– Vamos ver – disse com um sorriso –, posso decifrá-lo. Pelo menos é latim. Tácito?

O homem da poltrona balançou a cabeça negativamente.

– Júlio Cesar. *De Bello Civili*, *A guerra civil*. Este manuscrito é o Laurentianus Ashburnhamensis, o mais antigo conservado desta obra. Sabe de que época é? Não, claro que não. É do século X, mais de mil anos após César escrever o original. A cópia mais antiga que temos dos *Comentários à guerra das Gálias* é de cerca de novecentos e cinquenta anos após o original.

– Que interessante tudo isso! – murmurou a bibliotecária.

Seu empregador pegou o fac-símile do papiro Rylands.

– Interessante é pouco, Prudência, é absolutamente fascinante. Entende agora o que é o Rylands? Sabe quantas cópias em *koiné* temos do que os quatro evangelistas escreveram? Cerca de cinco mil e seiscentas. Sabe quantas temos, por exemplo, dos *Comentários à guerra das Gálias*? Apenas dez cópias. E agora olhe – disse enquanto examinava outro fac-símile –, que tal Homero?

A senhorita Prim disse que, se alguma vez tivesse a infelicidade de ser condenada à prisão perpétua, levaria Homero para seu confinamento. Enquanto o homem continuava a falar com extraordinário entusiasmo sobre papiros, pergaminhos e cópias, a bibliotecária lembrou com tristeza o motivo de sua visita. Sentiria falta dele, isso era óbvio; mas não só dele, também de tudo o que tinha a ver com ele. As conversas, as leituras, as discussões, as crianças, os livros e Santo Ireneu.

– Agora que terminou com a biblioteca – disse seu patrão então –, talvez possa ajudar-me a classificar todo este material. Tenho de dar uma conferência em Londres no próximo mês sobre os papiros Bodmer.

– Receio que não seja possível – respondeu a senhorita Prim, resistindo heroicamente à tentação de perguntar o que era um papiro Bodmer.

Ele a observou surpreso.

– Por quê?

A bibliotecária cruzou as pernas com cuidado e respirou fundo antes de falar.

– Porque acho que terminei meu trabalho aqui. Vim para dizer-lhe que decidi partir. Terminei o trabalho, razão pela qual não vejo nenhum motivo para prolongar minha estada.

Sem dizer uma palavra, o homem da poltrona guardou

os documentos e os devolveu ao arquivo de onde os havia trazido. Depois caminhou até a lareira, tirou os livros de uma poltrona e fez um gesto para que sua funcionária se sentasse.

– Aconteceu alguma coisa que eu deveria saber, Prudência? – perguntou.

– Nada.

– Alguém a ofendeu ou a perturbou nesta casa?

– Sempre me trataram maravilhosamente.

– Talvez tenha sido eu? Disse algo que a tenha incomodado? Alguma falta de delicadeza das que continuamente me acusa?

A senhorita Prim abaixou a cabeça para esconder o rosto.

– Não tem nada a ver com o senhor – murmurou.

– Olhe para mim, por favor – disse ele.

A bibliotecária levantou o olhar e ao fazê-lo percebeu que precisava encontrar imediatamente uma desculpa, que tinha de elaborar rapidamente uma explicação, se não quisesse que ele descobrisse ou pelo menos intuísse a razão de sua partida.

– Preciso ir à Itália – disse repentinamente.

– Precisa ir à Itália? Por quê?

A senhorita Prim, temerosa, brincava nervosamente com seu anel de ametista.

– Tem a ver com minha formação. Nenhuma educação feminina é completa se não se passa um período na Itália.

– Mas a senhorita ainda precisa acumular formação? Com que objetivo? – perguntou, espantado. – Está tentando bater algum recorde?

A bibliotecária esboçou um sorriso ao ver aquele rosto totalmente perplexo.

– Nota-se que não escuta sua mãe o suficiente – disse com os olhos brilhando. – Tem uma bela teoria sobre a boa influência que exerce a vida na Itália na conversa e na formação de qualquer membro do sexo feminino.

– A senhorita fala sério?

– Totalmente sério.

O homem da poltrona abaixou a cabeça e olhou para o chão antes de falar novamente.

– Essa teoria é uma grande tolice. A senhorita sabe, não é verdade?

– Devo lembrar-lhe que está falando de sua mãe – disse a bibliotecária com uma reprovação dissimulada. – Duvido que já tenha dito uma única tolice em sua vida.

– Bem, receio que desta vez eu tenha dito.

– De qualquer forma, vou embora. Preciso viajar, passei tempo demais aqui.

– Pensei que se sentisse a gosto aqui – murmurou ele.

Ciente de que não poderia dominar por muito tempo suas emoções, a senhorita Prim levantou-se resolutamente.

– Não seja sentimental – disse com aparente despreocupação enquanto caminhava em direção à porta.

– Sentirei saudades, Prudência – disse o homem da poltrona levantando a cabeça.

– Isso é muito cordial, mas não verdadeiro, e sabe disso.

– Realmente acredita nisso? – perguntou com voz rouca um segundo antes de a bibliotecária abrir a porta e deixar a sala.

⟡

A senhorita Prim fechou a porta do escritório e caminhou apressadamente para seu quarto. Atravessou o corredor para chegar à entrada do primeiro andar, subiu um lance de escada, avançou ao longo de um corredor e, finalmente, chegou ao quarto. Depois, fechou a porta com cuidado, tirou os sapatos, deitou-se na cama e, após alguns segundos contemplando os painéis do quarto, começou a chorar desconsoladamente. Por que continuava a chorar? Nunca havia sido uma mulher sentimental. Se fosse honesta consigo mesma, e naquele momento não era difícil ser, o que sentia por aquele homem não poderia ser descrito como amor. Havia sido uma atração forjada praticamente contra a corrente, talvez um desafio, talvez até uma leve paixão, mas não amor. Então chorava por despeito? Provavelmente sim, suspirou enquanto secava as lágrimas. Por alguma razão, por algum motivo que provavelmente estava relacionado com sua autossuficiência e vaidade, nos últimos dias se havia convencido de que ele não correspondia aos seus sentimentos. E podia muito bem sentir algum tipo de atração por ela, isso não poderia ser excluído, mas certamente não era nada como o amor.

Perdida nesses pensamentos, ouviu um leve barulho vindo da porta. Alguém havia parado no corredor, mas não parecia querer mostrar sua presença. A bibliotecária saiu da cama e se aproximou do umbral. Com o coração batendo aceleradamente e sem esperar que o som voltasse a se repetir, agarrou a maçaneta com força e abriu a porta energicamente.

– O que está fazendo aí? – perguntou, surpresa.

A cabeça loira e despenteada de Septimus deu um passo atrás. – Não estava escutando – disse com perfeita convicção.

A expressão da senhorita Prim suavizou-se, e com um gesto de cabeça ela indicou ao menino que entrasse.

– A senhorita vai embora, não é mesmo? – disse notando metade da mala feita na cama.

– Quem lhe disse?

– Nosso jardineiro. Ouve tudo pela janela do escritório. Por que está chorando? Alguém bateu na senhorita?

A bibliotecária, que naquele momento dobrava delicadamente uma blusa de seda, assustou-se.

– Bater em mim? É claro que não me bateram. Você só chora quando batem em você?

O menino pensou por alguns segundos.

– Eu nunca choro – disse com firmeza. – Nem sequer quando alguém me bate.

– Muito bem – ouviu-se dizer a senhorita Prim. – Quero dizer que às vezes é preciso chorar, mas é bom que não seja por qualquer coisa.

– Talvez eu pudesse chorar em uma guerra – meditou o pequeno. – Em uma guerra provavelmente poderia.

– Certamente é justificável, completamente justificável – asseverou ela.

– Escute – disse Septimus ao observar as lágrimas que silenciosamente deslizavam pela face da bibliotecária –, gostaria que não chorasse tanto.

– Sinto muito não poder agradar-lhe. Ao contrário de você, eu também choro em tempos de paz.

O pequeno olhou atentamente aquele rosto corado e, em seguida, observou com interesse os inúmeros frascos de cosméticos em cima da lareira.

– O que posso fazer para que não chore?

– Receio que nada – respondeu comovida a senhorita Prim. – Isso não lhe servirá agora que é pequeno, Septimus, mas, quando for mais velho e vir uma mulher chorar, lembre-se de que o melhor que pode fazer é não fazer absolutamente nada.

– Isso é muito fácil.

A bibliotecária riu ao fazer o melhor possível para limpar as lágrimas.

– Fácil? Espere quando crescer. Não há nada mais difícil.

– Certamente ir para a guerra é mais difícil e também

caçar uma baleia com um arpão – disse o pequeno com a atenção posta no outro lado da janela.

– Talvez caçar uma baleia com arpão – concedeu a bibliotecária.

– Sabe de uma coisa? – disse o menino com o olhar fixo no chão. – Acho que vamos sentir sua falta.

– Eu também – murmurou. – Venha aqui. Você me daria um beijo?

O pequeno recuou imediatamente.

– Não – respondeu resolutamente –, nenhum beijo. Nunca dou beijos. Não gosto de beijos.

– Acho que esse problema também se resolverá quando for mais velho – sorriu a bibliotecária.

– Não aposte nisso – disse o menino antes de se dirigir para a porta e sair correndo.

❧

– Então a senhorita está partindo – suspirou a sra. Rouan, oferecendo assento à senhorita Prim à velha mesa de mármore da cozinha.

A bibliotecária se sentou e aceitou a xícara de *consommé* de pato que a cozinheira gentilmente lhe ofereceu.

– Sim, sra. Rouan, eu vou embora.

Na lareira luzia um fogo alegre, e um grande cozido cozinhava lentamente no velho fogão à lenha. Lá fora, o sol parecia haver-se escondido e nuvens escuras previam mais uma noite nevada.

– Sentiremos sua falta – murmurou a mulher. – E sabe que as coisas não foram fáceis entre nós duas.

– Não, não foram – disse suavemente a bibliotecária.

– Não gosto de mudanças, nunca gostei. E, na verdade –

olhou furtivamente o cozido –, não gosto de ver novas mulheres nesta casa. Cada uma faz as coisas à sua maneira, e Deus sabe que com os anos é difícil mudar.

A senhorita Prim sorriu docemente.

– Entendo perfeitamente, sra. Rouan. E gostaria de pedir desculpas por todas as vezes que a aborreci ou fui indelicada.

A cozinheira sorriu e estendeu a mão grossa para tocar a mão da senhorita Prim.

– Oh, nós duas fomos bem teimosas, senhorita. Eu não sou uma mulher fácil, nunca fui. Estou acostumada com que as coisas funcionem à minha maneira. Com a mãe do senhor, por exemplo, também tive alguns problemas inicialmente.

– Verdade? – perguntou a bibliotecária enquanto tentava, sem sucesso, imaginar a mãe de seu patrão discutindo seus pontos de vista com a cozinheira.

– É claro que ela é uma senhora de idade, conhece o serviço. Ela sabe que a cozinheira é o coração da casa e que é melhor se relacionar bem com ela. Mas não é uma mulher fácil, naturalmente. – E, baixando a voz até quase sussurrar, acrescentou: – Sabia que é meio alemã?

– Austríaca.

– É a mesma coisa. No dia em que a conheci, ela me pediu que preparasse um *strudel*. Eu disse que tudo bem, que não havia problema. Eu sempre preparo *strudel* para as crianças. Ah, mas não era um *strudel* o que ela queria, não um *strudel normal*. Ela queria um *topfenstrudel*. Por acaso a senhorita sabe o que é um *topfenstrudel*?

A senhorita Prim disse que nunca tinha ouvido falar em semelhante nome.

– Foi isso mesmo o que eu disse. A senhora foi muito atenciosa, é claro, e me escreveu a receita. Mas não gosto que uma senhora venha à minha cozinha no primeiro dia, me peça um *topfenstrudel* e, além disso, me dê uma receita, entende o que quero dizer?

A bibliotecária assentiu com simpatia.

– O que é o *topfenstrudel*?

– É apenas um *strudel* recheado de queijo – resmungou a cozinheira. Lá *eles* chamam esse queijo de *topfen*. Não é difícil de preparar, é claro que não. Então eu peguei a receita e o fiz, naturalmente que o fiz. O que mais eu poderia fazer?

– E ela gostou?

A sra. Rouan se levantou e caminhou até o fogão. Abriu a tampa da panela, inclinou a cabeça para cheirar a comida, pegou uma colher de madeira e provou o conteúdo com um gesto de satisfação.

– Aí começou o problema – explicou enquanto voltava a sentar-se à mesa. – Passei toda a manhã na cozinha, pendente do famoso *topfenstrudel*, comprei o melhor queijo que encontrei e segui passo a passo a receita. E, quando estava pronto e levamos para a mesa em uma maravilhosa travessa de Meissen decorada com folhas de jardim, sabe o que ela disse?

A senhorita Prim disse que não podia sequer imaginar.

– «Sra. Rouan», disse ela, «a senhora não trouxe o *vanillesoße*. Onde está o *vanillesoße*, sra. Rouan?»

A bibliotecária escondeu um sorriso em sua xícara de caldo.

– «Não sei o que é *vanillesoße*, senhora», eu disse muito séria. «Em toda a minha vida de cozinheira, e posso assegurar-lhe de que servi em muitos lares, nunca tinha ouvido falar de *vanillesoße*.»

– O que é o *vanillesoße*? – perguntou a senhorita Prim.

– Creme de baunilha, nem mais nem menos. Mas como eu podia saber? E como saberia também que o *topfenstrudel* podia ser servido com creme de baunilha?

A bibliotecária foi rápida em garantir que ninguém poderia ter imaginado aquele fim.

– Devo dizer que ela é uma dama – continuou a cozinheira. – Claro que não deu o braço a torcer imediatamente. Mas no dia seguinte veio até a cozinha e disse: «Sra. Rouan, o *topfenstrudel* de ontem estava delicioso. Mas, pelo que pude perceber, as crianças estão muito acostumadas com o seu *strudel*. Então, por favor, a partir de agora deixemos o *topfenstrudel* e o *vanillesoße* e voltemos ao seu *strudel*.»

– E assim terminou tudo – suspirou com um sorriso a senhorita Prim.

A sra. Rouan levantou-se para apagar o fogo.

– Agora, temos de deixar repousar por duas horas – murmurou. – O que dizia?

– Dizia que então tudo terminou.

A cozinheira a olhou com estranheza.

– Terminar? Muito pelo contrário. Não estava tudo acabado, senhorita. Foi então que tudo *realmente* começou.

A bibliotecária assentiu pensativamente, e então olhou para a janela. Flocos de neve espessos começavam a cair no jardim.

– Sra. Rouan, lembra-se do bolo que fiz no dia de meu aniversário?

Ela sorriu com amabilidade.

– Eu me lembro. O senhor e as crianças adoraram. Foi muito gentil de sua parte trazer-nos um pedaço aqui, na cozinha, todos nós gostamos muito. É uma receita de família, não é? São as melhores.

A senhorita Prim voltou a olhar pela janela. Para além do jardim, do caminho e dos campos de trabalho, chegou o som distante e solene dos sinos da abadia.

– Tocam as vésperas – disse a cozinheira.

– Eu sei – murmurou a bibliotecária sem deixar de admirar a paisagem. – Sra. Rouan, gostaria de ter a receita do meu bolo de aniversário?

A mulher a olhou com espanto.

– Mas, senhorita, eu pensei que essa receita...

– Eu também pensava – sorriu a senhorita Prim. – Gostaria de tê-la?

A cozinheira, com os olhos brilhando de emoção, estendeu a mão calejada e colocou-a sobre a mão da bibliotecária.

– Será uma honra para mim, senhorita, uma verdadeira honra.

4

A senhorita Prim completou cuidadosamente a lista de pessoas que deveria visitar antes de partir. Sabia que a notícia de sua partida se espalharia rapidamente pela cidade e não queria que seus amigos descobrissem através de outra pessoa que não fosse ela. Enquanto caminhava pelas ruas de Santo Ireneu em direção à casa de Horácio Delàs, recordou o dia de sua chegada. Havia atravessado aquelas ruas apressadamente, lamentando não encontrar um único táxi, mal notando as linhas solenes das resistentes casas de pedra ou o encanto das suas alegres e esmeradas lojas. Como havia sido pouco consciente na época – justamente ela que adorava a beleza – do latente coração que se escondia atrás de suas paredes.

Havia passado uma semana desde que descobrira seu erro com relação aos sentimentos de seu patrão, e a dor dessa descoberta que tomara conta dela foi substituída por uma branda e silenciosa tristeza. Não se tratava apenas de indiferença – a senhorita se rebelava internamente contra a ideia de padecer os efeitos dessa doença da alma –, mas também da perspectiva de precisar abandonar aquele querido lugar, aquelas pessoas interessantes, aquele modo de vida. Não desejava partir, confessou a si mesma enquanto caminhava pela cidade; não gostaria de tomar essa atitude de forma alguma. Mas poderia fazer outra coisa?

❦

– Ainda me lembro de quando a senhorita chegou aqui, tão jovem e tão inexperiente, sem saber nada deste lugar.

Após oferecer um lugar para que sua convidada se sentasse, Horácio Delàs se instalou na velha poltrona de onde costumava contemplar o mundo, uma observação intelectual, amável e repousada, e olhou com curiosidade a bibliotecária.

A senhorita Prim pigarreou antes de responder.

– Faz apenas seis meses, Horácio. Espero ser ainda jovem.

Seu amigo sorriu enquanto lhe oferecia uma taça de vinho e um pedaço de queijo cortado com uma grande faca.

– Mas agora sabe muito mais sobre nós.

A bibliotecária assentiu enquanto levava a taça aos lábios.

– E ainda assim nos abandonará? – continuou ele. – A conversa foi realmente tão difícil? É impossível virar essa página e continuar conosco?

A senhorita Prim olhou-o tristemente. Havia feito a mesma pergunta todos os dias desde a noite da sua conversa com o homem da poltrona. Não podia continuar como estava?

Não podia ignorar aquele fato, fingir que nunca acontecera, e continuar seu trabalho como havia feito até agora?

– Não posso – disse.

– Está tão apaixonada por ele assim?

A bibliotecária levantou-se para endireitar uma das pinturas que cobriam as paredes da sala de estar de seu amigo.

– Não sei – disse enquanto voltava a sentar-se. – Quero dizer que com certeza não é amor, talvez seja apenas uma paixão passageira. Mas no fundo não é isso, não é apenas isso, pelo menos.

– E então? – perguntou ele. – O que mais é?

– Receio que eu não saberia explicar. Às vezes não é fácil saber o que se sente, Horácio. Existem correntes cruzadas, correntes subterrâneas, forças contraditórias que se misturam e se confundem.

– Meadas – murmurou seu amigo.

– Meadas?

– Sim, como meadas. Como quando éramos crianças e ajudávamos a desembaraçar as meadas de nossa mãe ou de nossa avó. É claro que não é fácil saber o que se sente, Prudência, especialmente quando esses sentimentos são intensos, e até contraditórios. A natureza humana não é simples.

A bibliotecária aceitou outro pedaço de queijo.

– De certa forma – confessou –, acho que me sinto desconfortável com ele.

– Creio que é muito natural – respondeu seu amigo. – O orgulho é um dos grandes nós da meada.

– Não sou orgulhosa – protestou, incomodada com a ideia de ser considerada um problema.

– É claro que não, minha querida, é claro que não. E o que dizer do amor-próprio?

A bibliotecária ponderou cuidadosamente a questão.

– É possível – admitiu.

Horácio Delàs sorriu para si mesmo e tentou remover a crosta do queijo.

– Então vamos chamá-lo de amor-próprio. Você se sentiu rejeitada, o que, naturalmente, é doloroso. Apesar de que, se não me engano, a senhorita não chegou a ser rejeitada, não é mesmo?

– É verdade – disse ela, momentaneamente animada.

– Mas mesmo assim está convicta de que ele não nutre nenhum sentimento pela senhorita, certo?

A bibliotecária refletiu antes de responder. Lá fora, via-se pelas janelas um céu cinzento e pesado que envolvia a cidade.

– Não acredito que isto seja certo – suspirou. – O que posso dizer é que imagino que, ainda que tais sentimentos existissem, ele nunca permitiria que se transformassem em algo mais profundo. Descobri que há um motivo muito mais poderoso do que podia imaginar. Um motivo tão decisivo, que não é possível dizer que tenha a ver com isto, mas que é praticamente parte dele. Entende o que quero dizer? Talvez ele se sinta atraído por mim, Horácio, talvez não. Mas, ainda assim, não deixaria esse sentimento estender-se e provavelmente teria seus motivos para fazê-lo, porque seria possível que não desse certo.

– Razão e vontade – murmurou seu amigo. – A senhorita não consegue entender, não é verdade? A senhorita é puro sentimento.

A senhorita Prim mudou de posição na poltrona. Não gostaria de falar novamente de razão e sentimento, não queria ser acusada de sentimentalismo outra vez, não desejava de maneira alguma começar outra longa e tediosa discussão sobre esta questão.

Como se houvesse adivinhado o que ela estava pensando, Horácio Delàs perguntou-lhe:

– Nunca pensou no que haveria acontecido se as coisas tivessem sido como esperava? Se, afinal, ele estivesse apaixonado pela senhorita?

A bibliotecária confessou que não havia considerado tal hipótese.

– Certamente teria começado uma relação que levaria ao casamento muito antes do que pensa.

A senhorita Prim estreitou as pálpebras determinada a imaginar a cena.

– E então? – perguntou aparentemente satisfeita com o que havia vislumbrado.

– Então? Minha querida Prudência, casar-se com um homem como ele significa casar-se *completamente*.

– O que quer dizer com casar-se completamente?

– Quero dizer *realmente* casar-se, casar-se *até a morte*. Nada de divórcio, minha amiga, é isso o que quero dizer.

A bibliotecária bebia distraída mais um gole de vinho. A ideia de ser amada por alguém até a morte sempre lhe parecera algo comovente, mas ao mesmo tempo profundamente perturbador, e, honestamente, lhe causava até certa vertigem.

– Bem – disse cuidadosamente –, nada de divórcio para ele. Mas nada impede que, se as coisas não saem bem, eu possa divorciar-me, não é mesmo?

– Certo – disse seu amigo –, nada a impede. Mas a senhorita é uma pessoa honesta. Consideraria correto aceitar um compromisso como esse e saber que seu nível de entrega não é sequer remotamente semelhante ao dele? Poderia sentir-se bem ao saber dessa diferença? Poderia olhá-lo claramente nos olhos, ciente de que se houvesse um naufrágio a senhorita abandonaria o navio e partiria enquanto ele não se permitiria mover-se?

A senhorita Prim, que nunca havia imaginado tal hipótese, teve de confessar que não se sentiria bem.

– Mas há algo mais, Prudência. A senhorita poderia continuar com sua vida tendo consciência de que, apesar de seu divórcio, alguém se consideraria para a vida toda, até o último segundo de sua existência, casado com a senhorita?

Atraída e ao mesmo tempo assustada pela grandiosa beleza daquela imagem, a bibliotecária também aceitou que deveria avaliar aquele ponto de vista.

– De qualquer forma – acrescentou melancolicamente –, nem sequer poderia divorciar-me. Eu o conheço suficientemente bem para saber que se teria recusado a casar-se no civil, razão pela qual eu nem sequer teria essa opção. Poderia abandoná-lo, claro, mas isso mudaria as coisas? Sempre me sentiria ligada a ele, porque saberia que ele sempre se consideraria unido a mim.

Horácio Delàs sorriu enquanto tirava do bolso do paletó um charuto.

– Importa-se que eu fume, querida?

No exercício de sua austera educação, a senhorita Prim disse que não se incomodava em nada.

– Mas nunca entendi o prazer de fumar um charuto – disse sorrindo. – Tem um cheiro muito forte. Por que não fuma cachimbo? É extremamente elegante, e o cheiro é melhor.

Seu anfitrião acendeu o charuto, deu uma baforada e olhou para a convidada através da fumaça.

– Porque o cachimbo requer compromisso, Prudência, o cachimbo exige constância, lealdade e compromisso. De certa forma, e para compreendê-lo, o charuto é o romance, enquanto o cachimbo é o casamento.

A bibliotecária começou a rir enquanto contemplava seu amigo com carinho.

– E agora? – disse ele repentinamente. – Para onde irá?

– Para a Itália, como já disse.

– Mas a senhorita continua com essa ideia? Pensei que fosse uma resposta impensada. A senhorita não acredita de fato que seja necessário viver na Itália para completar sua formação, não é mesmo?

Um pouco desconcertada pelo forte cheiro do charuto, mas absolutamente determinada a não deixá-lo transparecer, a senhorita Prim pareceu por um momento perdida em pensamentos.

– Não, não acredito – disse por fim. – Não vou à procura de formação, Horácio. O que procuro é a realização, procuro a perfeição e a beleza.

– Entendo. E acredita que as encontrará na Itália?

A bibliotecária se levantou da poltrona e se aproximou de uma das janelas. O jardim estava coberto de um intenso manto branco, do qual apenas os galhos das árvores centenárias se destacavam como escuros e duros traços feitos a carvão.

– Não sei – suspirou. – Não pense que não estou ciente de que talvez o que procuro não exista, de que talvez nunca o encontre. Mas, dito isso, há algum lugar no mundo mais belo que a Itália?

Subitamente consciente da crescente palidez de sua convidada, Horácio Delàs apagou o charuto e a olhou com não dissimulado carinho.

– Quero que saiba que a aprecio imensamente, querida, e que sentirei saudades suas de todo o coração.

Comovida, a senhorita Prim se aproximou de seu amigo, sentou-se no braço da poltrona e segurou uma de suas mãos.

– Não teria sido capaz de adaptar-me a este lugar se não fosse pelo senhor. Não poderia haver compreendido o pouco que consegui compreender daqui sem sua ajuda, sem sua gentileza e sem sua companhia. Sou mais agradecida do que posso expressar, Horácio.

– Bobagens – disse ele tentando disfarçar sua emoção com um enérgico aperto de mão. E, depois de um longo silêncio, acrescentou em voz baixa – Voltará algum dia?

Ela também fez uma pausa antes de responder.

– Gostaria de saber, Horácio. Gostaria de poder dizê-lo.

Hortênsia Oeillet estava arrumando um belo buquê de rosas quando avistou da vitrine de seu estabelecimento a senhorita Prim. Emocionada, esboçou um sorriso, rapidamente escondeu o buquê atrás do balcão e correu para a parte de trás do lugar a fim de pôr a chaleira para ferver. Acabava de tirar um bolo de cenoura da despensa quando ouviu o soar dos sinetes na porta.

– Eu a vi do outro lado da rua através da vitrine – disse abraçando a bibliotecária. – Virgínia, Hermínia e Emma estão a caminho. Colocarei a placa na porta para que ninguém, absolutamente ninguém, nos perturbe. Então partirá em uma semana; não sabe quanto estou triste.

A senhorita Prim seguiu a proprietária da floricultura até a sala dos fundos. O fogo era vívido e a lenha ardia na lareira, e a pequena mesa de chá, que também era usada para a contabilidade, havia sido coberta com uma toalha de azul damasco e estava repleta de iguarias. A bibliotecária sorriu e cheirou o aroma do chá.

– Ah, como sentirei saudades da velha civilização irenea! – disse piscando para sua anfitriã.

– É apenas um pequeno lanche de despedida – respondeu com um sorriso. – Cada uma de nós contribuiu com algo. Emma trouxe um bolo de limão e este bolo de queijo cuja receita ela não dá a ninguém. Hermínia se encarregou dos sanduíches de *foie* e maçã e dos canapés de *roast beef*. Virgínia, do chá Krasnodar e do bolo de cenoura; as torradas, a manteiga e o mel foram coisa minha. Pena que não temos seu fantástico bolo de aniversário.

– Agora também pertence à sra. Rouan – disse a senhorita Prim enquanto se sentava em frente à lareira –, é um segredo compartilhado.

– É mesmo? A sra. Rouan é uma boa mulher, ainda que muito teimosa – disse sua anfitriã colocando a chaleira sobre a mesa.

– Eu também sou.

Enquanto as duas conversavam, as demais convidadas começaram a chegar à floricultura. Primeiro foi Emma Giovanacci, apressada e sem fôlego; depois, Virgínia Pille, que entrou coberta por um casaco de pele de camelo, sendo quase impossível reconhecê-la; e finalmente chegou Hermínia Treaumont, delicada e requintada como uma flor.

– Pensou bem, Prudência? – perguntou a diretora do jornal de Santo Ireneu, enquanto rapidamente as cinco mulheres apreciavam a comida e conversavam animadamente junto ao calor do fogo.

Todas observavam curiosamente a bibliotecária, enquanto ela comia apressada um canapé de *roast beef* para poder responder à questão.

– A senhora tinha razão no que disse, Hermínia, como sempre. Agora que comprovei o mesmo, não posso ficar.

– Preferiria não ter dito isso – respondeu com ar de arrependimento. – Sei que não fui muito delicada naquela noite, quando lhe contei tudo. Pensei muito desde então e acredito que deveria tê-la avisado antes e tê-lo feito em particular. Peço desculpas aqui na frente de todas, e desejo que acredite em mim quando lhe digo que em nenhum momento tive intenção de magoá-la.

A senhorita Prim sorriu e, aproximando-se da mesa, gentilmente segurou a mão de sua amiga.

– Nunca pensei que tentara fazer algo semelhante. Devo confessar, agora, sinceramente, que preferiria ter sido avisada em particular, mas nunca duvidei de sua honestidade. É claro – disse com uma piscadela –, tive muito ciúme.

– Verdade? Não havia nenhuma razão, eu lhe garanto. Ele gosta muito de mim, mas não de uma forma que possa perturbá-la.

Hortênsia Oeillet se levantou da mesa e encheu o bule outra vez. O aroma do chá Krasnodar novamente inundou a sala.

– Bem, agora tudo acabou – disse alegremente Emma Giovanacci. – E, se acaso não notou, é claro que em Santo Ireneu de Arnois temos um homem que parte facilmente corações, e o mais interessante é que ele não sabe.

Todas riram enquanto enchiam as xícaras.

– Oh, tenho certeza de que sabe – interveio Virgínia Pille. – Como não poderia saber? Não quero dizer que o faça propositalmente, trata-se de um cavalheiro no sentido em que aqui *ainda* usamos essa palavra. Mas é possível não perceber isso?

A bibliotecária parecia meditar sobre a pergunta enquanto decidia se comia um pedaço de bolo de cenoura ou se optava por torradas com manteiga e mel.

– A única coisa que posso dizer a respeito – disse após inclinar-se sobre o bolo – é que ele sempre foi primorosamente correto comigo. Não posso dizer que brincou conscientemente com meus sentimentos e que tenha tentado aproveitar-se desta circunstância.

– É claro, Prudência, é claro que sim. Mas é *disso* que se trata, não acha? – perguntou Hortênsia.

– O que quer dizer?

– O atrativo do correto, é claro. Existe algo mais poderoso?

– Acha mesmo? – perguntou a senhorita Prim interessada. – Eu tinha a impressão de que funcionava ao contrário. Dizem que as mulheres sempre são atraídas pelos canalhas. Tanto a florista como o restante das convidadas negaram categoricamente a alegação da bibliotecária balançando a cabeça.

– Isso não é verdade, Prudência, pelo menos se nos referimos às mulheres adultas e dotadas de certo equilíbrio – observou Virgínia Pille ao terminar de comer o bolo de limão. – É claro que todas nós sabemos o que quer dizer. Qualquer jovenzinha experimenta essa obscura atração, mas as coisas mudam quando se torna uma mulher.

– Não tenho certeza de que isso seja exato, Virgínia – disse ela. – Isso falaria muito sobre a nossa inteligência e sabedoria, mas receio que a realidade seja diferente. O mundo está cheio de mulheres adultas envolvidas em relações espantosas com homens profundamente desonestos.

– A maturidade a que me refiro não é cronológica, Prudência, e essas mulheres não são a maioria, de qualquer maneira – insistiu a livreira.

Hermínia Treaumont se serviu outra xícara de chá antes de acomodar-se novamente em sua poltrona e preparar-se para falar:

– Suponho que parece obsessivo voltar sempre ao mesmo ponto, mas o que me diz do duelo entre Darcy e Wickham? Ou do confronto entre Knightley e Frank Churchill? Estou convencida de que Jane Austen é a pedra de toque nesta área. Não creio que se encontre uma mulher, uma única mulher no mundo que depois de ler *Orgulho e preconceito* apoie a Wickham e não a Darcy, ou que, após mergulhar em *Emma*, se sinta fascinada por Frank Churchill e despreze Knightley. Eu lhe disse isso um dia, lembra? Todos os homens odeiam Darcy porque perdem seu brilho quando comparados a ele. E todas as mulheres o adoram porque, uma vez redimido de seu orgulho, é o homem ideal: possui personalidade forte, é sincero e honesto.

– E rico, esquece-se disso. Dez mil por ano o tornam atraente para qualquer mulher – observou Emma Giovanacci maliciosamente.

– Tudo isso é verdade – disse a bibliotecária com os olhos cintilando. – Mas, infelizmente, o mundo moderno pensa o contrário. Pouquíssimas mulheres leem literatura inglesa do século XIX, e muito menos nestes tempos.

Emma Giovanacci suspirou suavemente.

– Nós nos desviamos da questão, senhoras. A pergunta era: tem o nosso homem consciência de tudo isso, como diz Virgínia, ou se trata, por outro lado, do que poderíamos denominar efeitos colaterais de sua personalidade?

– Eu sempre pensei que fosse muito parecido com o pai dele – interveio Hortênsia Oeillet. – Claro que sim, ele estava perfeitamente ciente do efeito que produzia nas mulheres.

A senhorita Prim parou de comer e olhou para sua anfitriã com expressão interessada.

– Você conheceu o pai dele?

– É claro – disse a florista. – Sou uma das poucas habitantes de Santo Ireneu que viveram aqui antes da criação da colônia.

– E como era?

– Um verdadeiro canalha, mas devo dizer que era um canalha atraente e elegante. Atraente, até que nos déssemos conta de que se tratava de um canalha.

A bibliotecária olhou-a com curiosidade.

– Quando diz que era um canalha, a que se refere exatamente?

– Que tinha o hábito de deixar sua família. Havia sempre uma mulher envolvida, mas nunca durava muito tempo. Esses homens são assim, já conheci muitos, nunca mudam. Acredito que amava sua esposa, ela era muito bonita e ainda hoje é uma bela mulher, mas isso não o impedia de ter um caso com uma mulher diferente toda vez que sua esposa lhe dava as costas. Foi muito doloroso para ela, muito doloroso.

– E as crianças?

– Sofreram de outra forma, porque ele era um pai muito amoroso. Sofreram quando sua mãe, farta daquele tormento, decidiu abandoná-lo e nunca mais voltar.

A senhorita Prim se viu sentada sob uma camélia em uma gélida noite junto a uma senhora que falava amargamente sobre a escolha entre dois caminhos.

– Foi assim – murmurou.

– É muito difícil julgar essas situações, muitas mulheres teriam feito exatamente o mesmo, mas as crianças adoravam seu pai e sofreram muito quando tudo terminou. Ela nunca cedeu, nunca mais o deixou fazer parte de sua vida e tampouco facilitou a visita às crianças. Morreu sozinho e longe de todos eles.

Hermínia Treaumont levantou-se para colocar dois troncos na lareira.

– E então como ficamos? – perguntou Virgínia Pille após suspirar profundamente. – Nosso homem tem consciência de seu atrativo, ou não tem a menor ideia dos estragos que causa?

Todas olharam com expectativa para a bibliotecária, que, com um sorriso, começou a tomar o último gole de sua terceira xícara de chá.

– Eu diria que não tem ideia – disse suavemente. – E que este é precisamente o seu encanto.

5

Asenhorita Prim não tinha previsto quanto seria difícil dizer adeus às crianças. Se no momento de sua chegada a Santo Ireneu alguém a houvesse avisado, ela teria sorrido com desdém e seguido seu caminho. Nunca havia sido particularmente inclinada a se deixar deslumbrar pela ternura que a infância inspira. Não se podia dizer que não gostasse de crianças, mas fazia parte desse grupo humano que não descobre seu encanto enquanto não se torna pai ou mãe. E, ainda que isso ocorra, constata com alívio que as únicas crianças que despertam seu interesse e atenção são seus próprios filhos. A senhorita Prim não era dessas mulheres que paravam na rua para acariciar um bebê, que conversavam com um menino de mão dada com sua mãe na fila do cinema, ou que devolviam com alegria uma bola de futebol em meio à agitação de um grupo de meninos em idade escolar. Por isso se surpreendeu ao notar seu pesar pela ideia de separar-se das quatro crianças com que convivera nos últimos meses naquela casa.

– E nunca mais voltaremos a vê-la? – disse a pequena Eksi naquela tarde após a bibliotecária terminar de explicar sua partida.

Sentados na biblioteca, as quatro crianças se aproximaram da senhorita Prim com a seriedade de um conselho de guerra.

Esta fez uma longa pausa antes de responder.

– *Nunca* é uma palavra muito exagerada. Quem sabe o que pode acontecer? Talvez nos encontremos novamente mais cedo do que pensam, talvez vocês vão à Itália para estudar Giotto e Bernini e nos encontremos por lá.

A expressão de desconfiança dos pequenos a incentivou a continuar.

– Imaginem que verão a Basílica de São Francisco, por exemplo. Sabem onde fica?

– Em Assis – respondeu Téseris, da velha otomana da biblioteca.

– Isso mesmo – assentiu alegremente a bibliotecária –, fica em Assis. Imaginem que irão a Assis para ver os afrescos de Giotto. Entram na basílica superior, caminham fascinados pela beleza dos tetos e das paredes cheias de cenas da vida de *Il Poverello,* e, quando estão mais concentrados admirando a pintura, ouvem uma voz conhecida atrás de vocês dizer...

– Nem pensem em tocá-los! – exclamou Deka com um sorriso travesso.

A senhorita Prim piscou para os pequenos quando estava prestes a abrir uma lata de biscoitos de maçã. Entrincheirado no assento do homem da poltrona, desta vez foi seu irmão Septimus quem falou.

– Eu não acho que possamos vê-la em Assis, *já* conhecemos Assis. Fomos lá quando *éramos* pequenos.

A bibliotecária conteve um sorriso e começou a distribuir os biscoitos.

— Acho que nunca mais a veremos — repetiu com pesar a pequena Eksi, que estava no tapete. — Vai à Itália para viver aventuras e nunca mais desejará voltar, como fez a esposa de Robert Browning.

A senhorita Prim riu divertidamente.

— Eu não teria tanta certeza. Não acho que minha viagem tenha algo a ver com a mulher de Robert Browning, que, aliás, se chamava Elizabeth Barrett. Estava apaixonada, partiu por amor, lembra-se?

— E a senhorita também — disse a pequena com convicção.

— Eu? — exclamou a bibliotecária com espanto. — Partir por amor? Mas que ideia absurda! Não estou partindo por amor. Por que pensa assim?

— Não somos nós, é o jardineiro quem pensa assim — respondeu a menina.

— Ele ouve *tudo* através da janela da biblioteca — confirmou seu irmão mais velho. — Certamente nos está ouvindo agora.

A senhorita Prim lançou um discreto olhar para a janela, para certificar-se de que estava hermeticamente fechada.

— O jardineiro não pode ter ouvido algo que não é verdade. Vocês realmente acreditam que, se eu fosse para a Itália por amor, diria isso a alguém? Além disso, não se deve bisbilhotar nem contar fofocas, não é um bom hábito. Tenho certeza de que foi um erro, certamente não se referia a mim.

— Ele se referia à senhorita — disse Deka com a firmeza de uma rocha.

A bibliotecária entregou uma segunda rodada de biscoitos, enquanto tentava encontrar uma fórmula para sair daquele atoleiro.

— E como sabem? Acaso ele disse meu nome?

As crianças trocaram um olhar significativo.

– Se eu disser, vai ficar com raiva dele? – perguntou Septimus com cautela.

– É claro que não.

Depois de uma pausa, para avaliar a sinceridade da resposta, o menino decidiu continuar:

– O que ele disse foi: «*Ela* vai à Itália para encontrar um marido.» – *Ela* é a senhorita, é assim que ele a chama – explicou.

A senhorita Prim respirou fundo, mas não disse nada. A sala permaneceu imersa em uma solene tranquilidade por alguns minutos. Depois, um barulho na porta fez todos girarem a cabeça: os dois enormes cães da casa entraram na sala, roçaram os joelhos da bibliotecária e deitaram-se no tapete.

– *Ela* – sussurrou.

Então levantou a cabeça e disse às crianças.

– Sentirão saudades quando eu partir?

– É claro que sim, mas só saberemos realmente quando já não estiver aqui– respondeu filosoficamente Septimus.

– Nós não ficamos tristes quando os outros foram embora – interveio Téseris com suavidade. – Mas eles não eram como a senhorita.

A senhorita Prim olhou para o fogo. Seus olhos ardiam, um ardor aquoso e agradável. Impressionava-se com a honestidade reconfortante das crianças, com a simplicidade com que falavam do que não gostavam e do que amavam, com a falta de duplicidade em seus julgamentos, com a ausência das enormes meadas que tantas vezes emaranham os relacionamentos adultos.

– *Ele* também gosta da senhorita. Está triste porque vai embora – declarou Eksi acariciando o pelo longo e espesso de um dos cães.

A bibliotecária corou e desviou o olhar novamente para as chamas.

– Certamente também gostava do bibliotecário anterior. O que ele gosta é do trabalho bem-feito, isso é tudo.

– Não gostava do anterior, ele batia nos cães.

– É mesmo? – perguntou a senhorita Prim horrorizada.

As crianças assentiram com a cabeça.

– Eu gostaria de ir à Itália com a senhorita – disse novamente Eksi. – Poderíamos estudar *coisas*, e a senhorita poderia procurar *esse* marido.

Por um momento, a senhorita Prim imaginou-se caminhando por Florença. Viu-se entrar na Academia lentamente como uma sonhadora, observou-se extasiada admirando o *Davi* e viu uma figura ao lado que lhe sussurrava graciosamente: «Já está preparada para tirar da bolsa a régua e o compasso?»

– Não tenho nenhuma intenção de procurar um marido, Eksi, realmente não – disse com aspereza, inquieta diante daquela visão.

– Senhorita Prim – a voz de Téseris chegou com a textura de um sonho –, eu creio que a veremos novamente.

A bibliotecária acariciou a cabeça dos três pequeninos sentados no tapete e olhou com carinho para a menina reclinada na otomana.

– Você realmente pensa assim? – perguntou com um sorriso.

– Sim – respondeu assentindo com a cabeça.

– Então tenho certeza de que nos encontraremos novamente. Estou totalmente certa disso.

O bilhete de Lulu Thiberville foi uma surpresa para a senhorita Prim. A notícia de que a velha senhora queria despedir-se dela provocou-lhe um desconforto perturbador. Era uma personalidade imponente, estivera bem ciente disso ao conhecê-la naquela tarde; e a senhorita Prim acreditava que as personalidades imponentes, assim como as forças da natureza, eram perigosas e imprevisíveis. Ao atravessar Santo Ireneu para a casa de Thiberville, distribuiu sorrisos, cumprimentos e apertos de mão entre comerciantes e vizinhos. Todos correspondiam com carinho. Cumprimentou o açougueiro; com ele havia aprendido a cozinhar o peru de Natal. Sorriu para o sapateiro, que nos últimos meses havia cuidado com esmero de seus sapatos. Trocou algumas palavras com o dono da papelaria, que reservava para ela todos os meses um pacote de seu artesanal papel de carta, agora que havia adquirido o costume local de trocar correspondência. Entrou no consultório do médico, e agradeceu-lhe o xarope para tosse que havia prescrito algumas semanas antes para as crianças. Disse adeus às donas da loja, onde começara a adquirir suas roupas íntimas, agora que sabia que em Santo Ireneu de Arnois a *lingerie* era de igual ou melhor qualidade que a da cidade.

O recinto da velha casa onde vivia Lulu Thiberville cheirava a alpiste e remédios, mas também a bolo e torradas, que haviam sido preparados na cozinha para receber a bibliotecária. Encontrou a velha senhora deitada em um sofá perto da janela. Ao lado dele, sobre um aparador, um pesado jogo de chá de prata estava disposto para o chá. A senhorita Prim aproximou-se e sentou-se em um pufe macio.

– Pelo amor de Deus, criança, sente-se em uma cadeira! – exclamou a velha senhora com voz rouca. – Ficará com dor nas costas.

A bibliotecária assegurou que estava perfeitamente cômoda em seu assento. Nunca curvava as costas, havia aprendido em criança a não fazê-lo.

– Eu percebi. A senhorita se senta corretamente, com

as costas retas e na borda da cadeira. É um alívio pensar que ainda há mulheres que sabem sentar-se. Deixa-me doente ver todas essas crianças que caminham pela rua com as costas curvas, o busto afundado e os ombros para frente. A culpa é dos colégios modernos. Diga-me, senhorita Prim, aprendeu a sentar-se assim em um colégio moderno?

A bibliotecária explicou que não havia sido o colégio o responsável por sua disciplina postural, e sim uma velha tia de sua mãe, que a havia ensinado a caminhar com livros na cabeça e a sentar-se com a delicada rigidez de uma rainha egípcia.

– Antes isso era ensinado nos colégios. É claro que antes os colégios ainda eram lugares em que as crianças aprendiam coisas. Hoje em dia são fábricas de indisciplina, criação de monstros ignorantes e mal-educados.

A senhorita Prim olhou desconfortavelmente para a velha senhora.

– Eu não diria isso de forma tão incisiva – murmurou.

– É claro que não diria, sou eu quem o diz. Por acaso conheceu os antigos colégios?

A bibliotecária humildemente confessou que não tinha conhecido os antigos colégios.

– Então não pode comparar, só emitir juízos bem-intencionados; e as pessoas otimistas, como parece ser o seu caso, não só não ajudam a melhorar as coisas, mas contribuem para piorá-las. Transmitem a falsa impressão de que tudo está bem, quando o mundo, não se engane, vai cabalmente de mal a pior. Mas explique-me – perguntou-lhe gesticulando para que a cozinheira deixasse duas travessas sobre uma mesa auxiliar junto ao aparador –: por que nos abandona? Partirá por causa do assunto que discutimos na casa de Hortênsia?

A senhorita Prim assentiu com a cabeça. Esperava não ter de aprofundar no assunto. Ao longo da última semana tivera a sensação de não ter feito outra coisa além de despedir-se de pessoas que tentavam aprofundar uma e outra vez aquela questão. Como se adivinhasse seus sentimentos, a velha senhora disse:

— Não se preocupe, não vou pedir-lhe que me faça um relato. Esta é uma cidade pequena, suponho que não acreditará a senhorita que preciso perguntar diretamente as coisas para ter conhecimento delas.

A bibliotecária, que havia começado a servir o chá, estremeceu.

— Eu tinha esperança que minhas intimidades não houvessem sido divulgadas pela cidade. Talvez tenha sido ingênua.

A velha sorriu ironicamente e pegou a taça que sua convidada acabara de servir.

— A senhorita não é ingênua. É apenas jovem.

— Por acaso não é a mesma coisa?

— Costumava ser, deveria ser. É claro que hoje em dia qualquer pessoa sabe.

A senhorita Prim observou o rosto da velha senhora seriamente.

— O que quer dizer?

— Bem, a juventude deveria ser o máximo de ingenuidade que nossa natureza nos permite, querida. O jovem ainda caminha com certa inocência, ainda olha o mundo surpreso e com encanto. Posteriormente, com o passar do tempo, descobre que as coisas não são o que ele imaginava e começa a mudar. Perde então essa luminosidade, perde essa inocência, seu olhar fica turvo, escurece. Por um lado é muito triste, mas por outro é inevitável, pois são precisamente essas dores que o amadurecerão.

A bibliotecária pegou uma torrada com manteiga.

— E acha que isso mudou?

— É claro que mudou. É preciso ser louco ou um grande tolo para não perceber que mudou. Os jovens de hoje estendem a infância para além do que corresponde cronologicamente, são imaturos e irresponsáveis para uma idade em que não já deveriam ser assim. Mas, ao mesmo tempo, rapidamente perdem a pureza, perdem a inocência e o frescor. Parece estranho o que digo, mas envelhecem rapidamente.

– Envelhecem? Que estranho!

A velha senhora tomou um gole de seu chá e fez sinal para que sua convidada lhe trouxesse um pedaço de bolo.

– O ceticismo sempre foi considerado uma doença da maturidade, Prudência, mas gradualmente deixou de sê-lo. Todas essas crianças crescem ignorando os grandes ideais, aqueles que forjaram as antigas gerações ao longo dos séculos, tornando-as fortes. Foram ensinadas a observá-los com desdém ou a substituí-los por *algo* enjoativo e sentimental que logo lhes provoca uma indigestão ou uma desilusão. E com isso matam o mais valioso (eu diria que a única coisa verdadeiramente valiosa) que a juventude possui em relação à maturidade. É terrível ter de falar assim, não pense que não me dou conta.

A senhorita Prim se perguntou como uma mulher de noventa e cinco anos que passava boa parte de seu tempo deitada em um sofá velho poderia fazer julgamentos tão categóricos sobre o sistema escolar e as insuficiências da juventude. Antes que pudesse falar novamente, a velha senhora inclinou-se para frente e sorriu com astúcia.

– A senhorita pensa que sou velha demais para conhecer o mundo moderno e seus problemas.

– É claro que não – mentiu a bibliotecária.

– Não seja mentirosa, menina. Em parte tem razão, mas deve considerar uma coisa. Por aqui passa uma multidão de pessoas diferentes, gostam de visitar a vila, vêm aqui como quem vai a um museu. Eu sou observadora, minha querida, na minha idade não é possível fazer muito mais do que observar.

A senhorita Prim fez um gesto de protesto que a velha senhora simplesmente ignorou.

– Mas isso não é o suficiente; não se deve confiar apenas na experiência própria. A experiência de uma vida humana é um estreito campo de estudo, ainda que seja de uma longa vida como a minha. É fácil enganar-se, Deus sabe como é fácil.

Lulu Thiberville fez uma pausa, como se lhe faltasse ar, e em seguida continuou.

– Porque, no fundo, é sempre o mesmo, sabia? É sempre o mesmo. São velhos e gigantescos erros que emergem uma e outra vez das profundezas, como astutos monstros à espreita. Se nos fosse possível sentar-nos ao lado da janela e ver o decorrer da história humana, sabe o que veríamos?

A senhorita Prim, ligeiramente inquieta, disse que não sabia.

– Vou dizer-lhe. Veríamos uma imensa sequência de repetidos erros ao longo dos séculos, é o que veríamos. Nós os contemplaríamos adornados de roupas diferentes, escondendo-se atrás de máscaras diferentes, camuflados sob uma infinidade de disfarces, mas sempre os mesmos. Não, não é fácil de perceber, é claro que não é. Temos de estar muito atentos e manter os olhos bem abertos para detectar essas velhas e malignas ameaças que voltam uma e outra vez. A senhorita acha que estou ficando louca? Não, querida. A senhorita não pode vê-lo, a maioria das pessoas já não é capaz de vê-lo. Mas está escurecendo e sinto cair a noite. Essas pobres crianças, o que acha que estão recebendo na escola?

A bibliotecária pestanejou ao mesmo tempo em que fazia um esforço para tentar desvendar o discurso da velha mulher.

– Suponho que conhecimentos.

Lulu Thiberville endireitou-se com uma agilidade inesperada.

– Está enganada. O que recebem é sofisma, sofisma pestilento e podre. Os sofistas se apoderaram das escolas e trabalham pela sua própria causa.

– A senhora não está sendo um pouco pessimista? – perguntou elegante e cuidadosamente a senhorita Prim enquanto olhava furtivamente para o relógio.

A velha senhora a contemplava em silêncio.

– Pessimista? De jeito nenhum, querida. Mas o que faz uma sentinela senão avisar o que vê? Não há sentinelas pessimistas nem otimistas, Prudência. Há sentinelas despertas e sentinelas adormecidas.

A bibliotecária suspirou e olhou para fora da janela. Não entendia o escopo completo das meditações da velha Thiberville. Aquela mulher requeria mais que uma noite de atenção, se alguém quisesse aventurar-se em sua personalidade. Era demasiado densa para um chá com torradas, era escura e misteriosa como uma xícara de chocolate quente.

– Bem, seu próximo destino é a Itália – a velha senhora mudou abruptamente de assunto e voltou a encher a xícara de sua convidada. – A que parte da Itália vai viajar?

A senhorita Prim confessou que ainda não tinha resposta. É claro que sabia qual seria seu primeiro destino: havia decidido começar por Florença, por onde mais? Passaria parte do inverno em Florença, faria da cidade seu quartel de operações e a partir dali faria um plano para entrar no país, conhecer seus recantos e meandros, explorar seus *palazzi*, suas vilas e suas igrejas, para ler preguiçosamente sob seu céu e sol, para mergulhar na beleza que tanto desejava. Acreditava saber qual seria o final: Roma. Mas e nesse ínterim? A senhorita Prim não sabia. E, apesar de não sabê-lo, ou talvez por não sabê-lo, sentia-se extraordinariamente feliz.

Lulu Thiberville pacientemente ouviu todas as explicações. Depois, fechou os olhos, recostou-se um pouco mais em seu sofá, e disse:

– A senhorita deve ir para Núrsia.

A bibliotecária cruzou as pernas e olhou de novo para a janela com resignação. Desde que havia anunciado sua intenção de partir para Itália, toda Santo Ireneu de Arnois se dedicara a dizer-lhe aonde deveria ir e o que não poderia deixar de ver.

– Núrsia – repetia.

– O berço de Bento – acrescentou a velha senhora, com o ar de alguém que menciona um velho amigo.

E então disse:

– Simpatizo com os monges que vivem lá.

A senhorita Prim guardou um silêncio contido. A ideia de que Lulu Thiberville estivesse disposta a fazê-la ir a um lugar que não havia considerado lhe produziu uma enorme sensação de desconforto. Sempre pensara que fosse uma desconsideração utilizar a idade como pretexto para forçar os outros a fazer coisas. Afinal, ela tinha seus próprios planos, tinha deveres e obrigações. Não tinha a menor intenção de visitar nenhum monge com quem Lulu Thiberville simpatizava, certamente não o faria.

– Não se preocupe – disse logo a velha senhora com aquele ar de abelha rainha que a bibliotecária admirara tanto em seu primeiro encontro. – Não pretendo enviá-la ao coração da Itália para fazer-me alguma compra. A senhorita me faria a gentileza de trazer-me esse livro verde que está na estante e esse outro vermelho que está sobre o piano?

A senhorita Prim foi buscar os livros, que eram dois grandes álbuns de fotos. Sua anfitriã pegou-os com as mãos delgadas e começou a virar as páginas. Depois de cinco minutos que pareciam quinze anos, a velha senhora encontrou o que queria.

– Aqui está – disse.

E mostrou à sua convidada um grupo de fotografias que esta cuidadosamente examinou.

– Parece um belo lugar – murmurou –, e também um belo mosteiro.

– *San Benedetto* – disse com suave sotaque italiano.

– *San Benedetto?*

– Isso mesmo. Não soa como música?

– Sim, de fato – respondeu a bibliotecária enquanto examinava as fotografias. – Mas esses monges... Que estranho, pensei que seriam todos velhos.

– A senhorita sabe pouco da vida – sussurrou Lulu Thiberville alegremente. – A tradição não tem idade, querida, é a modernidade que envelhece. Antes que me esqueça: a senhorita deve descer até a cripta.

– Por quê? – perguntou a senhorita Prim, a quem a perspectiva de descer a qualquer tipo de cripta não a entusiasmava em absoluto.

A velha senhora a olhou com a seriedade de uma professora diante de uma criança que insiste em não compreender e a quem começa a suspeitar que talvez não valha a pena ensinar.

– Veja isto – disse ela após passar várias páginas do álbum. – Não lhe parece belo?

A bibliotecária olhou para fotografias e assentiu. Núrsia possuía uma praça coroada por uma estátua de São Bento. Em uma das extremidades, havia a basílica de mesmo nome, com uma fachada branca sobre a qual havia uma rosácea. «Século XIII, provavelmente», pensou a metódica mente da senhorita Prim. Nas outras imagens se via uma pradaria enorme e deserta entre montanhas, onde milhares de papoulas, girassóis, violetas e outras flores silvestres produziam um maravilhoso efeito de tapeçaria natural.

– Que maravilha – exclamou admirada. – Parece um planalto.

– Uma comparação muito apropriada, uma vez que *é* um planalto – respondeu sua anfitriã. – Há um magnífico hotel na cidade onde se pode hospedar, o Palazzo Seneca; é dirigido por uma família encantadora. É perfeito para você. A melhor coisa que se pode fazer ali é descansar, observar a vida e misturar-se com os moradores. Não sabe como é inspirador atravessar a cidade, dirigir-se ao mercado, cumprimentar os residentes, observar os monges cultivando a terra e cantando gregoriano entre os muros da cripta. Estão restaurando um segundo mosteiro. Talvez precisem de ajuda.

– Núrsia – repetiu em voz baixa a senhorita Prim. – Quem sabe?

Lulu Thiberville se ajeitou com atenção renovada.

– Acho que virá a calhar, Prudência. Aplacará essa dureza modernista.

A bibliotecária riu enquanto remexia os dois torrões de açúcar mascavo que costumava usar no chá.

– Dureza modernista? O que quer dizer?

A velha senhora levantou-se para melhor olhar sua convidada.

– Olhe para mim, menina, e diga-me o que vê. Por acaso uma doce velhinha?

A senhorita Prim, sorrindo, negou com a cabeça.

– Eu não diria isso.

– E faz bem. Sou uma mulher dura. E sabe por quê? Sou difícil, porque sou velha. Agora olhe para si mesma: o que vê?

O sorriso desapareceu lentamente da face da bibliotecária.

– Não sei, é difícil julgar-se a si mesmo.

– Vou dizer-lhe: uma mulher jovem e dura.

– Não sei em que baseia para ter certeza disso – respondeu asperamente a senhorita Prim, que nunca se tinha considerado uma mulher dura.

– Não se ofenda, querida, talvez eu tenha me explicado mal. Não quis dizer que você, concretamente, seja dura. O que quero dizer é que as mulheres modernas como a senhorita o são, em maior ou menor grau.

A bibliotecária nervosamente abriu e fechou sua bolsa antes de responder.

Por aquela última explicação, talvez ela não pudesse dizer que havia sido insultada pessoalmente, mas sim que o tinha sido em geral; e, fosse de forma pessoal ou genérica, seu senso de honra a obrigava a protestar. Lulu Thiberville a escutou em silêncio com um leve sorriso no rosto, e em seguida voltou a falar.

– Quer dizer então que a senhorita se pergunta em que me baseio para fazer semelhante afirmação, não é mesmo?

A senhorita Prim disse que certamente era essa a sua pergunta.

– Eu me baseio na ânsia, minha filha. Pura e simplesmente na ânsia.

– Na ânsia? Ânsia de quê?

A anciã fez uma pausa quase imperceptível antes de continuar, e, quando voltou a falar, sua voz soava como se não fosse calar-se nunca mais.

– A ânsia que todas vocês têm de demonstrar seu valor, de deixar claro que sabem isso ou aquilo, de garantir que podem conseguir tudo. A ânsia de triunfar e a ânsia, ainda maior, de não fracassar, a ânsia de não ser considerada de menos mas sim de mais importância, pelo simples fato de ser exatamente o que cada uma acredita ser, ou melhor, o que as fez acreditar que são. A ânsia inexplicável de que o mundo as reconheça pelo mérito, pelo simples mérito de serem mulheres. Ah, a senhorita está zangada comigo, não é mesmo?

A bibliotecária, com os lábios apertados os nós dos dedos quase brancos, não respondeu.

– É claro que está zangada. No entanto, basta ouvi-la falar do homem para quem trabalha para perceber que algumas das coisas que digo são verdade. Por que está tão irritada? Por que compara e considera tudo como se a vida fosse medida por compassos e esquadros? Por que tem tanto medo de perder seu lugar, tanto medo de ficar para trás? Por que, minha querida, a senhorita se defende tanto?

A senhorita Prim olhou para a velha senhora sem saber o que dizer. Tentou acalmar-se interiormente enquanto ponderava a melhor forma de responder ao que acabara de ouvir. E, nesse ínterim, a voz de Lulu Thiberville soou novamente, áspera e cansada.

– A senhorita diz que quer encontrar a beleza, mas não será assim que a obterá, minha amiga. Não conseguirá enquanto se preocupar consigo mesma, como se tudo girasse ao seu redor. Será que não entende? É exatamente o oposto, exatamente o oposto. A senhorita não deve ser cuidada, deve ser ferida. O que tento dizer, menina, é que, enquanto não deixar que essa beleza que procura a atinja, enquanto não permitir que a quebre e a derrube, não conseguirá encontrá-la.

A bibliotecária se levantou sacudindo bruscamente duas ou três migalhas de bolo de sua saia *tweed*. Olhou friamente a velha senhora deitada no divã, a qual inclinou a cabeça ao modo de despedida silenciosa, e em seguida deixou a sala e a vida de Lulu Thiberville com o firme propósito de nunca mais voltar.

6

Durante os últimos dias de sua estada em Santo Ireneu de Arnois, a senhorita Prim tentou evitar o máximo possível o homem da poltrona. Não sabia se era sua imaginação, mas durante aqueles últimos dias de malas, pacotes e despedidas tinha a sensação de que ele se esquivava dela com o mesmo empenho com que ela se esquivava dele. O tempo tornou-se particularmente frio, como sempre acontecia no final de fevereiro, e os campos de gelo davam à casa e ao jardim um aspecto de paisagem pictórica inerte. Na manhã de sua partida, a bibliotecária estava em seu quarto dando uma última olhada em suas malas. Tudo estava lá. Os poucos livros que havia trazido com suas roupas e seus sapatos, alguns itens pessoais e muitos presentes recebidos na última hora de amigos e vizinhos de todos os cantos da cidade. A senhorita Prim observou sua bagagem volumosa com um sorriso triste. Depois de abrir e fechar as gavetas da cômoda e das mesas de cabeceira para ver se havia deixado alguma coisa, levantou-se e olhou melancolicamente para fora da janela. Então ouviu um barulho que a assustou: uma bola de neve bateu na parte de fora do vidro. Assustada, abriu a porta da varanda e olhou para o jardim; o vento cortava sua pele e se infiltrava por entre a roupa. Lá fora, muitíssimo agasalhado, estava o homem da poltrona.

– Desce? – gritou.

– Como assim? Estamos abaixo de zero, não é um dia muito agradável para passear pelo jardim.

O homem da poltrona sorriu ou algo assim, concluiu a bibliotecária ao ver entrefecharem-se os olhos dele, única parte visível de seu rosto.

– Acho que é um dia perfeito, até porque este jardim e a senhorita não terão outro dia melhor. Não terei o prazer de ver os dois juntos depois de hoje.

– Isso é verdade – murmurou a senhorita Prim.

– O que disse? – gritou novamente ele.

– Eu disse que isso é verdade – repetiu ela em voz alta. – Mas o jardineiro virá buscar-me em meia hora, não tenho muito tempo para conversar.

O homem da poltrona aproximou-se da casa até ficar sob a janela de sua funcionária.

– Vamos, Prudência, realmente me dirá que não tem tempo de despedir-se de mim?

Com os cotovelos apoiados na balaustrada da varanda, ela pareceu considerar por um momento a questão.

– O senhor está certo. Deixe-me pôr um casaco e desço em um momento.

Enquanto descia apressadamente as escadas, a bibliotecária notou o nervosismo que a tomava. Embora não quisesse admitir, ainda não conseguira silenciá-lo. Apesar das noites de reflexão, apesar das falas, conselhos e confidências, apesar das lágrimas derramadas, das censuras e da pedagogia do absurdo que fora aquela paixão repentina, ela não conseguia silenciá-la.

Não conseguira aplacar aquela agitação, aquele acidente violento que havia arrastado para o fundo do oceano seu magnífico, belo e bem cultivado equilíbrio.

– Deveria fazer mais exercício, está muito sedentária.

– Oh! – disse ela, perguntando-se mais uma vez por que aquele homem parecia incapaz de apreciar a diferença entre ser sincero e ser inconveniente.

Fazia frio no jardim, um frio intenso e desolador, quando os dois começaram a caminhar em direção ao sul, onde um velho galpão de madeira protegia ferramentas de jardinagem, velhos potes vazios, inutilidades de todas as formas e tamanhos, uma mesa pintada de branco e quatro cadeiras arrebicadas que estavam há mais tempo na casa do que se podia imaginar.

– Por que não arruma este galpão? – perguntou a senhorita Prim ao sentar-se numa delas.

– Porque gosto assim.

– Por quê? – Em algum lugar em seu interior a bibliotecária ouviu um rumor de sabres.

Ele a olhou em silêncio, como que verificando se era uma pergunta inocente ou uma provocação.

– Por que... o quê?

– Por que só gosta de coisas antigas?

– Isso não é bem verdade. Há coisas novas de que gosto.

– É mesmo? – perguntou ela. – Diga-me uma.

Seu anfitrião exibiu aquele sorriso que a senhorita Prim já aprendera a interpretar.

– Da senhorita, por exemplo.

Ela suspirou com fingido desalento.

– Eu não sei se devo interpretar isso como um elogio. Agradeço que não me considere uma velha, mas não estou segura de que seja lisonjeiro ser considerada uma coisa.

O homem da poltrona riu, e, ao fazê-lo, a bibliotecária sentiu que as lágrimas lhe tomavam os olhos. Abaixou a cabeça e, ao levantá-la, seus olhos se encontraram com os dele.

– Desculpe-me – disse ela. – Entristece-me a ideia de ir.

– É mesmo?

A senhorita Prim o olhou com uma mistura de surpresa e de reprovação.

– É claro que sim – insistiu com o olhar brilhando de emoção.

– Fico feliz por saber – respondeu ele –, porque eu também sinto muito a sua partida. A senhorita foi uma magnífica adversária e uma grande companheira. Sentirei saudades de nossas discussões.

A bibliotecária olhou para baixo e sorriu com incredulidade.

– Não seja embusteiro. O senhor sabe que não sou uma oponente à sua altura. O senhor sempre ganhava as discussões, sempre torcia meus argumentos e sempre teve a virtude de me tirar do sério.

– Virtude? – perguntou ele com um sorriso brincalhão.

– Virtude – disse ela olhando-o fixamente. – Quando cheguei aqui, custava-me aceitar um ponto de vista diferente do meu. Receio que nisso eu me pareça com o senhor.

– Pois eu, em contrapartida, devo reconhecer que, à custa de ataques, a senhorita me ajudou a entender certas coisas.

Fechando os olhos à tentação de responder que ela nunca tinha atacado ninguém, a senhorita Prim delicadamente se endireitou na cadeira e se inclinou sobre a mesa como se estivesse disposta para ouvir algo muito interessante.

– Como o quê, por exemplo? – perguntou.

– Como tudo o que a senhorita chama delicadeza, suponho.

– Essa é uma verdadeira surpresa – disse ela com satisfação.

– Tinha a impressão de que o senhor desprezava a delicadeza.

– Não é verdade.

– Pensava que a considerava, como dizer?, uma qualidade inferior.

– Considero-a um atributo feminino – a bibliotecária fez um esgar. – Mas isso não significa que não creia que possa ou até deva estar presente no caráter de um homem.

– Mas não está no seu.

– Não, não no meu. Por isso foi extremamente gratificante conhecê-la.

Os dois permaneceram em silêncio por alguns minutos, enquanto observavam através das janelas do velho galpão a neve cair. Depois, a senhorita Prim voltou a falar.

– Gostaria de agradecer-lhe.

– Por quê?

– Por nada e por tudo. Tenho a sensação de que devo fazê-lo, de que certamente em algum momento perceberei que deveria tê-lo feito, e não quero que, quando isso acontecer, note que perdi a oportunidade. Será que me entende?

– Nem um pouco – disse ele calmamente.

A bibliotecária contemplou-o desanimada enquanto se perguntava como era possível que em um ser humano pudesse coexistir uma inteligência tão brilhante com aquela exasperante, férrea e obtusa insensibilidade. De seu ponto de vista, o que acabava de expressar era perfeitamente compreensível. Metade da humanidade, se não toda, sentira em algum momento o impulso, a intuição, a convicção de que deveria agradecer algo a alguém. Mas muitos tinham deixado o agradecimento morrer nos lábios; e a senhorita Prim não queria ser um deles.

– O senhor é uma pessoa estranha. Não tem nenhuma empatia – disse.

– E, no entanto, a senhorita me aprecia – respondeu ele.

– A vaidade é outro de seus grandes defeitos – continuou ela sem se alterar. – Eu diria que o respeito, e é só isso.

O homem da poltrona a contemplou com um sorriso.

– Mas nós ainda somos amigos – disse, olhando-a nos olhos.

– Somos – respondeu com suavidade. E, em seguida, em uma dessas explosões emocionais que ocasionalmente a abalavam e a faziam dizer coisas abruptamente e quase perdendo o fôlego, acrescentou: – O senhor realmente acredita que o amor entre duas pessoas diferentes é impossível?

Ele levantou-se e fechou a porta do velho galpão para impedir a que a neve entrasse.

– Eu nunca disse isso – respondeu ao sentar-se lentamente. – Não, eu não creio que isso seja impossível. Eu diria até que é muito comum.

– Mas o senhor – gaguejou a senhorita Prim perguntando-se que tipo de estranha imprudência se havia apoderado dela para dizer semelhante coisa –, o senhor e Hermínia...

– Rompemos por sermos muito diferentes? – o homem balançou a cabeça. – Não entendeu, Prudência. Não entendeu nada do que tentei explicar outro dia sobre o assunto.

– Talvez não tenha explicado bem – respondeu ela friamente, irritada com a ideia de ser classificada como pessoa que não entende nada. – Talvez tenha sido muito enigmático.

– Então vou torná-lo mais fácil.

A senhorita Prim se perguntou se em defesa da sua dignidade não deveria protestar contra esta condescendência pedagógica, mas, como costumava acontecer em conversas com o seu patrão, a curiosidade venceu esmagadoramente a dignidade.

– Eu escuto.

– Imagine por um momento que a senhorita e eu, duas pessoas muito diferentes, decidamos ir juntos a São Petersburgo. Entende-me?

– Perfeitamente.

– Há de convir que provavelmente discutiríamos por todo o caminho.

– Muito provavelmente.

– Eu gostaria de hospedar-me em monastérios e ter contato com os velhos *staretz*, enquanto a senhorita insistiria em reservar hotéis bem organizados e absolutamente limpos. Eu gostaria de passear por pequenas cidades e vilarejos insignificantes antes de chegar ao nosso destino; certamente a senhorita teria a rota muito planejada e consideraria monótono parar em lugares com pouco interesse histórico ou artístico. Mas, apesar de todas estas dificuldades, mais cedo ou mais tarde, a senhorita e eu chegaríamos juntos a São Petersburgo.

– E então? – disse a bibliotecária com os cotovelos sobre a mesa.

– Deixe-me continuar, estou tentando não ser enigmático. Agora imagine que a senhorita e eu tenhamos decidido fazer outra viagem. Mas desta vez a senhorita quer ir a São Petersburgo enquanto eu quero ir ao Taiti. O que a senhorita acha que aconteceria?

A senhorita Prim sorriu tristemente.

– Que mais cedo ou mais tarde – disse – nossos caminhos se separariam.

– Vejo que já me entendeu.

– A menos que – murmurou a bibliotecária depois de uma longa pausa –, a menos que eu o convencesse a ir a São Petersburgo e não ao Taiti.

Ele tirou as luvas e olhou intrigado.

– Mas isso é parte do problema, Prudência. Não quero

que ninguém me convença a ir a São Petersburgo, e, se tivesse a menor dúvida de que alguém pudesse consegui-lo, evitaria muito arriscar-me.

– Mas – a senhorita Prim fez um esforço para encontrar as palavras – o senhor também poderia me convencer a ir ao Taiti.

O homem da poltrona se calou por um momento, que para a bibliotecária pareceu uma eternidade.

– Eu iria até o fim do mundo apenas para convencê-la a ir ao Taiti – disse com estranha intensidade na voz. – Faria tudo o que estivesse ao meu alcance para convencê-la. Mas acredito que nossa viagem seria um fracasso, um terrível fracasso, se a senhorita não tivesse certeza de que gostaria de conhecer o Taiti antes de começá-la.

– O senhor nunca quis convencer-me a ir ao Taiti – disse ela em voz baixa.

– Como sabe?

– Como sei o quê?

– Como sabe que não quis?

– Porque nunca me forçou ou pressionou a coisa alguma. O senhor nunca fez nada para me convencer de nada. É provavelmente por isso que somos amigos; sempre respeitou minhas opiniões.

O homem se recostou na velha cadeira de ferro do galpão.

– É verdade, nunca a forcei ou a pressionei a nada. Mas, se não o fiz, é porque pensei que seria contraproducente, e não por nenhuma outra razão. Não me atribua méritos, porque isso é um mérito para a senhorita, que eu não tenho.

– Seja pelo motivo que for – respondeu a bibliotecária –, o senhor não tentou ir até o fim do mundo para convencer-me a ir ao Taiti.

– A senhorita acha? – perguntou ele com um sorriso. – Talvez um dia perceba que se pode ir até o fim do mundo sem sair de uma sala, Prudência.

– Agora o senhor volta a ser enigmático – respondeu ela e, depois de uma pausa, disse com ar malicioso: – Diga-me: se eu tivesse querido ir ao Taiti, se nunca tivesse pensado em ir a São Petersburgo, o senhor se atreveria a pedir-me que fizesse esta viagem junto com o senhor?

O homem da poltrona abaixou a cabeça e sorriu.

– E a senhorita? – perguntou baixinho olhando em seus olhos. – A senhorita iria?

A bibliotecária abriu a boca para responder, mas, antes que pudesse fazê-lo, um rosto maduro e rude apareceu na porta.

– Está na hora, senhorita.

A senhorita Prim, com o rosto corado, levantou-se ao mesmo tempo que seu patrão. Ele estendeu-lhe a mão e disse:

– Em São Petersburgo faz muito frio, Prudência. Eu sei porque estive lá. Mas talvez um dia... – hesitou.

A bibliotecária caminhou lenta e silenciosamente em direção à porta. Antes de atravessá-la, virou-se e contemplou pela última vez o homem da poltrona, de pé na porta do velho galpão.

– Creio que não – murmurou.

A senhorita Prim não se virou para contemplar pela última vez a casa e o jardim. Segundo seus desejos, expressos com a firmeza de uma ordem militar, nem as crianças nem a cozinheira, nem as moças da vila, nem sequer o homem da poltrona vieram vê-la à porta. A senhorita Prim não gostava de despedidas. Apesar de todas as acusações injustas de sentimentalismo, estava totalmente consciente de que não gostava de cenas sentimentais, não sabia lidar com isso, nunca encontrava o modo preciso de enfrentá-las. Com ele não acontecia isso, meditava ela enquanto se acomodava no banco de trás do carro e olhava a furtadelas o rosto sério do jardineiro. Ele sempre sabia ou quase sempre sabia como se comportar. Era capaz de manter o olhar, o sorriso ou a seriedade exata em cada instante. A senhorita Prim pensou que tinha a ver com seus modos. Não os modos que podem ser adquiridos lendo reportagens em revistas e semanários, nem os modos frequentemente encontrados em livros sobre protocolo e etiqueta, muito menos os modos de que se vangloriam as pessoas que afirmam ter boas maneiras. Nada disso tinha a ver com o que ele possuía. Talvez porque o que ele possuía e ela apreciava não fosse algo que pudesse ser lido, estudado ou imitado. Não era ensinado nem aprendido, simplesmente se respirava. Parecia tão natural, tão simples, tão intimamente unido à sua existência, que só após algum tempo, só após algumas semanas ou até meses se percebia a serenidade e a harmonia daquele comportamento. Nem os semanários, nem os livros de etiqueta, nem os cursos por correspondência podiam competir com esse tipo de modos. Era um código aperfeiçoado por séculos de prática, respirados desde o berço, inspirado nos esquecidos primórdios do amor cortês e do cavalheirismo.

Enquanto ponderava sobre aquilo, o carro dirigido pelo jardineiro dobrou numa curva da estrada e deixou ver a estrutura enorme e sólida da abadia de Santo Ireneu. A bibliotecária contemplou suas antigas paredes de pedra, admirou a beleza de suas linhas regulares, e depois olhou para o relógio. Tinha tempo de sobra para chegar à estação. Havia partido com quase duas horas de antecedência, enquanto o percurso até lá de carro não durava mais que meia hora. A senhorita

Prim era uma forte defensora não propriamente da pontualidade, mas sobretudo da previsão. Em honra da previsão havia decidido ir para a estação com duas horas de antecedência, e para glória da previsão, naquele momento, naquele justo instante, sem saber por quê nem como, tinha acabado de experimentar um intenso desejo de conhecer o velho monge que vivia atrás daquelas paredes. Aquele velho que, durante o inverno longo e frio de Santo Ireneu de Arnois, ela havia cuidadosamente decidido evitar.

– Poderíamos parar por um momento no mosteiro? – perguntou ao jardineiro.

– É claro, senhorita. Quer comprar um pouco de mel?

– Não – respondeu olhando o homem pelo espelho retrovisor.

– Na verdade, eu gostaria de falar com o *pater*.

– Com o *pater*? – perguntou ele com estranheza.

– Tem certeza?

– Tenho sim – disse ela levantando o queixo com firmeza. – Poderia ajudar-me?

– Claro que sim – assegurou o jardineiro enquanto tomava o desvio que margeava os campos de trabalho e levava diretamente à porta da abadia.

Após algumas negociações com o monge encarregado da entrada, a senhorita Prim atravessou a porta do mosteiro e foi levada à hospedaria, onde lhe pediram que esperasse alguns minutos. Lá, contemplou as paredes nuas da sala até que um jovem monge de avental de trabalho sobre o hábito sorriu e a cumprimentou pedindo-lhe que o seguisse até o jardim.

– Está tomando ar fresco – disse como única explicação, sem perceber a incongruência de suas palavras em uma manhã em que o termômetro marcava vários graus abaixo de zero.

Após passar por um longo corredor que atravessava um

claustro austero e silencioso e um pequeno jardim, a bibliotecária foi conduzida até um canto onde um homem muito
velho estava sentado.

– A senhorita Prim está aqui para vê-lo – disse o jovem
monge antes de indicar com um gesto que a bibliotecária se
aproximasse.

O velho levantou-se, disse adeus ao monge com um sorriso gentil e convidou a visitante a sentar-se a seu lado.

– Sente-se, por favor – murmurou –, eu a esperava.

– Esperava-me? – perguntou com a preocupação de
quem suspeita estar sendo confundida com outra pessoa. – Não
sei se o senhor sabe quem eu sou, padre: meu nome é Prudência
Prim e trabalhei como bibliotecária durante vários meses em...

– Sei exatamente quem é a senhorita – interrompeu-a
suavemente o monge – e a esperava. Demorou muito.

A senhorita Prim observou o rosto enrugado do velho
monge, seu corpo frágil e magro, e perguntou-se se aquele homem estaria em seu juízo perfeito.

– Eles me falaram muito da senhorita – disse-lhe olhando-a com uns olhos em que ela julgou encontrar uma sombra
de regozijo.

– Eles? O senhor quer dizer o homem para o qual
trabalho?

– Quero dizer todas as pessoas que a conhecem e a
estimam.

A bibliotecária ruborizou-se de satisfação. Nunca teria
pensado que alguém pudesse pensar em visitá-lo para falar
dela. Nunca havia pensado que sua presença pudesse atravessar
aquelas férreas paredes e penetrar a silenciosa e profunda rotina
beneditina. Antes que pudesse falar novamente, o monge disse:

– Vai à Itália.

A senhorita Prim respondeu que sim, de fato.

– Por quê?

– Por quê?

– Exato.

A bibliotecária franziu o cenho ligeiramente. Ela se recusou a explicar todos os motivos e acontecimentos que haviam motivado sua partida. Tudo fazia parte de sua vida particular e não tinha nenhuma razão para envolver aquele senhor em sua vida particular. Além disso, como poderia explicar por que partia? Mais ainda, refletiu de repente, sabia realmente por que partia?

– Suponho que eu não saiba exatamente. Se perguntar às pessoas que me conhecem, terá muitas respostas. Alguns dirão que estou indo porque sofri uma decepção sentimental, outros explicarão que parto porque preciso desprender-me da dureza do moderno, e até um grupo assegurará que vou em busca de casamento.

O monge sorriu de repente, e seu sorriso, franco e sereno, relaxou imediatamente sua convidada.

– E a senhorita – insistiu com suavidade –, por que acha que está partindo?

– Eu não sei – disse ela simplesmente.

– As pessoas que deixam um lugar sem motivo ou estão fugindo de algo ou estão procurando algo. Em qual desses dois grupos acredita a senhorita que esteja?

A bibliotecária ponderou longamente a resposta. Quando falou, notou que os olhos do velho estavam fechados.

– Acho que ambas as coisas – disse baixinho, temendo que ele estivesse adormecido. – Talvez seja isso o que devo averiguar.

O monge abriu os olhos lentamente e olhou para o pomar coberto de neve.

– Deixe-me perguntar uma coisa – disse, como se não

tivesse ouvido as últimas palavras da visitante –, como a senhorita fecha as portas? Deixa-as entreabertas, as empurra gentilmente ou as bate?

Os olhos da senhorita Prim se arregalaram, mas logo ela recuperou a compostura. Estava segura de que o velho tinha perdido a cabeça.

– Acredito que as deixo entreabertas ou as empurre suavemente. Nunca as bato, isso é certo.

– Aos cartuxos se ensina, durante seu noviciado, a fechar as portas voltando-se para ativar cuidadosamente seu mecanismo, sem empurrá-las nem deixar que se fechem por conta própria. A senhorita sabe por que esse ensinamento é necessário?

A senhorita Prim disse que não conseguia imaginar.

– Para que aprendam a não se apressar, para que aprendam a fazer uma coisa depois da outra, para treiná-los na moderação, na paciência, no silêncio e na observação de cada gesto – o velho fez uma pausa. – Quer saber por que lhe digo isso? Digo-lhe isso porque esse é o espírito com que se deve fazer uma viagem, qualquer viagem. Se se realiza às pressas, sem descanso nem pausa, voltará sem ter encontrado o que deseja.

– O problema – respondeu a bibliotecária depois de meditar naquelas palavras – é que eu não sei o que estou procurando.

O monge a olhou com simpatia.

– Então talvez a viagem lhe permita descobrir.

A senhorita Prim suspirou. Receava que o velho monge se interessasse em descobrir os buracos negros de sua vida, temia que seus olhos a perfurassem e adivinhassem até seus segredos mais escuros. Mas aquele homem não passava de um velhinho amável e cansado, não era o terrível visionário com um pé em cada mundo que ela havia temido encontrar.

– Foi-me dito que era capaz de ler as consciências. Fui avisada de que diria coisas que me surpreenderiam e me perturbariam.

O velho estremeceu sob o velho hábito e depois falou com estranha doçura.

– Há muitos anos, quando eu era apenas um jovem, tinha um mestre. Ele me ensinou que o sacerdote, todo sacerdote, deve sempre ser um cavalheiro.

A bibliotecária pestanejou sem compreender.

– A senhorita veio aqui com medo de que eu dissesse algo que a assombrasse, que a perturbasse ou que a tocasse. Que tipo de cortesia teria eu se houvesse feito isso na primeira vez que me vem ver e sem sequer me pedir conselho? Não tenha medo de mim, senhorita Prim. Eu estarei aqui para a senhorita. Estarei aqui esperando que encontre o que deseja e volte disposta a contar-me. E pode ter certeza de que estarei com a senhorita, sem sair de minha velha cela, mesmo enquanto o procura.

– Pode-se ir até o fim do mundo sem sair de uma sala – sussurrou a bibliotecária.

– Disseram-me que a senhorita valoriza a delicadeza e a beleza – continuou o velho. – Procure então a beleza, senhorita Prim. Procure-a em silêncio, procure-a na calma, procure-a no meio da noite e no amanhecer. Pare para fechar as portas enquanto as procura, e não se surpreenda se descobrir que ela não vive em museus ou está escondida em palácios. Não se surpreenda se, finalmente, descobrir que a beleza não é um quê, mas um quem.

A bibliotecária olhou para o rosto do velho beneditino e se perguntou o que poderia ter aprendido se tivesse aceitado visitá-lo antes, como havia sugerido seu amigo Horácio. Depois, o frio intenso a fez olhar para o relógio. Estava ficando tarde e o trem esperava.

– Creio que devo ir – disse ela. – Agradeço suas palavras, mas está ficando tarde e tenho de chegar a tempo à estação.

– Vá – disse o velho –, não deve chegar tarde. Não é assim que se inicia uma viagem tão importante como a que vai empreender.

A senhorita Prim levantou-se e se despediu com calorosa cortesia. Depois começou a andar em direção ao prédio da abadia, mas, antes de terminar de atravessar o jardim, virou-se e perguntou ao monge, que ainda estava sentado no banco:

– *Pater*, gostaria de perguntar-lhe uma coisa. Durante estes meses ouvi dizer muitas coisas sobre o amor e o casamento. Deram-me muitos conselhos, fui exposta a uma infinidade de teorias. Diga-me: qual é, em sua opinião, o segredo de um casamento feliz?

O monge abriu os olhos como se esta fora a primeira vez que tivesse ouvido tal pergunta. Sorrindo, levantou-se com dificuldade e caminhou lentamente até a bibliotecária.

– Como entenderá facilmente, não posso saber muito sobre esse tema. Na verdade, nenhum homem dedicado a Deus desde a juventude, como eu, pode. Certamente, as pessoas que lhe deram esses conselhos sabem o que é o casamento e podem dizer-lhe muito mais do que eu. E, no entanto...

– No entanto? – perguntou a senhorita Prim, dolorosamente ciente da velocidade do ponteiro de seu relógio.

– No entanto, creio que posso dizer-lhe o que constitui o coração sobrenatural do matrimônio, aquilo sem o qual este não poderá vir a ser mais do que um castelo de cartas colocadas com mais ou menos felicidade.

– E...? – insistiu a bibliotecária, impulsionada pelo desejo febril não já de deixar as portas entreabertas, mas de fechá-las batendo.

— Sucede, querida filha, que o casamento não é de dois, mas de três.

Atordoada por aquela resposta, a senhorita Prim abriu a boca para responder, mas a lembrança do relógio a deteve.

Apertou a mão do velho monge, virou-se e apressadamente deixou a abadia de Santo Ireneu em direção à estação ferroviária.

Núrsia

Prudência Prim apressou o passo na escadaria da saída da cripta da Basílica de San Benedetto e, depois de retirar o cordão carmesim que separava a entrada do restante do edifício, saiu. Sentiu o frescor da manhã no rosto enquanto descia os degraus e chegava à praça principal de Núrsia. As barracas do mercado ainda estavam fechadas ou começavam pouco a pouco a abrir-se, esperando oferecer aos primeiros pedestres pequenas lembranças do artesanato local. As lojas de *norcineria* estavam repletas de todos os tipos de frios, *prosciutti*, mortadela, salsichas, e outros produtos, como lentilhas, macarrão de todas as formas e cores, variados tipos de arroz e as mais deliciosas trufas; os comerciantes levantavam grades, destrancavam fechaduras, abriam portas e enfeitavam o exterior de seus negócios com cestas e atraentes exemplos de seus artigos. O Consistório, com a bandeira da Itália ondulando ao vento, e, diante dele, a construção resistente que abrigava o Museu Eclesiástico de Castelluccio, eram lugares deliciosamente familiares para ela. E, no entanto, estava vivendo ali havia apenas dezesseis semanas.

Era uma manhã de sexta-feira, e a senhorita Prim, como de costume, virou a esquina da basílica, desceu a rua e foi para a pequena varanda do bar Venecia para tomar o café da manhã. Animada pela perspectiva de tomar um café da manhã reforçado, ela se sentou a uma mesa, pegou o cardápio e acariciou com o olhar as ofertas de *prosciutto* e cabeça de javali. Quando o garçom veio anotar seu pedido com o sorriso afável com que a recebia todas as manhãs, a bibliotecária suspirou satisfeita.

– *Buongiorno, signorina.*

– *Buongiorno*, Giovanni.

– *Cappuccino?*

– *Cappuccino* – assentiu. – E um pouco desse excelente *prosciutto* que sempre tem.

O homem olhou com ar de dúvida.

– *Prosciutto?* Creio que deve estar enganada.

A senhorita Prim parecia surpresa. Ela abriu a boca para responder, mas em vez disso esboçou um sorriso aturdido.

– É claro que não, Giovanni, que distraída sou.

– Torradas com queijo fresco e geleia?

– Muito bem.

A bibliotecária recostou-se na cadeira e fechou levemente os olhos. Havia chegado no início de maio, justo a tempo de apreciar o esplendor da primavera. A primavera que todo ano inundava de flores o *Piano Grande* dos Montes Sibilinos, uma enorme planície encerrada entre montanhas que se estendia como um lago silencioso a poucos quilômetros de Núrsia. Aconselhada pela proprietária do hotel, a bibliotecária havia subido uma manhã às terras altas e contemplado a grande beleza do tapete sem fim tecido por milhares de papoulas, margaridas pequenas, trevos e violetas, dentes de leão, ranúnculos de cor amarela, rosa e vermelha, gentianales azuladas, campainhas e muitas outras espécies silvestres. Naquela manhã, a senhorita Prim pisou o tapete e sentou-se nele, passeou maravilhada entre as flores, ajoelhou-se e até, quem diria?, se deitou. De lá, viu deslumbrada a diminuta e isolada aldeia de Castelluccio, que como um reino perdido em uma terra encantada emergia daquele esplendor como uma ilha emerge do mar.

E, no entanto, não foi essa explosão da natureza o ímã que conseguiu retê-la ali. Não foram as velhas montanhas dos Sibilinos, o vermelho intenso das papoulas nem os esguios ciprestes plantados em campos de trigo. Tampouco o olhar sereno dos monges nem a austera luminosidade de seus cantos. Foi muito mais que tudo isso e um pouco de tudo isso o que a fizera deter-se naquele lugar.

Havia atravessado a Itália de norte a sul e de leste a oeste. Estava mergulhada na grandeza das cidades e no esplendor das paisagens. Havia claudicado diante das deslumbrantes *rivieras* da Ligúria e de Amalfi; havia passeado pelas margens lombardas; havia-se rendido à harmonia de Florença, à beleza de Veneza, ao espírito de Roma. Tinha ficado no meio do burburinho de Nápoles e perdera a noção do tempo ao longo da costa de Cinque Terre; havia desfrutado da luminosidade de Bari e perambulado pela sobriedade de Milão. Durante dois longos meses, percorrera ruelas, portos, palácios, jardins e campos; vagara por cidades da Toscana e passeara pelas terras do Piemonte. Mas somente na Úmbria, somente naquele recanto da Úmbria, decidira finalmente desfazer as malas.

– Que coisa tão pequena e tão grandiosa é a felicidade – murmurou enquanto devorava a torrada de queijo e geleia e bebia lentamente o *cappuccino*.

Tinha de planejar o dia. Havia pensado em passar a manhã respondendo às cartas – a senhorita Prim era uma dos poucos hóspedes do hotel, se não o único, que ainda enviava e recebia cartas –, e à tarde visitaria Spoleto. Que agradável perspectiva a de passar horas sentada num café, observando as pessoas, lendo longamente poesia – desde que chegara à Itália só era capaz de ler poesia – e aspirando o suave e cálido ar da estação. Começou a segunda torrada e chamou com um gesto o garçom, que do umbral do café via com um sorriso benevolente a manhã avançar.

– *Cappuccino, signora?*

– *Cappuccino*, Giovanni.

– O carteiro deixou aqui ontem uma carta registrada para a senhorita – disse Giovanni poucos minutos depois, enquanto deixava sobre a mesa o café fragrante, outra torrada e uma bandeja com três envelopes.

– Obrigada.

– *Prego.*

A senhorita Prim abriu o primeiro envelope, leu-o e deixou-o sobre a mesa. Tomou um gole do *cappuccino*, abriu o segundo envelope, leu-o e colocou-o sobre a mesa. Pegou uma torrada, levou-a à boca, abriu o terceiro envelope, leu-o e deixou a torrada sobre a mesa. Por alguns minutos, não fez nada além de ler o papel que veio dentro do envelope. Depois, abriu uma página de jornal que veio anexa à carta, estendeu-a sobre a mesa e examinou-a com cuidado. Era uma página de anúncios classificados da *Gazeta de Santo Ireneu*. No final da terceira coluna havia um texto rodeado por um círculo vermelho.

Procura-se professora heterodoxa para escola muito pouco ortodoxa. Capaz de ensinar o trivium *– gramática grega e latina, retórica e dialética – a crianças com idade entre seis e*

onze anos. Melhor sem experiência de trabalho. Abstenham-se
candidatas com ensino superior ou pós-graduação.

Quando seus olhos caíram sobre as duas últimas frases,
o coração da senhorita Prim se acelerou. Depois, respirou lentamente e o coração voltou a bater com mais tranquilidade.
Então, afinal, lá estava: havia chegado o momento. Durante
os meses de viagem se correspondera regularmente com alguns de seus amigos de Santo Ireneu. Nenhum deles o havia
mencionado, nem ela nem eles o haviam mencionado. Mas
de alguma forma todos esperavam que o momento chegasse.
Tantas cartas enviadas e recebidas, tantas histórias para lembrar, tantos pequenos eventos encerrados em folhas de papel
que iam e vinham do norte ao sul e mantinham a bibliotecária
unida ao lugar de que tão difícil fora despedir-se e com que
tanto receava voltar a encontrar-se.

Tudo havia mudado muito ao longo daqueles meses.
Às vezes ela se surpreendia recordando a indignação com que
havia deixado Santo Ireneu no frio de fevereiro. Com que
zanga tinha saído da casa de Lulu Thiberville, a querida Lulu
Thiberville, com quem havia trocado muitas cartas durante o
último mês. Como não escrever a Lulu após a sétima vez que
descera à cripta? Como não escrever depois de ter caminhado,
de ter-se ajoelhado e até – quem diria! – ter-se deitado no
tapete de mil cores que as Montanhas Sibilinas escondiam?
Como não explicar que ali havia aprendido a olhar para o
horizonte, a fechar os olhos e viajar ao passado, a identificar
monstros e a esquivar *icebergs*, a compreender e apreciar o duro
trabalho de uma sentinela?

Também se correspondia frequentemente com seu querido e admirado Horácio. Como não falar-lhe do dia em que
pela primeira vez conseguira contemplar a Giotto sem tentar

dissecar Giotto? Como não explicar que em algumas vilas os meninos da região ainda jogavam futebol no átrio da igreja, exatamente como jogavam todas as crianças em todos os povoados da Europa antes que a Europa se esquecesse dos jogos e dos átrios? Como não mencionar a Horácio as silenciosas tardes de Spoleto, a beleza das ruas de Gubbio, a tranquilidade dos jardins que rodeiam o convento de São Damião? Sentia falta de seu amigo, sentia saudades daquela amabilidade forte e cavalheiresca. Mas sabia que não era a única coisa nem o único de que sentia falta.

– *Cappuccino, signora?*

– Não, muito obrigada, Giovanni. A conta, *per favore.*

A senhorita Prim pagou o café da manhã, pegou os três envelopes e deixou o café Venecia como em qualquer outro dia.

Atravessou a praça principal de Núrsia e parou para conversar com o carabineiro, e perguntou-lhe sobre sua esposa e sua mãe como em qualquer outro dia. Fez uma pausa na loja do mosteiro de San Benedetto, comprou alguns objetos, pagou-os e saiu com um sorriso no rosto como em qualquer outro dia. Então foi para o hotel, convenientemente localizado a poucos metros da praça, entrou na recepção e esperou pacientemente a recepcionista, que atendia então um casal de namorados japoneses que perguntavam com gestos e risos como chegar a Assis. A senhorita Prim olhou para eles e sorriu.

Tutti li miei penser parlan d'amore[4]

Desde que havia empreendido sua viagem, não parava de recordar poemas. A poesia inundava sua mente com o

---

4   «Todos os meus pensamentos falam de amor», Dante Alighieri, *La Vita Nuova.*

mesmo vigor com que as flores silvestres enfeitavam o *Piano Grande*. Não brotava dela; a senhorita Prim sempre tivera suficiente respeito pela poesia para não permitir que brotasse dela. Mas, desde que numa manhã se aproximara do mar em Santa Margherita Ligure e murmurara com espanto e perplexidade: «*E temo, e spero; e ardo e sono un ghiaccio*»[5], sentia-se invadida por poemas esquecidos, poemas estudados, poemas aprendidos, dissecados e analisados. Se em Santa Margherita Ligure foi Petrarca, em Nápoles foi Boccaccio. Em Florença foi Virgílio, e em Veneza foi a vez de Juvenal. E o curioso é que em nenhuma dessas invasões líricas a senhorita Prim sentira nenhum desejo de estudar, dissecar ou analisar. A poesia parecia ter-se apoderado dela sem nenhum rastro de estudo, de dissecação ou de análise. Não era ela que gostava dos versos; eram os versos que a recriavam. Caíam sobre sua mente – ou sobre sua alma? – justo ao amanhecer, quando ela se levantava para ver o sol nascer; apanhavam-na ao meio-dia, enquanto ela observava os beneditinos cultivando a terra e deixando pontualmente as enxadas para rezar o Ângelus. Embalavam-na à noite, quando se sentava nos cafés e lia até que a falta de luz e o frio da noite a tirassem de seu ensimesmamento.

Naquele febril arrebato poético, a senhorita Prim havia tentado recorrer a seus autores favoritos. Mas tudo o que chegava a seus lábios eram versos de Ronsard ou poesias de Dante ou *stanzas* de Spenser. No começo, irritara-se com a impossibilidade de recitar exatamente o que queria, mas logo descobrira que aquela velha métrica exercia um poder balsâmico sobre sua alma. Quem poderia ficar tenso ou preocupado ao ouvir ocasionalmente na mente os ecos da rainha Gloriana e seus cavaleiros? Como não conseguir parar de sorrir se a cada

---

5   «E temo, e espero; e ardo, e sou gelo», Francesco Petrarca, *Canzoniere*.

passo que dava uma voz lhe apontava que o ano, o mês, o dia, a estação, o lugar e até o instante são abençoados? Era impossível lutar contra isso, e ela não queria combatê-lo de maneira alguma. As imagens poéticas que sempre a haviam comovido por sua terrível e desesperada humanidade já não estavam fixas em sua mente, não se apoderavam dela, mas fugiam e se perdiam na luminosidade do dia. E então voltava a beleza e a harmonia, e a senhorita Prim se rendia. E, com sua rendição, Dante, Virgílio e Petrarca também retornavam.

– Devem seguir por este caminho – explicava naquele momento a recepcionista ao casal japonês pela milésima vez. Subitamente, consciente de que outro hóspede do hotel ainda estava esperando, fez um gesto com as mãos em sinal de desculpa.

A senhorita Prim suspirou com benevolência, sentou-se em uma cadeira e sorriu novamente.

Havia aprendido a fechar as portas. Havia aprendido a abri-las e fechá-las suavemente com cuidadosa precisão. E, quando se aprende a fechar as portas – pensava enquanto observava o casal apaixonado –, de alguma forma se aprende a abrir e fechar corretamente todo o restante. O tempo parecia estender-se indefinidamente quando fazia as coisas corretamente. Congelava-se, parava, parava abruptamente como um relógio sem corda. E então as pequenas coisas, as coisas necessárias, até as coisas rotineiras, especialmente aquelas que se fazem com a mão – como é misterioso que o homem possa fazer coisas bonitas com as mãos – se tornavam obras de arte simples no fim do dia.

Ela abandonara o esforço por atingir por si mesma a virtude da perfeição. Havia descoberto quão esgotador pode ser esse esforço, quão errado e desumano é viver escravizada por esse esforço. Agora que sabia de sua esmagadora imperfeição, agora que estava consciente de sua fragilidade e de sua contingência, já não levava nos ombros o pesado fardo do martelo e do cinzel.

Não é que se houvesse rendido à imperfeição ou que se houvesse acostumado a ela, mas já não suportava carregar o fardo sozinha, já não arrastava o jugo com suas forças, já não se surpreendia ao surpreender-se em erro. Também sabia que tudo aquilo não duraria, que após essa doçura chegariam os poços, as cavernas, os túneis e os desfiladeiros. Mas por ora só recebia presentes e por ora se limitava a aprender a aceitá-los.

– Não, *signori*, não é por ali. Acho que vou dar-lhes este mapa, ele explica melhor.

Na semana anterior, recebera um telefonema de Augusto Oliver, seu ex-patrão. Precisava dela urgentemente, sentia sua falta, queria voltar a trabalhar com ela. Naturalmente, não seria auxiliar de escritório, uma mulher como ela nunca deveria ter trabalhado no departamento de administração, possuía demasiado talento e capacidade para continuar fazendo tarefas de administração. A senhorita Prim riu baixinho. Por quarenta segundos, ela tinha sido incapaz de dizer uma palavra, porque não fizera outra coisa senão rir em silêncio. E então disse que não e desligou.

Ela não queria trabalhar lá. Não suportava a ideia de submergir novamente naquele lugar estreito, escuro, de fechar-se em uma cela cinza monótona onde passara parte considerável de sua vida. Não queria ouvir conversas mesquinhas, não queria fazer parte delas, nem sequer queria ouvi-las. E, é claro, não tinha nenhuma intenção de voltar a jogar aquele jogo de ofertas e evasivas com seu chefe.

Havia também o ar. A senhorita Prim agora *precisava* de ar. Precisava sentir o ar no rosto quando caminhava, precisava cheirá-lo e respirá-lo. Às vezes se via pensando em quanto tempo havia vivido sem ar. Nas manhãs de inverno na cidade, saía de casa agasalhada até as sobrancelhas, caminhava a passos rápidos até o metrô, descia as escadas entre dezenas de pessoas e entrava aos empurrões no vagão. E, ao sair do metrô, subia as escadas no meio da multidão, corria até a porta de seu escritório e passava um longo dia ali. E, enquanto isso, onde estava o ar? Em que altura de sua vida se havia esquecido da existência do ar? Andar sem precisar correr, um prazer tão simples como o de passear, perambular, vagar e até espiar. Quando algo tão simples e humilde se tornara um luxo?

Não, ela não desejava voltar, não queria voltar.

– É isso mesmo, *signori*, tenha um bom dia.

O casal japonês disse adeus à recepcionista com um sorriso. Ela olhou a hóspede que a esperava e fez um outro gesto de desculpa enquanto mostrava que estava disponível. Mas a hóspede não se mexeu.

– Posso ajudá-la, *signora*?

A senhorita Prim, com o olhar perdido no piano que presidia a entrada do hotel, não respondeu.

– *Signora*? – insistiu a recepcionista. – Posso ajudá-la?

– Houve um imprevisto – disse finalmente enquanto se aproximava lentamente da recepção, e receio que tenho de sair em uma hora. Peço desculpas pelo transtorno que isso possa implicar para o hotel. Poderia fazer-me a conta imediatamente, por favor?

– É claro que sim – disse a funcionária com expressão de consternação. – Espero que não seja uma má notícia.

– Uma má notícia? Ah, não, não é – sorriu a bibliotecária, que naquele momento tinha a mente ocupada em galerias de espelhos.

A recepcionista sorriu com simpatia.

– Na verdade – continuou com olhos brilhantes a senhorita Prim enquanto visualizava uma porta fechada com infinita paciência –, é uma boa notícia, uma extraordinária notícia. Eu diria – e suspirou sem deixar de sorrir – que é uma notícia única e maravilhosa.

– *L'amor che move il sole e l'altre stelle*[6] – murmurou meia hora depois a recepcionista ao contemplar aquela delicada e bela mulher cruzando o umbral do hotel e dirigindo-se até o táxi que esperava na porta, de queixo erguido e suave sorriso nos lábios.

---

6   «O amor que move o sol e as outras estrelas», Dante Alighieri, *A divina comédia.*

Direção geral
Renata Ferlin Sugai

Direção editorial
Hugo Langone

Produção editorial
Juliana Amato
Ronaldo Vasconcelos
Daniel Araújo

Capa
Estúdio Maquinário

Diagramação
Sérgio Ramalho

ESTE LIVRO ACABOU DE SE IMPRIMIR
A 16 DE JULHO DE 2023,
EM PAPEL IVORY SLIM 65 g/m².